# Yeti
# 네팔·한국 꽃 우표를 가꾸다

Nepal·Korea flower Stamps
and the short Essays

**Yeti 네팔 · 한국 꽃 우표를 가꾸다**
Nepal · Korea flower Stamps and the short Essays

이근후 · 이춘원 지음 | N.B. Gurung 그림


**초판 인쇄** 2017년 02월 25일
**초판 발행** 2017년 03월 03일

**지은이**   이근후 · 이춘원
**그린이**   N.B. Gurung
**펴낸이**   신현운
**펴낸곳**   연인M&B
**기 획**   여인화
**디자인**   이희정
**마케팅**   박한동
**홍 보**   정연순
**등 록**   2000년 3월 7일 제2-3037호
**주 소**   05052 서울특별시 광진구 자양로 56(자양동 680-25) 2층
**전 화**   (02)455-3987 팩스(02)3437-5975
**홈주소**   www.yeoninmb.co.kr
**이메일**   yeonin7@hanmail.net

값 15,000원

ⓒ 이근후 · 이춘원 2017 Printed in Korea

ISBN 978-89-6253-195-4 03810

이근후 박사의 꽃 우표 이야기

# Yeti
# 네팔·한국
# 꽃 우표를
# 가꾸다

## Nepal · Korea flower Stamps
## and the short Essays

이근후 · 이춘원 지음 | N.B. Gurung 그림

연인M&B

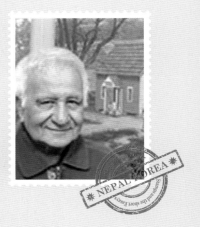

**카말 프라사드 코일라라**
(Kamal Prasad Kolrala, 초대 주한 네팔대사)

Mr Kun Hoo Rhee is a great friend of Nepal and Nepali people. He loves the art of Nepal. He loves the natural beauty of Nepal. He loves the flora and fauna of Nepal. He has written and published many books about Nepal. This time he has written about the Nepal's flowers in Stamps. I very greatly appreciate his works.

Kamal Prasad Kolrala
First residential Ambassador to Korea and a loving friend of the great Korean Peaple.

이근후 박사는 네팔과 네팔 사람들의 좋은 친구입니다. 그는 네팔의 예술을 사랑합니다. 그는 네팔의 자연의 아름다움을 사랑합니다. 그는 네팔의 식물 군과 동물 군을 좋아합니다. 그는 네팔에 관한 많은 책을 저술하고 출간했습니다. 그는 이번에는 네팔의 꽃 우표에 대해 썼습니다. 나는 그의 작품에 매우 감사합니다.

카말 프라사드 콜일라라
주한 초대 네팔대사이며 사랑하는 많은 한국인의 친구.

● 추천의 글

**김정석**
(대한우표회 회장/전 양평야생화연구회 회장)

　나는 꽃을 좋아합니다. 꽃을 싫어하는 사람은 없을 것입니다. 다들 좋아하지만 유별나게 좋아하여 야생화 속에서 한동안 살았습니다. 오랫동안 꽃 우표를 집사람과 같이 모으다가 깊은 산속 물 맑고 골 깊은 산에 터를 잡고부터 야생화에 심취하여 서울 생활에서 가지고 온 화초들은 뒷전으로 밀려났습니다. 야생화 천국으로 만들어 가고 있습니다.

　야생화란 5~6년 한 곳에서 화려한 자태를 뽐내고 자취도 없이 사라지면서 다른 곳에서 영롱한 빛을 발하는 속성들이 있습니다. 이를 생존의 법칙으로 받아들여야만 했습니다. 작년까지는 구절초가 온 집안을 감싸 안았으나 올해부터는 줄어든 것 같아서 마음 한구석에 서운함이 있습니다.

　지금은 산속에서 야생화와 우표 속에서 살아가고 있습니다. 하루의 일과는 화초를 돌보는 일에서 시작하여 우표를 정리하는 것으로 잠자리에

6

들고 있습니다. 꽃 우표는 40년도 더 전에 모아 정리했던 것들을 요즘에 와서 뒤적이다 보면, 직장 생활에 스트레스를 받아도 우표를 구입 정리하는 재미로 마음을 풀곤 했던 기억 등이 생각납니다. 그 귀중한 우표가 전문가 입장에서 보면 별것 아니라도 나에게 있어서는 보물과 같은 것들입니다.

이근후 박사님을 알게 된 것은 안종만 대한우표회 부회장님을 통하여 우취인이 아닌 의사 선생님이 우표에 대한 이야기를 쓴 글을 『우표세계』(대한우표회 기관지)에 실었으면 한다는 메일을 받았습니다. 이후 이 박사님의 네팔 산 우표 수필집 『YeTi 히말라야 하늘 위를 걷다』를 읽고 우표와 에세이를 함께할 수 있음을 알게 되었습니다. 우취인에게 널리 알려 좋은 귀감이 될 수 있을 것으로 보았는데, '2016 대한민국 우표 전시회' 우표 문헌 부문에 출품하여 대금은 상을 받는 좋은 평가를 받았습니다. 역대 문헌으로서 최고의 상 중에 하나입니다.

이번에 다시 네팔에서 발행한 꽃 우표를 주제로 책을 내신다니 저로서는 대환영입니다. 꽃과 관련된 이야기를 재미있게 풀어 나갈 것을 생각하니 정말 기대가 됩니다. 나는 나리꽃을 좋아하여 참나리, 말나리, 하늘말나리, 이것들을 집안 가득히 심었더니, 알뿌리 식물로서 멧돼지가 좋아하여 집 울안까지 들어와 남아 있지를 아니하니, 그렇다고 울타리를 새로 만들 수도 없고 내가 우표로 나리꽃을 보아야 하겠습니다. 앞으로 출간될 이 박사님의 네팔 꽃 우표 수필집을 기대하면서 우리 회원들은 물론 꽃을 사랑하는 많은 사람들에게 읽혀지기를 기원합니다.

● 꽃 우표 에세이집을 내면서

**이근후**
(저자/이화여대 명예교수)

이 책 『Yeti 네팔·한국 꽃 우표를 가꾸다』는 네팔 문화 시리즈 제8권
이다. 네팔 문화 시리즈는 그동안 경험한 네팔 문화를 한국에 알리기 위
해 기획한 10권의 에세이집 가운데 여덟 번째 나오는 책이다. 이 시리즈를
처음으로 기획할 때만 해도 히말라야는 쉽게 기억해도 네팔은 잘 모르는
분들이 많았었다. 지금은 네팔을 찾는 사람들이 다양해졌다. 전문 등반
을 위해 가는 등반가도 있고, 트레킹으로 산을 찾는 분도 있고, 여행으로
찾는 분들, 그리고 사업을 하기 위해 찾는 분들도 많다. 반대로 네팔 사
람들이 코리언 드림을 갖고 근로연수생으로 오는 분들과 학업을 위해 오
는 분들도 나날이 늘어 간다. 이제 네팔이란 문화를 따로 소개할 필요가
없을 정도로 양국 간의 교류가 많아졌다.

네팔 우표에 관한 책으로는 『Yeti 히말라야 하늘 위를 걷다』란 제목으
로 발행한 네팔 산 우표 에세이집에 이어 두 번째로 네팔 우표에 관한 에

세이집이다.

꽃, 꽃은 어떤 꽃이건 어디서 피는 꽃이건 모두 아름답다. 아름답지 않은 꽃이 없다. 우리나라 속담에 꽃에 관한 속담 두 개가 떠오른다. 하나는 '꽃이 좋아야 나비가 모인다.' 란 속담이다. 꽃이 아름다워야 나비가 모인다는 뜻인데 왜 아름다운 자태를 만들어 나비를 유혹할까. 또 다른 한속담을 보면 이유가 명백하다. '열흘을 그대로 피는 꽃이 없다.' 두 말할나위 없이 열매를 맺기 위함이다. 열매는 다음 세대의 종자다. 자가수정이불가능한 꽃들이 나비를 불러 모아 수정을 이루고 열매를 맺는다. 그런임무를 마치면 꽃은 진다. 한 세대의 임무를 완수했기 때문일 것이다.

『Yeti 네팔·한국 꽃 우표를 가꾸다』란 에세이집을 통해 한국과 네팔이서로의 문화를 이해하는데 도움이 되었으면 하는 마음이다. 이 책을 쓰기위해 함께 참여해 주신 모든 분들께 감사를 드린다.

이 책의 구성은 이근후, 이춘원, N.B. Gurung의 공저로 엮었다. 제가 우표의 자원을 쓰고 저와 이춘원 시인이 짧은 에세이를 나누어 썼다. 구분하기 위해 이근후 에세이는 글의 말미에 ®자를 넣었고 이춘원 시인의 에세이에는 ⓛ자를 넣었다. 꽃 그림은 모두 네팔 화가 N.B. Gurung이 그렸는데 그림 곁에 꽃 이름을 함께 명기했다. 네팔의 속담은 반을석 님이 수집했는데 번역문 말미에 ®이라고 명기했다. 이 외에도 원고를 준비하면서우표를 사랑하는 사람들(우사사 http://cafe.naver.com/philatelyst.cafe)이란 까페에 올려 회원님들의 자문을 구했다.

이처럼 많은 관심을 가진 네팔과 한국 양국의 우표를 사랑하는 사람들이 모여 함께 만든 책이란 자부심을 가지면서 사랑하는 여러분들의 곁에오래오래 기억되는 책이 되었으면 하는 소망이다.

Nepal. 17th September 1969 NS#258 Sc#224 Rhododendron arboreum
Nepal. 17th September 1969 NS#259 Sc#225. Narcissus
Nepal. 17th September 1969. NS#260. Sc#226 Marigold
Nepal. 17th September 1969.NS#261. Sc#227 Poinsettia

● 네팔의 첫 우표, 첫 꽃 우표

'첫'이란 단어의 뜻은 처음이란 뜻이다. 첫 번째란 말이다. 첫 번째란 말은 많은 명사 앞에 붙어 마음을 설레게 만든다. 첫 사랑, 맨 처음 느끼거나 맺은 사랑 초연(初戀)을 말한다. 어린 시절 누구나 한번쯤 경험했을 이 사랑의 느낌을 나이 들어도 잊지 못한다. 그 이유는 '첫' 자가 붙어 있기 때문이다.

첫 번이란 경험은 그만큼 우리 마음속에 각인이 되어 강한 인상으로 남는다. 첫날밤도 강하게 연상되는 '첫' 자다. 이 '첫' 자를 네팔의 우표에서 찾아본다. 세계에서 첫 번째로 발행한 우표는 1840년 영국의 로렌드 힐 경(Sir Rowland Hill, 1796~1879)에 의해 창시되었다. 1840년 5월 6일 빅토리아 여왕(Queen Victoria, 1819~1901)의 옆얼굴 모습을 디자인한 1페니와 2펜스로 된 두 종류의 우표를 발행한 것이 '첫' 자의 영광을 안는다. 이 우표의 디자인을 로렌드 힐 경이 직접 했으니 그가 차지한 '첫' 자의 영광이 하나둘이 아니다.

네팔에선 1881년 4월 13일이 '첫' 우표 발행일이다. 꽃 우표는, 언제부터 나왔을까? 첫 꽃 우표가 발행된 것은 1969년 9월 17일의 일이다. 4종류의 꽃을 디자인하여 발행했는데 (1) Rhododendron, (2) Narcissus, (3) Marigold, (4) Poinsetia가 그 주인공이다. 이 꽃 중에도 가장 '첫' 자를 차지한 꽃은 네팔의 나라 꽃인 Rhododendron이다. 모두 25 파이사 액면가로 천연색 인쇄인데 일본에서 인쇄했으며 디자인은 K.K. Karmacharya가 했다.

'첫' 자가 붙는 것이 또 있다. 첫날 발행한 우표를 붙인 봉투다. 초일봉투(First Day issued Cover)다. 이 '첫' 발행이 있은 이후 오늘에 이르기까지 네팔에선 약 80여 종의 꽃과 열매 등 우표가 발행되었다. 나도 '첫' 자를 사랑해 본다. 이 책이 네팔의 꽃을 테마로 출간한 '첫' 네팔 꽃 우표 책이 될 것이다.

2017년 새봄

**Punya R. Sthapit**
(Sthapotpunya@gmail.com)

Today postage stamp has become a very common item for all from a layman to learned ones all over the world. Nepal is the Birthpalce of Lord Buddha as well as Land of Mt. Everest, world highest peak. The reasons have gained much popularity of Nepalese philatelic items in the world. The growing number of foreign philatelists as Nepalese Stamps-lovers is a crystal clear testimony.

Professor Dr. Kun Hoo Rhee, a Korean Senior Psychiatrist, is among such foreign philatelist who has raised the popularity of Nepal Stamps in Korea, one of the most renown nations in Asia. Diplomatic relation with Korea was established in July 1974, Republic and Democratic both. Nepal, the Zone of Peace always prefer as Korea as united. Recently[June 2016], Prof. Dr. Rhee has beautifully published out book as one excellent presentation for Nepalese as well as Koreans.

THE HIMALAYAS ON NEPAL Stamps - Prof. Dr Rhee

His principal hidden wish is to popularize Nepal and Nepalese dedication in the world. This has become excellent, great happy news for all Nepalese. This autonomously present hearty thanks and greetings by this writer.

The book present personalities of various Nepalese like Mr K. K Karmacharya[Artist and post Designer], Mr Kamam Singh Lama, Mr Kamal Prasad Koirala, Prof. Dr Milan Ratna Shyakya. Mr Karmacharya has become the unique gentleman, designing the largest number of postage Stamps. His name is to be included in Guiness Book. The pictures of his designs in Stamps prevail the pride of Nepalese people and make us always fresh and pleasant from the wonderful artistic creations. My hearty thanks always go to my dearer friend, Mr Karmacharya.

Dr. Rhee owns an art gallery in Korea. On the account of his deep interest in mountains, bio-diversity, paintings, etc. his personality in our Nepalese society has become popular. One of the significant figures is his bridging Korean and Nepalese people together in various ways like exhibiting Nepal's paintings with related artists in Korea. Such genuine as well as most praise worthy roles has made Prof. Dr. Rhee the Korean gentleman as far as know. Many Nepalese have become quite lucky having the golden opportunities of visiting Korea. But this writer has become unlucky for this.

He had already exhibited Nepalese Stamps in the hall of Nepal Association of Fine Arts[NAFA] at Bal Mandir, Naxal, Kathmandu from 5th to 15 Jan 2010. His different style of exhibition has made him unique. In the exhibition, the Stamps were kept inside transparent bags one by one and on the floor with various items. Realistic figures were focused of the items.

Prof Rhee has already printed two books-

a. The Spirits of Himalaya and Nepal stamp icon

b. Short Essays about Nepal in his credit

Regarding the postal history of Nepal, it began in 1875 by opening post offices from Kathmandu to Gorkha, Pokhara and Palpa. Three years after it, the post office was established in 1878[(1935 BS)]

In order to introduce Nepalese Stamps in the world, Nepal government issued out three Stamps on wove native paper on the right first day of new year 1938 B. S.[(13 April 1881)]. Denominations were one Anna[(blue)], tow Annas[(brown)] and three Annas green in perforated and inperforate condition. Usually people become quite luckly to have the Stamps of both conditions. Interested collectors become happy to pay for the wanted Stamps.

In April 1978, also as New Year 2035 B.S. the nation had happily celebrated the Postal Centenary Year. On that occasion, two commemorative Stamps of 25 paisa and 75 paisa were issued out. The Stamps, designed by Mr K.K. Karmacharya, clearly display the pictures of "Nepal Hulak Ghar" [(the GPO building)] and the date of Nepal's first postal mark.

When we concern about the post offices of Nepal, in the year 1882 the number was 82 post offices, in 1950 it further increased from 85 to 116 post offices in 1959 B.S.

In 1887, the British Embassy post office was set up at its own office. The name got changed into the Post Office of the Indian Embassy when India got Independence from Britain 1947. Later, the

Indian Embassy Post Office was closed in 1965. That made happy for the Nepalese.

In fact Nepal has become independent nation since its own history. but the countries that happened to be colonies in the past never want to accept such fact-Nepal as independent nation since its history.

When we concern about Nepal relation with other countries, the postal relation was established in 1963 with Pakistan.

Foreign Post Office in Nepal along with International Parcel Services was established in Kathmandu on 13 April 1965[2023 Baisak 1].

The opening day of the both offices was on the first day of baishak, New Year.

The International Exchange Office with Tibet, China, at Kodari[Nepal] was established on 19 October 1965 after six months.

The postal mail service was introduced between Nepal and the United Kingdom on the same first day of New Year 1965.

Then a 15 paisa commemorative stamp was issued. The stamp was triangular in shape, second after 12 paisa stamp issued on 14 Dec 1956 on the occasion of the Nepal's entry in the UN.

Nepal's First philatelic exhibition at Lain Chour, Kathmandu was inaugurated by the then Crown Prince, Birendra Bir Bikram shah in 1966. That historic exhibition had played the most significant role of making Nepal's philately popular in the world. After few days Nepal got the establishment of Nepal Philatelic Society[Nps]. On 10th July 2016, Nepal Philatelic Society celebrated its Golden Jubilee at the premise of the GPO office with the issues out two coins of Rs 1000 and Rs 100 with the names of the Society.

The postal stationery, a branch of philately includes all the items of postcards / letter-cards, envelopes, registered envelopes, aerogramme, postal wrappers for news papers and magazines. Besides the postage Stamps, the dignity of the philately deserves along with the postal stationeries.

The first green envelope with the denomination of 4 paisa was brought out in 1933. The first registered envelope(orange) of 27 paisa was issued in 1936.

First aerogramme(blue) of 8 paisa was introduced on 15 April 1959 in two varieties, with and without the symbol of Garudas(bird) at its four corners.

When we discuss about the rarity of postal stationeries of Nepal, the first issued aerogramme(either mint or unused) Without Swastika mark has become of great demand due to its scarcity. Anybody with the information of this 'fist aerogram' will be of great importance.

Readers are highly welcome send their opinions. This writer, 73 years old wishes for philatelic exchanges with Korean people.

● 네팔 우편 역사

**푸냐 슈타피트**
(Sthapotpunya@gmail.com)

오늘날, 우표는 일상생활에서 많이 쓰이는 보편 상품이 되었습니다. 네팔은 세계 최고봉 에베레스트산뿐만 아니라 부처님의 탄생지로 유명한 곳입니다. 그래서 네팔 우취가 세계적 관심을 받게 된 이유이기도 합니다. 세계 우취인들이 네팔 우표를 사랑하고 있습니다.

이근후 교수님은 한국의 저명한 정신과 의사로서 아시아의 떠오르는 선진국인 한국에서 네팔 우취 붐을 일으키고 있는 우취인이십니다. 네팔은 1974년 7월에 한국과 외교관계를 수립했고 북한과도 수교를 하고 있는 평화국가입니다. 물론 한국과의 외교를 더욱 중요하게 생각하고 있지요.

최근에는(2016년 6월) 이 교수님께서 한국어와 네팔어로 훌륭한 책을 출간하셨습니다. THE HIMALAYAS ON NEPAL Stamps - Prof. Dr Rhee

이 교수님의 주된 바람은 네팔과 네팔 문화를 좀 더 알리는 데에 있습니다. 네팔인들은 이런 이 교수님의 활동에 너무나 기뻐하고 무한한 감사를 보내고 있습니다.

이 책은 여러 네팔인들에 관한 내용을 포함하고 있습니다. 예를 들면 Mr K.K. Karmacharya<sup>(예술가이자 우표디자이너)</sup>, Mr Kamam Singh Lama, Mr Kamal Prasad Koirala, Prof. Dr Milan Ratna Shyakya. 그중에서 특히 Karmacharya 씨는 중년 신사이자 수많은 네팔 우표를 디자인한 예술가입니다. 그는 기네스북에도 올라 있습니다. 그의 우표는 네팔인들의 자부심과 훌륭한 예술가적 상상이 담겨 있어 우리에게 큰 기쁨을 주고 있습니다. 나의 가장 친한 벗인 Karmacharya 씨에게 언제나 감사의 마음을 전합니다.

이 교수님은 한국에서 미술관을 갖고 계십니다. 그의 산, 인물, 예술에 대한 다양하고 깊은 애정으로 네팔 사회에서 큰 관심을 받고 있습니다. 그의 가장 큰 역할 중의 하나는 바로 여러 방법으로 한국과 네팔인들을 연결한다는 점입니다. 그중의 하나가 바로 네팔의 그림을 한국의 예술인들에게 소개하는 것입니다. 그런 진실되고 중요한 역할로, 한국 신사인 이 교수님은 잘 알려져 있습니다. 요즘 많은 네팔인들이 한국을 방문하는 행운을 갖게 되는데, 아쉽게도 저는 그런 기회가 아직 없었습니다.

이 교수님은 이미 2010년 1월에 카트만두의 네팔미술학회<sup>(NAFA)</sup> 강당에서 네팔 우표를 전시한 경험도 있습니다. 그의 남다른 전시는 매우 독창적입니다. 전시회에서 우표는 투명한 가방 안에 전시되었고 다른 장식품과 함께 마루에 진열되기도 했습니다. 참으로 현실적인 전시 방법이었습니다.

이 교수님은 이미 두 권의 책을 출간하셨습니다.

a. The Spirits of Himalaya and Nepal stamp icon
b. Short Essays about Nepal in his credit

네팔의 우편사를 간략하게 소개드리면, 1875년에 우정 업무가 시작되었고 3년 후인 1878년에 최초의 우체국이 문을 열었습니다. 세계에 네팔 우표를 알리기 위해서, 네팔 정부는 1881년 4월 13일에 3종류의 우표를 발행했습니다. 액면은 1 아나(청색), 2 아나(갈색), 3 아나(녹색)이었고, 천공과 무공우표가 모두 발행되었습니다. 두 종류의 천공/무공우표를 모두 소장하는 건 참으로 행운이라고 할 수 있습니다. 원하는 우표를 소장하는 건 우취인에게 가장 즐거운 일이지요.

1978년 4월에 네팔 우정국은 우정 업무 100주년을 맞아 기념행사를 가졌습니다. 그때 25 파이사와 75 파이사 2종류의 기념우표가 발행되었고, 이 우표가 바로 Karmacharya 씨가 디자인한 네팔의 중앙우체국 빌딩이 그려져 있는 우표입니다.

1882년에 82개의 우체국이 1950년에는 116개로 늘어났습니다. 1887년에 영국대사관 우체국이 세워졌고, 1947년에 영국으로부터 인도가 독립한 후에는 인도대사관 우체국으로 이름이 바뀌었습니다. 1965년에 인도대사관 우체국이 폐쇄되어진 후에야 비로소 네팔인들은 웃음을 되찾을 수 있었습니다.

사실 네팔은 역사 이래로 언제나 독립국가로 지내왔지만, 과거에 식민지 경험이 있는 나라들은 네팔이 늘 독립국가였다는 사실을 받아들이기가 쉽지 않습니다.

다른 나라와의 우정 업무는 1963년 파키스탄과 우정 업무를 체결했고,

최초 국제우편 업무는 1965년 4월에 카트만두에서 시작되었습니다. 1965년에는 네팔의 Kodari에 티벳과 우편 업무를 하는 사무소가 개설되었습니다. 네팔과 영국 간의 우정 업무는 1965년 새해에 시작되었습니다. 그때 15 파이사 액면의 기념우표가 삼각형 형태로 발행되었는데, 1956년 12월에 UN 가입기념 12 파이사 삼각형 우표 이후의 2번째 삼각형 우표입니다.

네팔의 최초 우표전시회는 1966년에 왕자 Birendra Bir Bikram shah 주도하에 카트만두에서 열렸습니다. 이 역사적인 전시회는 전 세계에 네팔우취를 알리는데 큰 역할을 했습니다. 그리고 그 며칠 후에는 네팔우취회(NPS)가 설립되었고, 2016년 7월 10일에는 네팔우취회 창립 50주년 행사가 중앙우체국에서 성대히 열렸습니다. 그때 네팔우취회를 기념하기 위해 100루피와 1000루피 두 종류의 기념주화가 발행되기도 했습니다.

엽서/봉함엽서/등기엽서/항공서간/띠지 같은 스태셔너리도 중요한 우취자료 중의 하나입니다. 우표 이외의 이런 스태셔너리 자료들도 우취의 소중한 자료들입니다. 최초의 스태셔너리는 1933년 4 파이사 봉함봉피이고, 첫 등기봉피는 1936년에 발행된 27 파이사 봉피입니다. 첫 항공서간은 1959년 4월 15일에 발행된 8 파이사 봉피인데 모서리에 Garudas라는 새 문양이 있는 것과 없는 것 2종류의 변종이 있습니다.

네팔의 스태셔너리 중에서 가장 희귀한 자료는 바로 Swastika 문양이 없는 최초의 항공서간입니다. 워낙 귀하기에 이 최초의 항공서간을 소장한다는 건 아주 중요한 의미를 갖습니다.

본인은 73살로 한국 우취인과 많은 교류를 원합니다. 독자들의 많은 관심과 의견 교환 바랍니다. 감사합니다. (임강섭 번역 ⟨woopyo.com lowkmail@gmail.com⟩)

## Different Flowers Found in NEPAL

**Prabha Rai**
(Teacher. Future Star English Secondary School)

A flower is a colourful conspicuous structure associated with angiosperms, frequently scented and attracting various insects and which may or may not be used for sexual reproduction. A flower, sometimes known as a bloom or blossom, is the reproductive structure found in plants that are floral. The biological function of a flower is to effect reproduction, usually by providing a mechanism for the union of sperms with eggs. Flowers may facilates outcrossing or allow selfing. Flowers contain sporangia and are the site where gamatophytes develop. Many flowers have envolved to be attractive to animals, so as to cause them to be vectors for the transfer of pollen. After fertilization, the ovary of the flower develops into fruit containing seeds.

In addition to facilating the reproduction of flowering plants, flowers have long been admitted and used by humans to beautify their environment and also as objects of romance, ritual, religion, medicine and as a source of food.

However, for the flourishment and well growth development of flower, a suitable environment is must. On behalf of this requirements, Nepal seems to be a paradise for the variety of flowers. In Nepal, flowers are highly prioritized in cultural and religious function for offering to guests and Gods.

The tiny country Nepal is situated in the Himalayan Mountain ranges and hence it has a lot of variety in flora and fauna. One can find exquisite varieties of flowers in Nepal which are not found anywhere else in the world. Nepal has rich biodiversity and many of its plants and flowers have demonstrated medicinal properties that have been used by the local people for years. In Nepal there are more than 6500 varieties of flowers along with trees and bushes. The threat of rising environment hazard is posing a great danger to the rare species of flowers and plants in Nepal and hence the Nepalese government has initiated some protective measures to ensure that the rare varieties of flowers in Nepal do not go extinct.

Generally, the flowers start blooming in Nepal at the end of winter and in the monsoon seasons the surrounding landscapes comes alive with the blooming of flowers. As the climate gets warmer, the flowers in the sub-tropic region began to bloom. March and April are the main months in Nepal which is known as the flower season as it is called the "King of the Seasons". In July and August, the western region of Nepal thrives with great scenes of flowers.

Here, some of the flowers have been enlisted along with their Nepali name, that are especially found and most popular in Nepal from different points of views.

1. Rhododendron<sup>(Laligurans)</sup>
2. Marigold<sup>(Sayapatri)</sup>
3. Blue memosa<sup>(Shiris ko phul)</sup>
4. Chrysanthemum<sup>(Godawori)</sup>
5. Sunflower<sup>(Suryamukhi)</sup>
6. Hebiscus<sup>(Ghantiphul)</sup>
7. Paaper flower<sup>(Gatephul)</sup>
8. Lotus<sup>(Kamal)</sup>
9. Jasmine<sup>(Chameli)</sup>
10. Night-flowering JasmineSS<sup>(Paarijaat)</sup>
11. Mognolia champaca<sup>(Chanp)</sup>
12. Mirabilis<sup>(Ghadiphul-clock flower)</sup>
13. Salhesh<sup>(Salhesh)</sup>
14. Orchid<sup>(Sungava)</sup>
15. Bastard Teak<sup>(Palash)</sup>
16. Poppy<sup>(Bhang)</sup>
17. Rose<sup>(Gulapha)</sup>
18. Amaranthus<sup>(Makhamali phul)</sup>
19. Poinsettia<sup>(Lalupate)</sup>
20. Blue poppy<sup>(Indrakamal)</sup>

Since, Nepal is the common habitat for these flowers, some of them have been described shortly.

### Rhododendron

The name rhododendron is derived from the Greek words; rhodos<sup>(rose)</sup> and Dendron<sup>(tree)</sup>. This flower falls on the kingdom

Plantae with the generic name Rhododendron, which is also its English name. In Nepali, it is popular as Laligurans. It is also known as the national flower of Nepal.

There are over 1000 natural species of rhododendron including species and a number of trees that grow to heights of up to 30 meters. The heighest species diversity is found in Himalaya. Of the over 30 species of rhododendron in Nepal, the most renowned is Rhododendron arboretum known as Gurans in Nepali. Starting at elevations of around 1400m the flowers are a vibrant red. However, as altitude increases the colour begins shifting to pink, gradually becoming pure white at elevations of 3600m. It has economical as well as medicinal importance. Especially, Nepalese people they use this flower as a medicine when the bones of the fish are stricken in the neck. Similarly, juice can be produced from the petals of Rhododendron.

Fig : Varities of Rhododendron

### Marigold

The marigold, common name in English has been derived from "Mary's gold" is a native to Nepal as a genus of annual or perennial, mostly herbaceous plants in the sunflower family[Asteraceae or Compositae]. It was first described as a genus by Linnaeus in 1753. Its generic name is Tagetes, and Sayapatri in Nepali, which means hundred-petals flower, referring to its many florets per head.

Tagetes species vary in size from 0.1 to 2.2m tall. Most species have pinnate green leaves; blooms naturally; occur in golden, orange, yellow, and white colors, often with maroon highlights. Basically, Tagetes species grow well in almost any sort of soil; thus they are gaining popularity in horticulture with the commercial importance. These flowers can be use as a garland so they are very useful in various formal and informal programs like farewell, felicitation programmes, festivals like Tihar[festival of light-&-flowers] for decorating houses. Besides this cultural importance, they are also can be used as the medicine as they care skin; dry marigold are used as the medicine for sore throat.

Fig : Marigold flowers

### Jasmine

Jasmine is a genus of shrubs and vines in the olive family i.e Oleaceae. It's typical Nepali name is "Chameli". It contains around 200 species. Jasmines are widely cultivated for the characteristic fragments of their flowers. They can be either deciduous or evergreen and can be erect, spreading or climbing shrubs and vines. The flowers are typically around 2.5 cm in diameter. They are white or yellow in color, although in rare instances they can be slightly reddish.

Fig : Jasmine

### Blue memosa

It is commonly known as the "Shiris ko Phul" belonging to the family Fabaceae. Memosa is a genus of about 400 species of herbs and shrubs. The generic name has been derived from the Greek word; memos means "actor" and osa means "resembling", suggesting its 'sensitive leaves' which seems to "mimic conscious life".

This flowers also blossoms in Nepal basically in Kathmandu valley during the spring season. The flower is generally of purple colour. Nepalese people are not supposed to celebrate the blue memosa blossoms day but the nature itself will be celebrating the day during its season. We can use it for the decoration purpose.

Fig : Marigold flowers

### Night-flowering Jasmine(Parijat)

Parijat is to be the "Flowers of God". It is also known as "Harsinga" in Hindi and "Shefli" in Bengali. It bears the botanical name of Nycatanthas abortristis. Nycatanthas mean 'night flowering' and abortristis means the 'sad tree' or 'the tree of sorrow' as in the early morning when it has dropped its flowers, the tree appears to look sad. These flowers open at night spreading their fragrance in the surrounding area with an intensely sweet floral aroma. These flowers blossoms between august to December.

Fig : Parijat

It is of divine origin and yet with the first ray of the sun it drops from the branches. Even then it holds the distinction of being the only one that can be picked from the earth and offered to Gods. Probably that is why apart from the romance, it is of great medicinal value.

### Mangolia champaca

Magnolia champaca is a large evergreen tree in the Magnoliaceae family. It is known as champak in English and popular as champa in Nepali community. In its native range Mangolia champaca grows upto 50 meters or taller. Its trunk can be to 1.9 meters in diameter. The tree has a narrow umbelliform crown. It has strongly fragments flowers in varying shade of cream to yellow-orange during June to September. Hence, it is famous for its fragrance and its timber are used in wood working.

Fig : Magnolia champaca

### Salhesh

It is an amazing flower that blooms only in Nepal. For your kind information, these all flowers are bloomed just for one day, i.e. first day of Nepali New Year or 1st Baishakh(14th or 15th April) of every year. Yes, you can call it the 8th wonder of the world. But there is huge mela(fete) or celebration in that area of Nepal, eastern region of Nepal,

Fulbari of Siraha district. Thousands of visitors come here to observe this wonderful flower in that 1st day of Nepali New Year of Bikram era. This flower is just bloomed in 1st day of Baishakh, falls down in the late night of that day. You cannot see them anymore in the 2nd day of the New Year. Hence, Fulbari can be tourist places in the Nepal as it is called Fulbari Mela or Salhesh Fulbari Mela in local area.

Fig : Salhesh flower

### Bastard Teak

It is also one of the flower found in Nepal. Bastard teak is the English name of the flower whereas it is popular as a Palash in the Nepali society. The botanical name of Palash is Butea monosperma belonging to the family Fabaceae. When the tree blooms, it is ushering of spring from people in Bengal. Palash thrives in tropical and sub-tropical regions. This tree blooms during February and covers the landscape red thus deriving the other name "Flame of the Forest".

Palash is deciduous and grows slowly to a height of 15m - 20m. the leaves are leathery and big and can grow upto 16cm in width. Other name of Palash are Dhak, Parrot tree, etc

Fig : Bastard Teak(Palash)

### Orchids

These flowers belongs to the family Orchidaceae of the Plantae kingdom. The orchidaceae are a diverse and widespread family of flowering plants. They have about 28,000 currently accepted species, distributed in about 763 genera. These are popular as "Sungabha" in Nepali community.

When it comes to the orchids, Nepal is the paradise for this variety of flowers because the region has a moist atmosphere and cloudy forest that is conducive for the growth of orchids. Orchids are like the national treasure of Nepal and it has attracted collectors so much that some have also attempted heists for securing the rare wild varieties of orchids. Smuggling of orchids in Nepal is a flourishing business and hence if Nepal is the paradise for orchids, it is also the paradise for orchid smugglers. The indigenous wild orchids of Nepal are smuggled to its neighboring country india from where it is exported to the Europe and the United States. There are 386 registered orchid varieties in Nepal and each year three to four and even more varieties of orchids are discovered in Nepal. Hence, orchids are the most important flower varieties of Nepal.

Fig : varities of Orchids

### Poinsettia(Lalupate)

It is also known as Noche Buena along with the scientific name Euphorbis pulcherrima of the family Euphorbiaceae and kingdom Plantae. This flower are basically found in the hill region of Nepal. It is popular as a "Lalupate" among the Nepalese people.

This flower are very important in European countries from the cultural and commercial aspects. It is also found in the Kathmandu valley and Hilly region of Nepal. The real flower in this species seems to be small surrounded by the bract, proudly termed as a flower. The growth and changes of leaves in this flower takes place during night time(darkness for 12 hours countinously till 5 days) and for the shiny characteristics, it requires enough light during day time.

Fig : Poinsettia(Lalupate)

Of course, there are innumerable species of plants and flowers but above mentioned flowers are prominent among all. From the ancient time, flowers are used from the birth to the death of the people in Nepal. There is no bar of religion, caste, topography to find and utilize the flower for different good luck. The beauty of flowers represents the beauty of the nature as well as the heart of the Nepalese culture and tradition. We Nepalese people use especially red colour flower for good moment and white or yellow colour flowers for the cremation or funeral rites. Various types of flowers are also printed on Nepalese postal Stamps. Thus, flowers are important in every aspects of life.

● 네팔의 다양한 꽃들

**프라바 라이**
(Future Star English Secondary School.)

속씨식물과 연관된 꽃은 색이 화려하고 다소 신비스러운 구조이다. 이 속씨식물은 대개 향을 가지고 있고 다양한 곤충들을 유혹하며, 생식에 사용되거나 그렇지 않은 경우도 있다. 꽃송이, 꽃봉우리 등으로 불리는 꽃은 꽃을 피우는 식물에서 발견되는 생식구조이다. 꽃의 생물학적인 기능은 생식에 관여하며 정자와 난자의 결합을 위한 기제를 제공한다. 꽃들은 이종교배를 촉진시키거나 자가수정을 가능하게 하기도 한다. 꽃들은 포자낭을 가지고 있어서 여기서 배우체가 발달하게 된다. 많은 꽃들이 꽃가루 전달의 매개체로 삼기 위해 동물들을 매혹시킬 수 있도록 진화되어 왔다. 수정이 일어나면 꽃의 씨방이 씨를 포함하는 열매로 발달하게 된다.

개화식물의 재생산 외에도 꽃은 사람들에게 환경을 아름답게 만들고 사랑, 의례, 종교, 의학의 대상이며 음식의 원천으로 오랫동안 사용되고 인정받아 오고 있다.

그런데 꽃이 충분히 발달하고 만개하기 위해서는 적합한 환경이 필수적이다. 이런 측면에서 네팔은 다양한 많은 꽃들에게는 천국이다. 네팔에서 꽃들은 손님들과 신에게 바치는 선물로 문화적으로 종교적으로 매우 중요한 기능을 갖는다.

작은 나라인 네팔은 히말라야산맥에 자리하고 있어서 매우 다양한 식물군과 동물군을 가지고 있다. 세계의 다른 어느 곳에서는 볼 수 없는 특별하고 다양한 꽃들을 네팔에서 찾을 수 있다. 네팔은 풍부하고 다양한 생물체를 가지고 있고 이 식물들과 꽃들 중에서 많은 것들은 약용적 성질을 가지고 있어서 지역주민들은 이를 오랫동안 사용해 오고 있다. 네팔에는 약 6,500종 이상의 나무와 덤불과 꽃 등이 있다. 최근 증가하고 있는 환경오염 때문에 희귀한 네팔 식물과 꽃들이 위협을 받고 있어서 네팔 정부는 이 희귀종들이 멸종되지 않게 하기 위한 보호조치를 시작하였다.

일반적으로 네팔에서는 겨울 말에 꽃이 피기 시작해서 몬순 시기에는 주위가 온통 만발한 꽃들로 생생하게 살아난다. 기온이 점차 올라갈수록 아열대 지역의 꽃들이 피기 시작한다. 3월과 4월은 네팔에서 '계절의 왕'이라고 불리는 꽃들의 주요 시즌이다. 7월과 8월에는 네팔의 서쪽 지역에서 꽃들의 장관이 펼쳐진다.

다음은 몇몇 꽃들로 네팔어 이름과 함께 제시된다. 이는 네팔의 여러 지역에서 특별히 그리고 가장 흔하게 찾아볼 수 있는 것들이다.

1. Rhododendron<sup>(Laligurans)</sup> 철쭉
2. Marigold<sup>(Sayapatri)</sup> 금잔화
3. Blue memosa<sup>(Shiris ko phul)</sup> 청미모사
4. Chrysanthemum<sup>(Godawori)</sup> 국화
5. Sunflower<sup>(Suryamukhi)</sup> 해바라기
6. Hebiscus<sup>(Ghantiphul)</sup> 히비스커스
7. Paaper flower<sup>(Gatephul)</sup> 종이꽃
8. Lotus<sup>(Kamal)</sup> 연꽃

9. Jasmine<sup>(Chameli)</sup> 자스민

10. Night-flowering JasmineSS<sup>(Paarijaat)</sup> 밤자스민

11. Mognolia champaca<sup>(Chanp)</sup> 몽고목련

12. Mirabilis<sup>(Ghadiphul-clock flower)</sup> 분꽃

13. Salhesh<sup>(Salhesh)</sup> 살헤쉬

14. Orchid<sup>(Sungava)</sup> 난

15. Bastard Teak<sup>(Palash)</sup> 티크

16. Poppy<sup>(Bhang)</sup> 금영화

17. Rose<sup>(Gulapha)</sup> 장미

18. Amaranthus<sup>(Makhamali phul)</sup> 맨드라미

19. Poinsettia<sup>(Lalupate)</sup> 포인세티아

20. Blue poppy<sup>(Indrakamal)</sup> 수영배

네팔은 이 꽃들의 최적의 서식지인데 이들 중 몇몇을 소개하면 다음과 같다.

### 1. Rhododendron 철쭉

철쭉의 이름은 그리스의 말 'Rhodos<sup>(장미)</sup>'와 'Dendron<sup>(나무)</sup>'에서 유래하였다. 이 꽃은 식물계에 속하는 것으로 'Rhododendron<sup>(철쭉)</sup>'이라는 일반명을 가지고 있다. 네팔어로는 'Laligurans'로 네팔의 국화로 알려져 있다.

철쭉의 종류는 1,000개 이상으로 그중에 몇몇은 30m 이상까지 자란다. 가장 큰 종류는 히말라야에서 발견된다. 네팔에는 모두 30개 이상의 종이 서식하는데 가장 유명한 것은 네팔에서 'Gurans'로 불리는 'Rhododendron arboretum'이다. 해발 1,400m 지점에서부터 꽃들은 밝게 빛나는 붉은색을 띤다. 그러나 고도가 높아질수록 꽃은 분홍색으로 바뀌어 해발 3,600m에서는 점차 순수한 백색을 띠기 시작한다. 이는 약용적일 뿐만 아니라 경제적으로도 중요하다. 네팔 사람들은 이 꽃을 목에

생선 가시가 박혔을 때 약으로 사용한다. 또한 이 꽃잎으로부터 음료를 만들기도 한다.

Fig : Varities of Rhododendron

## 2. Marigold 금잔화

금잔화(Marigold)는 'Mari의 금'에서 유래한 일반적인 영어 이름으로 네 팔에서는 일 년 혹은 다년 속(genus)에 속하는 것으로 해바라기(Asteraceae or Compositae)과에 속하는 초본 식물이다. 이는 1753년에 Linnaeus에 의 해 처음 속(genus)으로 기술되었다. 이것의 속명은 'Tagetes', 네팔어로 'Sayaptri'로 백 개의 꽃잎이라는 의미인데 이는 한 꽃당 많은 꽃잎이 있 음을 뜻하는 것이다.

Tagetes종은 그 크기가 다양해서 0.1m에서 2.2m에까지 이른다. 대부분 의 종은 마주나기 잎을 가지고 있으며 자연적으로 꽃이 피며 종종 적갈색 이 도는 금색, 오렌지색, 노란색, 그리고 백색으로 나타난다.

Tegetes종은 기본적으로 거의 모든 종류의 토양에서 잘 자란다. 그래서 이 종은 그 상업적인 중요성 때문에 원예농업에서 각광을 받고 있다. 이 꽃들은 화관을 만드는데도 사용되는데 그래서 인사를 하거나 축하를 하는 자리, 빛과 꽃의 축제라고 부르는 티하(Tihar) 같은 축제에서도 집을 장식하는데 사용된다. 이런 문화적인 중요성 말고도 약으로도 사용될 수 있는데 피부 관리에 쓰고 목이 아플 때는 마른 꽃을 사용한다.

Fig : Marigold flowers

### 3. Jasmine 자스민

자스민은 관목 종이고 올리브과 즉 'Oleaceae'의 넝쿨식물이다. 이것의 네팔 이름은 'Chameli'이다. 이는 약 200여 종을 포함한다. 자스민은 그 꽃이 가진 독특한 향 때문에 널리 재배되는 꽃이다. 이들은 낙엽수일 수도 있고 상록수일 수도 있으며 곧바로 자라거나 옆으로 퍼지거나 관목이나 넝쿨식물들을 타고 올라가며 자랄 수 있다. 꽃은 전형적으로 그 직경이 2.5cm 정도 되는데 하얀색이거나 노란색이고 드물기는 하지만 경우에 따라서는 약간 붉은빛을 띠기도 한다.

Fig : Jasmine

## 4. Blue memosa 청미모사

이는 일반적으로 'Shiris ko Phul'로 알려져 있는데 콩(Fabaceae)과에 속한다. 미모사는 약 400종에 달하는 관목과 초본식물로 그 속명은 그리스어에서 유래하였는데 memos는 '배우(actor)'를 osa는 '닮은(resembling)'을 뜻하는 것으로 그 섬세한 잎들이 의식적인 삶을 모방하는 것처럼 보인다.

이 꽃들은 네팔에서는 봄에 주로 카트만두 계곡에서 핀다. 꽃은 대부분 보라색을 띤다. 네팔 사람들이 청미모사 꽃이 피는 날을 축하하지는 않지만 자연 그 자체는 청미모사의 계절을 축하할 것이다. 이 꽃은 장식 목적으로 사용될 수 있다.

Fig : Marigold flowers

## 5. Night-flowering Jasmine(Parijat) 밤자스민

Parijat은 신의 꽃이라고 불린다. 이는 힌두어로는 'Harsinga', 벵갈어로는 'Shefli'라고 불린다. 식물명은 Nycatanthas abortristis인데 Nycatanthas은 '밤에 피는', abortristis는 '슬픈 나무' 혹은 '슬픔의 나무'를 의미한다. 이는 이 나무가 이른 아침에 꽃을 떨어뜨리므로 슬프게 보이기 때문이다. 꽃들은 밤에 피어 주변에 달콤하고 강한 꽃향기를 퍼뜨린다. 이 꽃은 8~12월 사이에 핀다.

이는 근원부터 성스러운데 가지로부터 첫 번째 햇살을 떨어뜨린다. 이 꽃은 비록 한 송이만 피어 있더라고 눈에 띄어 신에게 바쳐질 만큼 독특함을 가진다. 이것이 낭만적인 것과는 거리가 멀고 매우 큰 약용적 가치를 가지는 이유일 것이다.

Fig : Parijat


### 6. Mangolia champaca 몽고목련

Magnolia champaca는 목련(Magnoliaceae)과에 속하는 큰 상록수 중의 하나이다. 이는 영어로는 'champak', 네팔에서는 'champa'로 불리는 대중적인 꽃이다. 원산지에서 몽고목련은 50m 이상으로 자란다. 그 몸통은 직경이 1.9m에 달하고 산형화의 수관을 갖는다.

꽃은 6월에서 9월까지 피는데 낱낱이 떨어져 있는 꽃잎은 크림색에서 오렌지빛 도는 노란색에 이르기까지 여러 색을 가진다. 이 꽃의 향기는 유명하며 목재는 목공에 사용된다.

Fig : Magnolia champaca

## 7. Salhesh 살헤쉬

이 꽃은 네팔에서만 피는 신비로운 꽃이다. 이 꽃은 단 하루 동안 특히 네팔의 신년 첫날이나 같은 해 바이샤크(Baishakh)의 첫날 즉 4월 14일이나 15일에 핀다. 그래서 이것을 세계 8대 신비라고 부를 수 있을 것이다. 네팔의 서쪽 지역인 시라하 지역의 풀바리에서는 대규모의 축제 혹은 축하의식이 있다. 이 놀라운 꽃이 비크라메라(Bikramera)의 네팔 신년의 첫째 날에 피는 것을 보기 위해 수천의 방문객이 찾아온다.

이 꽃은 바이샤크(Baishakh)의 첫째 날 펴서 그날 늦게 진다. 이튿날에는 찾아보기 어렵다. 풀바리는 네팔의 관광지인데 그 지역에서는 '풀바리 멜라(Fulbari Mela)'나 '살헤쉬 풀바리 멜라(Salhesh Fulbari Mela)'라고 부른다.

Fig : Salhesh flower

## 8. Bastard Teak 티크

이 역시 네팔에서 발견되는 종의 하나이다. 영어로 'Bastard teak'인 이 티크꽃은 네팔에서는 '팔라쉬(Palash)'로 불린다. 이것의 학명은 'Butea monosperma'로 콩과(Fabaceae)에 속한다. 벵갈 사람들에게 봄은 이 나무에 꽃이 피는 것으로 시작된다. 팔라쉬는 열대나 아열대 지역에서 번성한다. 이 꽃은 2월 동안 피며 온 경관을 붉게 물들이기 때문에 '숲의 불꽃'이라는 이름을 얻었다.

팔라쉬는 낙엽수이고 서서히 성장하며 키는 15~20m에 이른다. 잎은 가죽 같고 크며 그 넓이가 16cm에 이른다. 팔라쉬의 다른 이름은 '다크(Dhak)', '앵무새 나무(Parrot tree)' 등이다.

Fig : Bastard Teak(Palash)

## 9. Orchids 난

이 꽃은 식물계의 난초과(Orchidaceae)에 속하는 것으로 난초과는 개화식물과에서 매우 다양하고 많은 분포를 가진 과이다. 여기에는 763개 속의 28,000개 종이 포함되어 있다. 네팔에서는 '성가바(Sungabha)' 로 널리 불리우고 있다.

난에 대해서 말한다면 네팔이야말로 다양한 난초과 식물에게는 낙원과 같다. 왜냐하면 난의 성장에 최적인 습한 환경과 구름에 덮힌 숲이 있기 때문이다. 난은 네팔의 국보와 마찬가지로 수집가들이 희귀한 야생 종을 보존하기 위해서는 강탈도 시도할 만큼 매력적이다. 네팔에서 난을 밀수하는 것은 번성하는 사업인데 네팔이 난의 천국인 것처럼 난 밀수자들에게도 천국인 것이다. 네팔 고유의 야생 난은 인도로 밀수되어 유럽이나 미국으로 보내진다. 네팔에는 386개의 등록된 종이 있는데 매해 서너 개 혹은 그 이상의 새로운 종이 발견되고 있다. 그래서 난은 네팔에서 가장 중요한 꽃이다.

Fig : varities of Orchids

### 10. Poinsettia(Lalupate) 포인세티아

이는 식물계 대극과에 속하며 학명은 'Euphorbis pulcherrima'인데 노체 '부에나(Noche Buena)'라고 불린다. 그 꽃은 주로 네팔의 언덕 지역에서 발견된다. 이는 네팔인에게는 '라루파트(Lalupate)'로 알려져 있다.

이 꽃은 유럽에서 문화적으로, 상업적으로 매우 중요한 꽃이다. 이는 카트만두 계곡과 네팔의 다른 언덕 지역에서 발견된다. 이 종의 진짜 꽃은 꽃받침에 둘러싸인 작은 꽃인데도 꽃이라고 불릴 만하다. 잎의 성장과 변화는 밤(밤이 12시간 이상, 5일간 지속되는) 사이에 이루어지는데 반짝반짝하는 특징 때문에 낮에는 충분한 빛이 필요하다.

Fig : Poinsettia(Lalupate)

물론 네팔에는 셀 수 없이 많은 종류의 식물과 꽃들이 있지만 그중에서도 돋보이는 것은 꽃이다. 고대로부터 네팔에서 꽃은 사람의 탄생에서부터 죽음까지에 모두 다 이용된다. 어떤 지역이나 신분, 지형에서도 행운을 빌기 위한 다양한 꽃을 어려움 없이 찾거나 이용할 수 있다. 이 아름다운 꽃은 네팔의 문화와 전통의 핵심뿐 아니라 자연의 아름다움까지 반영한다. 네팔 사람들은 주로 빨간 꽃은 축복의 순간에, 희거나 노란색의 꽃은 화장이나 장례식에 쓴다. 여러 종류의 꽃들은 네팔의 우표에 담겨 있다. 꽃들은 삶의 모든 측면에서 중요하다. (박은선 역 〈sudhana2001@naver.com〉)

# 차례(Contents)

### 1장

### 세상을 넉넉히 품는 꽃향기

## 2장
### 꽃의 마음과 사람의 마음

## 3장
### 깊은 산중에
### 은은한 향기로

# 4장
# 자기희생의 고귀함

## 5장
## 우표로 보는
## 한국의 난초

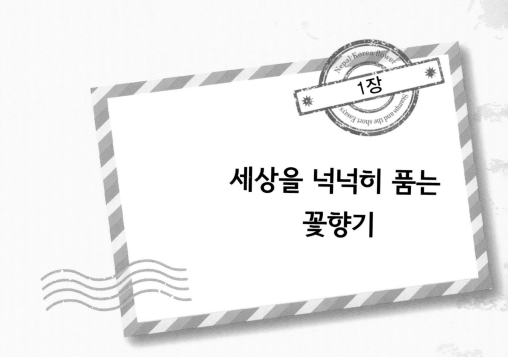

1장

세상을 넉넉히 품는
꽃향기

**Nepal. 17th September 1969. NS#258 Sc#224. Rhododendron arboreum**

▶ Technical Detail ·······························································

Description : Rhododendron arboreum
Date of Issue : 17th September. 1969
Value : 25 Paisa
Color : Multi Color
Overall Size : 25.5×36mm
Perforation : 13.5×13.5
Sheet : 4×4=16 Stamps
Quantity : 4 Hundred Thousand
Designer : K.K. Karmacharya
Printed by : Government Printing Bureau, Tokyo Japan.

Nepal Proverb ▶

Look before you lean.
기댈 곳을 미리 보고 기대어라. B

# 히말라야 설원에 붉게 핀 영혼의 노래

Rhododendron arboretum

*붉은만병초(랄리구라스)는 진달래과에 속하는 상록활엽수다. 네팔의 산간 지방에 3월부터 5월까지 피는 꽃으로 네팔을 상징하는 국화(國花)이다.
*붉은만병초가 있는 이 우표는 1969년도 네팔을 대표하는 꽃 중 히말라야를 배경으로 도안된 4종의 우표 중 하나이다. 꽃말은 '위엄과 존엄'이다.

한 나라를 상징하는 것으로 국기(國旗), 국가(國歌), 국화(國花) 등이 있다. 무궁화는 우리나라의 은근과 끈기의 민족성을 상징하는 우리나라 꽃이다. 남궁억 선생은 일제강점기에 고향인 홍천으로 내려와 모곡학교를 설립하고 후학 양성과 무궁화 보급에 심혈을 기울였다. 무궁화가 지고 피듯이 이 나라의 광복을 확신하고 절망 대신 소망을 외치며 후학들을 양성한 것이다. 홍천 모곡리에 있는 한서교회에는 지금도 수많은 무궁화들이 피고 지면서 민족의 혼을 지키고 있다. 이처럼 국화(國花)는 한 나라의 상징일 뿐만 아니라 위기에 국민의 마음을 하나로 묶는 중요한 역할을 하는 꽃이다.

붉은만병초(랄리구라스, Rhododendron)는 네팔을 상징하는 국화(國花)다. 만병초는 '만병통치약'이라는 뜻을 가진 진달래과에 속한 나무다. 높은 산간 지방에서 3월부터 5월까지 피는 네팔을 대표하는 향토적인 꽃이다. 혹독한 추위와 열악한 환경에 지쳐 있을 때 온 산을 물들인 붉은 꽃을 보고 새 힘을 얻었을 것이다. 히말라야의 설경을 배경으로 서 있는 붉은 꽃은 꿋꿋한 생명의 노래다. 국민들의 삶과 민족성이 담겨 있는 이 소중한 꽃을 우표에 담아 길이 남기려는 의지가 보인다. 네팔의 맑은 영혼이 설원에 붉게 피어 있다. ⬛

**6th July 1994. NP#581. Sc#539. Regural Series Mount. Everest**

▶ Technical Detail ·········································

Description : Regural Series Mount. Everest
Date of Issue : 6th July 1994
Value : 1 Rupee
Color : Multicolor
Overall Size : 31.5X25mm
Perforation : 14×14
Sheet : 50 Stamps
Quantity : 10 Millions
Designer : M.N. Rana
Printed by : Bangladesh, Security Printing Press.

Nepal Proverb ▶

He who cannot face the tiger alive will pull its whiskers when it is dead.
산 호랑이를 쳐다보지도 못하는 놈이 죽은 호랑이 수염을 뜯는다. **B**

# "헬로우 파이사 파이사(Hellow Paisa Paisa)"

Rhododendron arboretum

나는 트레킹을 하면서 자주 만나는 어린 소녀들이 하는 말을 처음엔 알아듣지 못했다. 돈을 달라는 말이다. 일종의 구걸이다. 이런 소녀들을 처음 대했을 때 나는 괜히 울컥하는 마음이 일었다. 이것은 순전히 내 개인의 체험 때문이다. 오래전이다. 1945년 8월 15일 우리나라가 해방이 되었다. 해방과 더불어 미군이 진주해 와서 병영을 차렸다. 처음 보는 미군이다. 그때 배운<sup>(누가 가르쳐 준 것은 아닌데)</sup> 영어 "기브 미 츄잉껌(Give me chewing gum)"이다. 이런 기억이 겹쳐지면서 울컥했다.

네팔 소녀는 네팔 국화 랄리그라스(Lali Guras)를 고사리 같은 손에 들고 있었다. 트레킹하는 과객들에게 꽃을 사라는 뜻일 게다. 영어로는 로도덴드론(Rhododendron)인데 어원을 보면 그리스어로 로도(Rodo)는 장미(Rose)이고 덴드론(dendron)은 나무(tree)를 의미한다고 하니 장미나무인 셈이다. 이름은 그렇지만 장미와는 거리가 멀고 철쭉 계통이다. 우리 이름으로는 만병초(萬病草)다. 일본 이름은 석남화(石南花), 중국에선 두견화(杜鵑花)라고도 불린다.

3~5월에 집중적으로 피는 이 꽃은 6~9m 정도로 자라는 거목이다. 1,200~3,000m 고도에서 자라는데 고도가 낮은 곳에선 붉은 랄리구라스 중간 지대에선 분홍 꽃, 높은 위치에선 흰 꽃으로 핀다. 나는 언제나 "헬로우 파이사." 소녀가 건네주는 랄리구라스를 배낭에 꽂고 올랐다. **ℝ**

**31st December 1989. NP#521. Sc#476. Rara National Park**

▶ Technical Detail ·····································

Description : Rara National Park
Date of Issue : 31st December 1989
Value : 4 Rupees
Color : Multicolor
Overall Size : 34X34mm
Perforation : 14.5×15
Sheet : 50 Stamps
Quantity : 1 Million
Designer : M.N. Rana
Printed by : Harrison and Sons Limited, England

# 랄리그라스와 석청

Rhododendron arboretum

네팔 지인이 어렵게 구한 석청이라면서 인편을 통해 석청 한 병을 보내왔다. 마침 한국석불문화연구회의 월례모임이 있어서 거기 가져가 회원들과 나누어 마셨다. 석불연구회는 매달 한 번 토요일과 일요일에 전국의 석불을 답사하고 수요일엔 모여 학술적 모임을 가졌다. 마침 한여름이라 석청을 시원한 물에 타서 모두 한잔씩 벌컥벌컥 마셨다. 얼마 지나지 않아 참석한 10여명이 경련을 일으키면서 쓰러졌다. 나는 몹시 당황하여 119를 불러 우리 병원 응급실로 데려갔다. 마침 석청을 안 마신 친구가 나와 간호보조원 두 사람이다. 나는 당뇨가 있어서 마시지 못했고 간호보조원은 오는 회원들에게 석청을 타 주느라 마시지 못했다.

10여 명이 석청을 먹고 응급실을 찾았으니 석청을 먹인 내가 응급실 의사와 함께 의학적 처치를 하느라 바빴다. 다행이 새벽녘이 되어서야 10여 명 모두 의식을 회복하고 응급실 뜰에 나와 환담을 나눌 정도가 되었다. 이구동성으로 아주 개운하단다. 석청을 만드는 벌들은 주로 독성이 많은 일부 랄리그라스에서 꿀을 딴다고 알려져 있다.

문헌에 의하면 네팔 국화 로도덴드론으로부터 벌들이 꿀을 딸 때 그레이아노톡신(Grayanotoxin)이란 독성물질을 함께 가져온다. 섭취하면 부정맥, 동공확대, 호흡곤란, 경련발작 등을 일으키고 과량 복용하면 사망에 이른다. 분홍 꽃과 흰 꽃에서 독성이 더 강하다. ®

**Nepal. 17th September 1969. NS#259. Sc#225. Narcissus**

▶ Technical Detail ·····································

Description : Narcissus
Date of Issue : 17th September
Value : 25 Paisa
Color : Multi Color
Overall Size : 25.5×36mm
Perforation : 13.5×13.5
Sheet : 4×4=16 Stamps
Quantity : 4 Hundred Thousand
Designer : K.K. Karmacharya
Printed by : Government Printing Bureau, Tokyo Japan

Many cats catch no mouse.
고양이가 많으면 쥐 한 마리 못 잡는다. **B**

# 사랑의 출발점, 수선화의 전설

Narcissus

*수선화는 백합과에 속하는 여러해살이 알뿌리 식물이다.
*1~2월에 잎 사이에서 꽃대가 나와 그 끝에 노란색, 흰색 등 여섯 꽃잎의 꽃이 핀다. 꽃말은 '자기 사랑, 자존심, 이루어질 수 없는 사랑'이다.

사랑의 시작은 어디서부터일까? '네 이웃을 네 몸같이 사랑하라.'라는 성경 말씀은 '이웃 사랑'을 강조한 말이다. 어떻게 사랑할 것인가? 자신의 몸을 사랑하듯 하라. 그 뜻은 세상의 그 무엇과도 비교할 수 없는 지극함으로 사랑하라는 뜻이다. 수선화는 그리스신화에 나오는 슬픈 전설의 꽃이다.

용모가 준수한 나르시소스는 많은 이들의 선망의 대상이었다. 어느 날 물 속에 비친 아름다운 자기 모습에 반해 그만 물에 빠져 죽고 만다. 그가 죽은 자리에 은 접시에 금잔이 놓여 있는 듯한 예쁜 꽃 한 송이가 피었다. 지나친 자기애가 만든 수선화의 슬픈 전설이다. 수선화는 네팔 몽고계 민족들에게는 결혼식에 꼭 등장하는 사랑받는 꽃이다.

현대는 진정한 자기 사랑이 부족한 시대이다. 절망과 좌절 속에 스스로를 비하하고 자존감이 무너진 사람은 극단적인 선택으로 자기를 파괴할 수 있다. 수선화의 전설 속에서 우리는 진정한 자기 사랑법을 배울 수 있을 것이다. 자기를 사랑하되 그 사랑에 집착하지 않고 그 사랑으로 세상을 바라볼 수 있다면 아름답게 열매 맺는 또 하나의 행복한 전설이 될 것이다. L

**Nepal. 17th September 1969. NS#260. Sc#226. Marigold**

▶ Technical Detail ······················································

Description : Marigold
Date of Issue : 17th September 1969
Value : 25 Paisa
Color : Multi Color
Overall Size : 25.5×36mm
Perforation : 13.5×13.5
Sheet : 4×4=16 Stamps
Quantity : 4 Hundred Thousand
Designer : K.K. Karmacharya
Printed by : Government Printing Bureau, Tokyo Japan
꽃말 : 가련한 사랑. 이별

Nepal Proverb ▶

He aims at the log but the axe hits his knees.
통나무를 겨눈 도끼가 제 무릎 친다. B

# 꽃의 품격은 그 내면의 향기에 있다

Marigold

*천수국(Marigold)은 국화과에 속하는 꽃으로 한해살이풀이다,
*잎은 여러 개로 갈라진 깃털 모양이며, 꽃은 6~9월에 한 송이씩 핀다. 꽃 색깔은 노란색, 주황색과 두 가지색이 섞인 꽃이 있다. 꽃말은 '가련한 사랑, 이별, 반드시 오고 말 행복' 이다.

꽃의 특징 중 하나는 그 향기다. 선덕여왕이 중국 당나라 태종으로부터 그림 하나를 선물 받았다. 꽃 중의 꽃이요, 부귀영화를 상징하는 모란꽃 그림이다. 선덕여왕은 그 선물에 진정성이 없다는 것을 알았다. 꽃은 화려하게 피었지만 벌과 나비가 날아오지 않은 것을 보았기 때문이다. 그 꽃에는 감동을 주는 향기가 없었던 것이다.

Marigold<sup>(천수국)</sup>는 국화과의 한해살이풀로 여름에 꽃을 피운다. 꽃은 무슨 꽃이나 다 향기가 있다. 특별히 국화과 꽃의 향기는 그윽하여 사랑을 많이 받는다. 이처럼 은은한 향기로 감동을 주는 꽃이 있는가 하면 어성초같이 생선 썩는 고약한 냄새가 나는 꽃도 있다. 꽃은 향기로 말하고, 사람은 그 향기로 꽃을 듣는다.

나는 언젠가부터 냄새를 잘 맡지 못한다. 그러나 냄새를 잘 맡는 사람을 부러워하거나, 그 때문에 불평하지 않는다. 나는 그렇기 때문에 꽃이 밖으로 내는 향기보다 그 꽃이 품고 있는 내면의 향기를 맡으려고 신경을 쓴다. 세상은 사람을 볼 때 그의 배경과 부(富), 또는 외향으로 풍기는 멋에서 그 사람의 품격을 말할 때가 많다. 꽃의 품격은 그 내면의 향기에 있다. 사람도 그렇다. L

**Nepal. 17th September 1969. NS#261. Sc#227. Poinsettia**

▶ Technical Detail ·······································

Description : Poinsettia
Date of Issue : 17th September 1969
Value : 25 Paisa
Color : Multi Color
Overall Size : 25.5×36mm
Perforation : 13.5×13.5
Sheet : 4×4=16 Stamps
Quantity : 4 Hundred Thousand
Designer : K.K. Karmacharya
Printed by : Government Printing Bureau, Tokyo Japan

Nepal Proverb ▶

The quarrel between a man and his wife is like a straw on fire
부부 싸움은 불 위에 있는 한 올의 지푸라기 같다. **B**

# 크리스마스 기적의 꽃

Poinsettia

*Poinsettia는 대극과에 속하며 '크리스마스 플라워'라 하여 전 세계 사람들로부터 사랑받는 꽃이다.
*잎은 진한 녹색이며 긴 타원형으로 끝이 뾰족하다. 꽃은 12월에 아름다운 포엽 안에 작은 꽃이 노랗게 핀다. 꽃말은 '축복, 축하'이다.

꽃은 아름다운 추억이다. 누군가에게 기억되는 삶을 사는 것은 아름답다. 멕시코 원산인 포인세티아는 인류를 구원하기 위하여 십자가를 지신 예수 사랑을 상징하는 꽃이다. 지극한 사랑은 아름다운 기적을 만들어 낸다.

옛날 멕시코에 가난한 한 소녀가 살았다. 너무나 가난하여 성탄절에 바칠 꽃을 준비하지 못한 소녀는 부끄러운 마음으로 들꽃을 모아서 교회로 갔다. 소녀의 발걸음이 얼마나 조심스러웠던지 성전 안은 고요와 적막만이 흘렀다. 제단에 가까이 갔을 때 기적이 일어났다. 잡초에서 별을 닮은 붉은 잎과 연두색의 꽃이 피어난 것이다. 동방박사를 베들레헴으로 인도한 별을 닮고, 보혈을 상징하는 붉은색의 포인세티아는 크리스마스의 상징이 되었다.

기적은 또 하나 있다. 꽃보다 아름다운 잎이 있다는 사실이다. 포인세티아에서 흔히 꽃이라고 보는 붉은 부분은 꽃이 아닌 잎이다. 멀리서 벌과 나비는 이 아름다운 잎을 보고 찾아온다. 주인공이 아니더라도 묵묵히 있는 자리에서 사명을 감당하는 모습에서 진정한 아름다움을 볼 수 있다. 진짜 꽃은 잎 가운데 아주 작게 피어 있다. 눈에 띄지 않는 수수함 속에 생명의 신비가 담겨 있는 포인세티아는 기적으로 살고 있는 꽃이다. Ⓛ

**Nepal. 7th November 1976. NS#357. Sc#323. Cardiocrinum Giganteum**

▶ Technical Detail ·····································

Description : Cardiocrinum Giganteum(Nepal Lily)
Date of Issue : 7th November 1976
Value : 30 Paisa
Color : Light Ultra Marine And Multicolor
Overall Size : 32.5×45mm
Perforation : 13×13
Sheet : 50 Stamps
Quantity : 1 Million
Designer : K.K. Karmacharya
Printed by : Pakistan Security Printing Corporation, Karachi
꽃말 : 순수한 사랑, 깨끗한 사랑(백), 핑크빛 사랑

Nepal Proverb ▶

Only the money in hand and wife within sight belong to you.
네 손 안에 있는 돈과 네 눈에 보이는 데 있는 계집만이 너의 것이다. **B**

# 일백(一百)이 하나 되어 만드는 향기

Cardiocrinum Giganteum

*대백합은 백합과 식물로 키가 3m 이상이 되고 직경이 10cm까지 자라는 네팔이 원산지인 자이언트 릴리다.
*백합은 하얀 꽃을 뜻하는 백합(白合)이 아니다. 일 백 개의 작은 뿌리가 모여 하나를 이룬다 하여 백합(百合)이다. 꽃말은 '순결, 신성, 희생' 이다.

네팔에는 히말라야를 닮은 백합이 있다. 네팔이 고향인 대백합(大百合)이다. 백합과 꽃들의 특징은 짙고 고운 향기다. 옛날에 고운 향기가 나는 진흙 한 덩이가 있었다. 도공은 물었다. "너는 어디서 온 누구냐? 인도에서 온 사향이냐? 아니면 바그다드에서 온 진주냐?" "아닙니다. 저는 그저 한 줌의 흙일 뿐입니다." "그러면, 너의 그 향기는 무엇이냐?" "저는 단지 백합꽃의 곁에 있었을 뿐입니다." 백합의 뿌리를 감싸고 있던 진흙은 고운 향기 덕분에 아름다운 도자기로 태어나 사랑을 받았다.

백합(百合)은 참 아름다운 꽃이다. 향기도 곱거니와 일백이 모여서 하나의 뿌리를 만들어 피어내는 조화의 꽃이기에 더 아름답다. 만일에 백 사람이 모여서 한 마음을 이룰 수 있다면 세상은 훨씬 더 행복할 것이다. 겸손히 내가 녹아서 하나를 만들어 갈 때 백합화 향기 나는 사회가 될 것이다. 우리나라 국회는 정쟁과 다툼의 상징처럼 되어 버렸다. 300명의 선량(選良)들은 하늘처럼 섬기겠다던 국민은 안중에도 없고 싸움만 한다. 국회로 꽃 배달을 보내는 것이 좋겠다. 백합 세 뿌리만 보내면 국회에 그윽한 백합화 향기가 그득해지지 않을까? 나라 사랑하는 마음이 하나로 뭉쳐 고운 향기의 꽃 한 송이 피우기를 기대해 본다. L

**Nepal. 7th November 1976. NS#359. Sc#321. Lilium Nepalensis**

▶ Technical Detail ·······························

Description : Lilium Nepalensis(Nepal Lily)
Date of Issue : 7th November 1976
Value : 30 Paisa
Color : Light Ultra Marine And Multicolor
Overall Size : 32.5×45mm
Perforation : 13×13
Sheet : 50 Stamps
Quantity : 1 Million
Designer : K.K. Karmacharya
Printed by : Pakistan Security Printing Corporation, Karachi

# 세상을 넉넉히 품는 꽃향기

Lilium Nepalensis

*네팔나리는 백합과 여러해살이풀로 네팔이 원산지다. 녹색과 자줏빛 얼룩무늬의 꽃이 고와 정원사들에게 인기가 많다.
*나리는 백합과 참나리속에 속하는 풀을 통틀어 부르는 이름이며 보통 7~8월경에 가지 끝에 주황색의 향기 좋은 꽃이 핀다. 하늘말나리를 제외한 대부분의 꽃이 아래를 향하여 핀다. 꽃말은 '순결, 깨끗한 마음'이다.

히말라야보다 더 높이 솟아올라 있는 꽃 한 송이를 보라. 네팔이 고향이고 네팔의 사랑을 듬뿍 받고 있는 네팔나리다. 아름답고 향기가 고운 이 꽃을 자줏빛 얼룩무늬의 백합이라 해서 자반(紫斑)백합이라고도 부른다. 꽃을 꺾어 탁자 아래 두지 않고 탁자 위에 두는 것은 그 향기를 널리 퍼지게 하려 함이다. 네팔나리를 히말라야 정상에 올려놓은 것은 아마도 신령한 산, 히말라야의 향기를 온 나라에 퍼지게 하려는 속 깊은 생각일 것이다. 예전에는 네팔 우표를 디자이너 두세 사람이 직접 디자인했다고 한다. 대부분이 히말라야를 배경으로 디자인했다. 네팔의 자부심과 히말라야의 사랑이 묻어나는 것을 느낄 수 있다.

크고 작은 지진으로 나라가 어렵고 힘이 들어도 푸른 하늘을 배경으로 고고하게 피어 있는 히말라야의 꽃, 네팔나리의 향기가 힘이 되고 용기가 되었을 것이다. 땅 위에 피는 꽃은 언젠가 시들고 향기를 잃게 되겠지만 1976년도 히말라야 정상에 심어진 이 꽃은 21세기에도 활짝 웃고 있다. 그 향기는 점점 더 진하여 네팔의 온 국민을 웃게 할 것이다. 세계의 지붕 히말라야를 덮고 있는 그 향기가 세계를 행복하게 할 날이 있기를 소망해 본다. ❷

**Nepal. 7th November 1976. NS#356. Sc#322. Megacodon Stylophorus**

▶ Technical Detail ··············································

Description : Megacodon Stylophorus
Date of Issue : 7th November 1976
Value : 30 Paisa
Color : Light Ultra Marine And Multicolor
Overall Size : 32.5×45mm
Perforation : 13×13
Sheet : 50 Stamps
Quantity : 1 Million
Designer : K.K. Karmacharya
Printed by : Pakistan Security Printing Corporation, Karachi

Nepal Proverb ▶

It is not a question of the flood carrying away the husband but of loss of a boat.
홍수가 남편을 앗아가는 것이 문제가 아니라, 배가 떠내려가는 것이 문제다. Ⓑ

# 히말라야에 울려 퍼지는 맑은 종소리

Megacodon Stylophorus

*대종화는 용담과에 속하는 여러해살이풀로 1.5m까지 자란다. 줄기는 단생하며 직립하고 굵고 튼튼하며 가운데가 비어 있다.
*높은 산의 숲에서 자라고 네팔의 동부, 티베트 등에 분포하며, 6월부터 8월까지 개화한다. 간담열증(肝膽熱症), 지혈, 소종(消腫), 황달(黃疸) 등에 약재로 사용한다.

'화무십일홍(花無十日紅)' 이란 인생의 덧없음을 비유적으로 표현한 말이다. 아무리 아름다운 꽃이라도 열흘을 지속하기 어렵다는 뜻이다. 삶이 고단하여 팍팍할 때 스스로 현실을 위로하며 부르던 노래의 내용이기도 하다. 세상의 모든 것들은 목적이 있고, 사명이 있다. 꽃도 인간도 마찬가지다. 꽃이 피었다가 쉬 지는 것은 그 짧은 기간 동안 자기 삶의 목적과 사명을 다 이루었기 때문이다. 꽃은 열흘이면 충분하다. 인간 수명 100세 시대라고 야단이다. 그리고 그때가 곧 다가올 것을 의심하는 사람도 없다. 인간 수명이 길어진다는 것은 어떤 의미가 있을까? 꽃은 열흘이면 충분한 그 일을 인간은 60년 동안도 못다 이루어 창조주가 점점 시간을 더 늘려 주는 것이 아닐까 생각해 본다.

대종화(大鐘花)는 다년생 초본으로 키가 1.5m까지 자란다. 줄기가 꼿꼿하고 튼튼하여 고산지대의 초지나 이끼 긴 바위 땅에서 세찬 바람도 견디는 강한 식물이다. 삶의 환경을 탓하지 않고 히말라야에 맑은 종소리를 울리는 당찬 사명감을 보라. 왜, 사랑을 받아 네팔 사람들에게 오래 기억되는지 알 것 같다. ㅤ🅛

**Nepal. 7th November 1976. NS#358. Sc#324. Meconopsis Grandis**

▶ Technical Detail ·········································

Description : Meconopsis Grandis
Date of Issue : 7th November 1976
Value : 30 Paisa
Color : Light Ultra Marine And Multicolor
Overall Size : 32.5×45mm
Perforation : 13×13
Sheet : 50 Stamps
Quantity : 1 Million
Designer : K.K. Karmacharya
Printed by : Pakistan Security Printing Corporation, Karachi

Nepal Proverb ▶

The daughter from a good family is like spring water.
좋은 가문의 딸은 맑은 샘물 같다. **B**

# 꽃은 아픔마저도 웃음으로 핀다

Meconopsis Grandis

*히말라야 양귀비는 네팔이 원산지인 양귀비과 식물이다. 꽃잎이 파랗다 하여 blue poppy라고도 부른다. 부탄의 국화(國花)다.
*히말라야 고산지대 바위틈에서 자라며, 해발 12,000피트에서 꽃을 피우는 종도 있다. 열매가 덜 익었을 때 흠집을 내어 나온 하얀 즙을 모아서 만드는 것이 아편이다. 꽃말은 '사랑스러움, 덧없는 사랑'이다.

　양귀비는 중국 역사상 서시, 왕소군, 초선과 더불어 4대 미인 중 한 사람이다. 양귀비의 치명적인 아름다움을 경국지색(傾國之色)이라 한다. 당 현종은 양귀비와의 사랑에 빠져 나라가 망하는 것도 몰랐던 것을 비유한 말이다. 양귀비꽃, 꽃이 얼마나 아름다웠으면 역사적인 미인의 이름을 얻었을까? 하늘빛 고운 양귀비가 히말라야를 배경으로 바람에 흔들리는 모습이 보인다.
　꽃집에서 환히 웃고 있는 꽃들을 보고 놀란 적이 있다. 하나같이 모두 허리가 댕강 잘린 채 웃고 있다. 꽃은 무슨 마음이기에 죽어 가면서도 저리 웃을 수 있을까? 꽃은 아픔마저도 웃음으로 피는구나.
　어느 젊은이들의 혼인 주례를 설 때 주례사 중에 한 소절이 '꽃처럼 살아라' 라는 축복의 말이었다. 꽃은 자신을 위하여 아름답게 피지 않고, 고운 향기를 내지 않는다. 꽃은 누군가의 기쁨이 되기 위하여 고운 향기, 아름다운 자태로 피어나는 것이다. 부부가 서로에게 꽃이 된다면 그 어찌 행복하지 않을까? 꽃은 웃을 때 아름답다. 보는 이의 기쁨이 될 때 더 향기롭고 아름답다. Ｌ

**Nepal. 31th October 1978. NS#385. Sc#352. Choerospondias Axillaris**

▶ Technical Detail ·······················································

Description : Choerospondias Axillaris
Date of Issue : 31th October 1978
Value : 5 Paisa
Color : Green Brown Sepia and Black
Overall Size : 39.1×29mm
Perforation : 13.5×13
Sheet : 35 Stamps
Quantity : 3 Millions
Designer : K.K. Karmacharya
Printed by : India Security Printing Press, Nasik

Nepal Proverb ▶

It is not known when a son will be born but a shirt must be sewn for him now.
아들이 언제 태어날지 몰라도 그가 입을 옷은 지금 미리 만들어 놓아라. **B**

# 스스로를 변화시키고 담금질하는 삶

Choerospondias Axillaris

*Choerospondias Axillaris(南酸枣)는 옻나무과에 속하는 낙엽교목으로 20m까지 자란다.
*꽃은 녹색이고, 잎은 연녹색에서 노란색으로 변한다. 열매는 주스로도 먹으며 비장, 간, 혈액순환, 심장, 신경활성화, 소화, 해독, 심근 허혈, 심장기능 등의 약재로 사용된다.

　식물은 생식기관과 영양기관이 있다. 그중 잎은 줄기, 뿌리와 함께 영양기관이다. 잎은 지구상에 유일하게 자연에서 양분을 직접 생산할 수 있는 녹색 공장이다. 광합성작용으로 탄수화물을 만들어 줄기를 세우고 뿌리를 키우며 꽃을 피우고 열매를 맺는 에너지를 공급하는 것이 잎이다. 나뭇잎은 단엽(單葉)과 복엽(複葉)으로 나눈다. 단엽은 잎이 한 장이고, 복엽은 한 장의 잎이 여러 장의 소엽(小葉)으로 나뉜 잎을 말한다. 아까시나무, 옻나무 등이 복엽이다. 학자들은 단엽이 복엽으로 진화된 것으로 본다. 표면적을 넓혀 햇빛을 조금이라도 더 많이 받고, 내부의 물 순환 시스템을 효과적으로 관리하기 위한 것이다. 주어진 상황에 적응하기 위해 변화하는 것은 식물세계나 인간세계나 같다. 급속하게 변화하는 시류를 제대로 읽어 적응하지 못한다면 도태되고 말 것이다.

　南酸枣는 옻나무과에 속하는 나무로 우상복엽이다. 열매는 감미로운 맛, 신맛, 약간 쓴맛을 낸다. 인간의 난치병인 혈액순환 및 심장질환, 신경질환 등에 효험 있는 열매를 만들기 위해 스스로를 변화시키고 담금질했나 보다. 땀 흘린 만큼 돌아오는 것은 자연생태계에도 그대로 적용되는 말이다. 🅛

**Nepal. 31th October 1978. NS#386. Sc#353. Castanopsis Indica(Chestnut)**

▶ Technical Detail ·····························································

Description : Castanopsis Indica(Chestnut)
Date of Issue : 31th October 1978.
Value : 1 Rupee
Color : Suede Gray Brown and Black
Overall Size : 29×39.1mm
Perforation : 13.5×13
Sheet : 35 Stamps
Quantity : 1 Million
Designer : K.K. Karmacharya
Printed by : India Security Printing Press, Nasik

Nepal Proverb ▶

Friendship with a good man is like an inscription on stone; it lasts for ever.
Friendship with an evil person brings on ruin.
좋은 사람과의 우정은 돌에 새긴 글처럼 영원하지만 나쁜 사람과의 우정은 파멸로 이끈다. **B**

# 인간을 키우는 숲의 고마움

Castanopsis Indica(Chestnut)

*카스타노프시스 인디카는 참나무과에 속하는 야생밤나무다.
*분포는 히말라야 동부의 아열대성 지역의 네팔의 산림지대에 숲을 이루어 자생한다.

숲은 인간들에게 필요한 수많은 약초와 먹을거리를 공급해 주는 거대한 농장이다. 18~19세기 농업혁명이 일어나기 전만 해도 이 지구상에 가장 큰 문제는 식량 부족이었다. 우리나라도 그 유명한 보릿고개가 있었다. 겨울을 나고 보리 수확기까지 먹을 양식이 없어 굶주리던 시기를 일컫는다. 이때 사람을 살린 것이 숲이다. 초근목피(草根木皮)는 물론이고 숲에 있는 다양한 나무들의 열매가 중요한 먹을거리였다. 그중에 도토리가 으뜸이다. 사람들은 도토리를 맺는 나무를 너희들이야말로 진짜나무, 참나무라고 부르기 시작하였다. 지금 우리 숲은 떡갈나무, 신갈나무, 갈참나무, 굴참나무, 졸참나무, 상수리나무가 숲의 주역으로 자리 잡고 있는 참나무 전성시대다. 산이 주는 축복이다.

카스타노프시스 인디카는 네팔과 티베트 등의 산림지대에 숲을 이뤄 자생하는 나무다. 참나무과에 속하는 야생밤나무로 열매는 식용으로 쓰인다. 숲은 어머니다. 가난한 시절 굶주림을 달래주던 숲이야말로 인간을 먹여 살린 고마운 존재다. 숲의 베풂에서 삶의 지혜를 배운다. 숲의 향기가 정신을 푸르게 하고, 거친 상황을 극복하고 더불어 살아가는 숲의 모습에서 상생의 의미를 깨닫게 된다. Ｌ

**Nepal. 31th October 1978. NS#387. Sc#354. Elaeocarpus Sphaericus**

▶ Technical Detail ·····································

Description : Elaeocarpus Sphaericus
Date of Issue : 31th October 1978
Value : 1.25 Rupee
Color : Multicolor
Overall Size : 39.1×29mm
Perforation : 13.5×13
Sheet : 35 Stamps
Quantity : 1 Million
Designer : K.K. Karmacharya
Printed by : India Security Printing Press, Nasik

Nepal Proverb ▶

It is better to be alone than keep bad company.
나쁜 친구를 사귀느니 차라리 혼자 있는 것이 낫다. **B**

# 마음을 치료할 영약

Elaeocarpus Sphaericus

*Elaeocarpus Sphaericus는 히말라야 산지에 자생하는 늘푸른나무다.
*열매는 고혈압, 천식, 간질환, 관절염 치료에 효과가 있으며, 간질 및 정신병 질환의 치료의 약재로 사용된다.

'강 좌우에 생명나무가 있어 열두 가지 열매를 맺되 달마다 그 열매를 맺고 그 나무 잎사귀들은 만국을 치료하기 위하여 있더라.' 라는 말씀(성경 제22:2)이 있다. 세상에는 수많은 질병들이 있어 인간 삶을 고단하게 한다. 질병으로 인하여 육신이 고통을 당하고, 정신적으로 피폐해지며 때로는 관계성까지 허물어지는 아픔을 겪는다. 어쩌면 인생 고해(苦海)를 더 험난하게 하는 것은 날로 증가되는 질병들이라고 생각한다. 그런데 창조주는 우주만물을 만드실 때 이미 이 질병들을 치료할 신약(神藥)도 함께 만드셨다는 것이다.

Elaeocarpus Sphaericus의 열매는 고혈압, 천식, 관절염 치료는 물론 정신적인 아픔까지도 치료하는데 효험이 있다. 현대인의 문제는 육체적인 질병보다 마음의 병이 깊어 간다는 사실에 있다. 시기와 질투심, 불의와 무자비함, 성냄과 조급함으로 점점 험악해지는 이 세상을 치유할 영약은 어디에 있을까? 분명한 것은 병이 깊으면 치료약이 가까이 있다는 것이다. 건강한 삶, 행복한 인생을 만들기 위하여 창조주가 숨겨 둔 보물들은 오늘도 찾아지기를 기다리고 있다. L

**Nepal. 29th June 1979. NS#395. Sc#360. Forest Festival**

▶ Technical Detail ················································

Description : Forest Festival
Date of Issue : 29th June 1979
Value : 2.30 Rupee
Color : Yellow Green & Brown
Overall Size : 29×39.1mm
Perforation : 13×13.5
Sheet : 35 Stamps
Quantity : 1 Million
Designer : M.N. Rana
Printed by : India Security Printing Press, Nasik

# 숲의 고요에 동화되는

Forest Festival

사람들은 특별한 날을 기념하기 위해 축제를 연다. 이탈리아의 베지스 카니발은 화려한 패션과 다양한 가면무도회의 전통적인 축제다. 스페인 발렌시아 토마토 축제는 지역경제를 살리기 위한 농민들이 시작한 축제다. 제31회 올림픽이 열린 브라질 리우데자네이루는 리우삼바 카니발이 유명하다. 정열적인 삼바 춤은 브라질 사람들의 삶의 열정을 몸으로 보여 주는 감동의 축제다. 이처럼 축제는 지역의 특성과 역사적인 의미를 기념하기 위해 열리기 시작해서 지금은 주요한 관광자원으로도 활용되고 있다. 무엇보다도 글로벌 시대에 세계인들이 동질성을 발견하고 평화와 화합의 세계를 열어 가는 데 중요한 역할을 한다. 그러다 보니 축제는 늘 정열을 분출할 수 있는 기회가 되어 늘 소란스럽다.

Forest Festival은 숲의 신비와 고요, 싱그러움과 자유가 어울리는 음악축제로 이루어진다. 2016년 10월에 용인 한택식물원에서 숲 속의 음악축제가 열렸다. 여유와 쉼이 필요한 사람들에게 좋은 선물이 될 것이다. 그러나 어떤 목적을 이루려고 장소만 의도적으로 숲 언저리에서 열리는 축제가 많다. 인간세계의 소요함을 떠나 나무와 풀, 바람과 계곡물 소리가 어울리는 숲의 연주를 들어 볼 수 있는 축제라면 얼마나 아름다울까? 숲의 푸른 화음이 어울리는 축제를 연출할 위대한 지휘자를 기대해 본다. 🅛

**Nepal. 24th March 1980. NS#375. Sc#413. Ocimum Sanctum L(Holly Basil)**

▶ Technical Detail ·······································

Description : Ocimum Sanctum L(Holly Basil)
Date of Issue : 24th March 1980
Value : 5 Paisa
Color : Multicolor
Overall Size : 29×40.6mm
Perforation : 14×14.5
Sheet : 50 Stamps
Quantity : 4 Million
Designer : M.N. Rana
Printed by : Harison and Sons Ltd.England

# 사랑받기 위한 조건

Ocimum Sanctum L(Holly Basil)

*꿀풀과의 다년초로 잎과 줄기 등 전체에서 강한 향기가 난다.
*인도 및 열대 아시아가 원산지이며, 키는 60cm 정도 자라고 왕궁에 어울릴 만한 향을 갖고 있어 왕실의 약물로 사용되었다.

식물들이 사랑받는 이유 중 하나는 아름다운 꽃을 갖고 있다는 것이다. 사람도 외모가 중요하다. 그러나 외모가 진정한 사랑을 받기 위한 충분조건은 될 수 없다. 꽃이나 사람이나 그 내면에 담겨 있는 것이 무엇이냐가 중요하다. 꽃은 그것을 알기에 속에 담는 이야기가 있다. 달콤한 꿀이다. 자신을 위해서가 아니라 자기를 찾아와 주는 벌과 나비에게 베풀어 줄 수 있는 넉넉함이다. 세상을 살아가는 이치 중 행복한 삶을 위해서는 상생이 중요하다. 자신만을 위해 발버둥 칠 때는 언젠가는 지치고 허무감에 좌절할 수 있다. 그러나 누군가가 나를 찾아주고 마음을 나눠 준다면 그곳에서 위로를 받고 삶의 이유를 발견할 수 있을 것이다. 사람의 마음속 깊이 내재한 인간의 향기가 중요하다. 내가 사랑받기 위해서는 달콤한 내 마음을 주어야 한다.

홀리바질(Holly Basil)은 공기를 맑게 하고 생기를 불러일으키는 향기가 있다. 인도에서는 신에게 바치는 향초로 사용하고 있다. 지금도 이 향초가 천국의 문을 연다고 하여 사람이 죽으면 그 가슴에 잎을 한 장 올려놓는다고 한다. 나의 향기는 누구의 가슴에 천국의 계단을 열어 줄 수 있을까 생각해 볼 일이다. L

**Nepal. 24th March 1980. NS#414. Sc#378. Valeriana Jatamansi Jones(Himalayan Valerian)**

▶ Technical Detail ································

Description : Valeriana Jatamansi Jones(Himalayan Valerian)
Date of Issue : 24th March 1980
Value : 30 Paisa
Color : Multicolor
Overall Size : 29×40.6mm
Perforation : 14×14.5
Sheet : 50 Stamps
Quantity : 3 Million
Designer : M.N. Rana
Printed by : Harison and Sons Ltd.England

Nepal Proverb ▶

A sworn friend may cheat you.
우정을 맹세한 친구가 너를 속일 수 있다. B

# 생존을 위한 지혜

Valeriana Jatamansi Jones(Himalayan Valerian)

*히말라야 원산인 히말라야 지주향(蜘蛛香)은 마타리과에 속하는 여러해살이풀로 짙은 향기가 난다.
*꽃은 하얀색 또는 담홍색이고, 기와 혈을 원활하게 한다.

　지구상에는 다양한 생명체가 존재한다. 동물이 120만여 종, 식물은 약 35만 종 이상이 살고 있다고 알려졌지만 이것보다 훨씬 많은 종들이 지구상에 살고 있다고 본다. 분류학에서는 생물의 유사성을 중심으로 개별적인 종에서부터 전체 생물군까지 분류한다. 동일한 형질을 나타내는 개체군으로 공통 조상에서 유래되어, 고유한 형질(형태, 생태, 생리 등)이 다음 세대에 유전되어야 독립된 종(species, sp)으로 인정한다. 그러나 지리적 격리 또는 환경 변화에 의해서 형태가 변하여 나타나는 것으로 변한 상태가 다음 세대에 유전되는 것을 볼 수 있다. 이것을 변종(varietas, var)이라 한다.

　물질문명의 발달과 상황 변화에 따라 많은 변화가 있다. 글로벌 세계화로 국가의 경계가 허물어지고, 인간세계뿐만 아니라 생물의 종도 많은 변화에 직면하고 있다. 자연환경의 변화 등에 의해 멸종되기도 하지만, 수많은 변종과 잡종이 탄생하므로 세상의 생물의 종은 다양화되고 있다. 오늘 새롭게 태어나는 생명이 있으면 오늘 또한 사라지는 생명도 있다. 상황에 적응하는 것이 생존의 중요한 요인이 되는 것은 인간이나 식물이나 같은 운명이다. █

**Nepal. 24th March 1980. NS#415. Sc#379. Zanthoxylum Armatum DC (Nepales Pepper)**

▶ Technical Detail ·····································

Description : Zanthoxylum Armatum DC(Nepales Pepper)
Date of Issue : 24th March 1980
Value : 1 Rupee
Color : Multicolor
Overall Size : 29×40.6mm
Perforation : 14×14.5
Sheet : 50 Stamps
Quantity : 2 Million
Designer : M.N. Rana
Printed by : Harison and Sons Ltd.England

Nepal Proverb ▶

A friend who comes to smoke with you may steal your wife.
함께 담배 피우려 오는 친구가 네 마누라 훔친다. **B**

# 산초 향기 가득한 양푼비빔밥

Zanthoxylum Armatum DC(Nepales Pepper)

*산초는 운향과(Rutaceae)에 속하는 나무로 숲에서 자생하는 관목 또는 아교목이다.
*열매는 기름을 추출하여 향식료로 사용하며, 두통, 설사, 간염, 발열, 피부질환, 기침, 천식, 마비, 관절염, 당뇨병 등에 약재로 사용된다.

대부분의 동식물들은 특유한 냄새가 있다. 어떤 경우에는 향기라 표현하고, 냄새와 구분하여 말하기도 한다. 보통 사람을 포함한 동물에게서 나는 것은 냄새라 하여 부정적으로 표현한다. 식물의 경우에도 좋은 냄새는 향기라고 말하고 즐긴다. 운향과는 좋은 향기를 내는 식물들을 한 가족으로 묶은 것이다. 그중 산초는 우리나라를 비롯한 아시아 전 지역에 자생하는 나무다. 몸에는 작은 가시가 많이 나 있고, 꽃은 산방화서로 피며 까만 보석이 알알이 박힌 송이 열매를 많이 맺는다.

나는 가난한 산골에서 태어나서 자연의 혜택을 많이 받고 자랐다. 산초가 익을 무렵이면 어머니는 이산 저산을 다니시며 산초를 따 오셨다. 마당에 펼쳐진 덕석에서 햇빛에 반짝이는 산초 열매는 흑보석처럼 아름답다. 큰 양푼에 상추를 듬성듬성 썰어 넣고 산초 기름으로 비빈 보리밥을 온 가족이 함께 먹었다. 한 숟가락이라도 더 먹으려는 자식들 앞에서 천천히 수저를 드시던 아버지 모습이 떠오른다. 지금 생각하니 추억의 산초 향기는 오늘의 나를 키운 아버지의 향기였다. ㄴ

**Nepal. 24th March 1980. NS#416. Sc#380. Rheum Emodi Wall (Himalayan Rhubarb)**

▶ Technical Detail ································································

Description : Rheum Emodi Wall(Himalayan Rhubarb)
Date of Issue : 24th March 1980
Value : 2.30 Rupee
Color : Multicolor
Overall Size : 29×40.6mm
Perforation : 14×14.5
Sheet : 50 Stamps
Quantity : 1 Million
Designer : M.N. Rana
Printed by : Harison and Sons Ltd.England

Nepal Proverb ▶

You may make an enemy of the king but not of your neighbour.
왕의 적이 될지언정 이웃의 적은 되지 마라. **B**

# 높이 오를 수 있는 힘

Rheum Emodi Wall(Himalayan Rhubarb)

*대황(大黃, Rhubarb)은 마디풀과 여러해살이풀로 7~8월에 황백색 꽃이 핀다.
*시베리아가 원산지이고, 산골짜기의 습지나 냇가에서 줄기는 1.5m 정도까지 자라며 속이 비어 있다.
*장내에 수분을 만들어 주고, 장의 연동작용을 도와 변비 치료제로 사용된다.

우리나라에서 가장 높은 빌딩은 '잠실 제2롯데월드'다. 처음 이 건물을 구상한 것은 30여 년 전이다. 1987년 최초 설계를 한 후 무려 20여 차례 설계 변경을 거쳤고, 설계디자인 비용만 무려 3,000억 원 정도 들었다고 한다. 장장 123층(555m)으로 하늘을 꿰뚫은 듯한 위용이 당당하다. 이전까지 우리나라를 대표했던 여의도 63빌딩의 높이가 249m이니 30여 년 만에 두 배가 넘는 높이의 빌딩이 건축된 것이다. 그 높은 건물을 어떻게 만들었을까? 어디서 그 지혜를 얻었을까? 고층 건물을 세우기 위해서는 튼튼한 기초는 물론이고, 층을 올릴 수 있도록 중간중간에 힘을 받쳐 줄 골격이 필요하다. 풀도 자라는데 중간에 마디를 만들고 다시 줄기를 키우는 식물이 있다. 이것이 고마리, 여뀌, 호장근 등 마디풀과 식물들이다.

대황(大黃, Rhubarb)은 마디풀과 식물 중 하나이다. 시베리아 등 추운 지방에 자라며 산골짜기의 습지나 냇가에 자라는 친수성 식물이다. 목질화되어 있지 않은 조직으로 1.5m까지 자랄 수 있는 지혜는 바로 마디에 있다. 또 한 가지 지혜는 속을 비워 가벼워짐에 있다. 새가 하늘을 날 수 있는 비결이 뼛속을 비움에 있듯이 말이다. 인간의 최대 덕목은 무엇인가라는 물음에 성자는 '겸손'이라 거듭 말했다고 한다. 우리가 높아지고자 할 때는 낮아지고, 스스로 낮아질 때 높아질 수 있는 진리, 속 비움의 비결을 들풀에서 배워야 할 것 같다. ㄴ

**Nepal. 20th December 1994. NS#598. Sc#553. Cordyceps Sinensis**

▶ Technical Detail ··················································

Description : Cordyceps Sinensis
Date of Issue : 20th December 1994
Value : 7 Rupee
Color : Multicolor
Overall Size : 27×38.5mm
Perforation : 14×14
Sheet : 50 Stamps
Quantity : 1 Million
Designer : M.N. Rana
Printed by : Austrian Government Printing Office, Vienna Austria

Nepal Proverb ▶

An old man and soft rice are harmless.
노인과 부드러운 밥은 해가 없다. B

# 세상을 살아가는 법

Cordyceps Sinensis

*동충하초는 티베트고원 등 3,000m 이상의 서늘한 초원에서 나방, 박쥐나방의 유충에 기생하며 자란다.
*동충하초의 자실체는 여름에 땅 위로 나타나는데 둥그런 머리를 가지며 잎은 짙은 흑갈색이다.

　자연 속에는 수많은 생명체가 있다. 그만큼 생명체가 살아가는 방법도 다양하다. 동물들은 대부분 식물들을 이용하여 먹을 것을 해결한다. 또한, 식물 중에는 특이하게 동물을 이용하여 살아가는 것들이 있다. 기생식물이다. 동충하초는 여름에는 풀이 되고 겨울에는 벌레가 되는 형태학적 특성에서 유래된 이름이다. 자라는 방법이 특이한 만큼 독특한 성분을 식용이나 약용으로 이용하여 인간의 삶을 더 풍요하게 한다. 동충하초는 나방 등에 기생하여 비교적 고산지대에 사는 기생식물이다. 암 환자의 면역력을 증강시키고 피로회복, 정신적으로도 활력을 불어넣어 주는 효험이 인정되었다.

　인간세계에도 기생하는 사람들이 있다. 땀 흘리지 않고 다른 사람에게 기대 사는 사람이다. 우리나라에서는 지금을 3포 시대를 넘어서 7포 시대라 한다. 사회적 환경이 취업이 어렵고 독립하기 어려운 것은 사실이다. 하지만 장성한 후에도 부모를 떠나지 못하고 평생을 그 그늘에서 산다는 것은 슬픈 일이다. 자기의 꿈을 이루어 가며, 진정한 자신의 삶을 살지 못하고, 부모의 노후를 힘들게 하기 때문이다. 우리 젊은이들이 당당하게 자신의 꿈을 이루고 행복할 수 있는 사회가 빨리 오기를 기대해 본다. 🇱

**Nepal. 20th December 1994. NS#600. Sc#556. Russula Nepalensis**

▶ Technical Detail ·······························

Description : Russula Nepalensis
Date of Issue : 20th December 1994
Value : 7 Rupee
Color : Multicolor
Overall Size : 27×38.5mm
Perforation : 14×14
Sheet : 50 Stamps
Quantity : 1 Million
Designer : M.N. Rana
Printed by : Austrian Government Printing Office, Vienna Austria

Nepal Proverb ▶

The old man's secrets are known to the old woman.
늙은 남자의 비밀이란 늙은 여인은 다 아는 것이다. ®

# 아름다운 것에는 독이 있다

Russula Nepalensis

*무당버섯속에는 자색을 띠는 가지무당버섯 등 80종 이상이 있다. 대부분 색을 기준으로 구분하고, 식용 가능한 버섯이 대부분이나 깔때기무당버섯 같은 독버섯도 있다.
*그중 전체가 아름다운 노란색을 띤 노랑무당버섯은 불쾌한 냄새가 나는 식용 불명확한 버섯 중 하나다.

"아름다운 것은 독이 있다."라는 말은 어떻게 생겼을까? 아마도 그 말이 생긴 것은 버섯의 역할이 클 것으로 생각된다. 버섯은 곰팡이균에 의해 자라며, 사람들이 좋아하는 먹을거리 중 하나다. 그러나 다 먹을 수 있는 것은 아니다. 독버섯을 잘못 먹으면 생명까지도 위험하다.

비 온 뒤에 잣나무가 울창한 숲을 다녀왔다. 나뭇가지나 둥치에 올라온 버섯들은 모양도 색깔도 다양했다. 마치 한 송이 꽃처럼 매혹적인 붉은빛 버섯이 나무줄기에 나란히 피어 있었다. 어둔 회색빛과 빛바랜 검은색의 버섯도 눈에 떠었다. 흔히들, 색이 곱고 아름다운 버섯은 독버섯이니 주의하라고 한다. 맞는 이야기다. 마치 에덴동산의 유혹의 빛이 보이는 듯하다. '보암직도 하고 먹음직도 한 탐스러운 열매' 그 유혹을 넘지 못한 아담과 하와는 끝내 죄를 범하고 말았다.

온갖 유혹의 불빛이 현란한 세상이다. 타죽을 줄 뻔한 데도 불빛의 유혹을 뿌리치지 못하고 날아드는 부나비들, 우리의 아들딸들이 되지 않길 바란다. 화려한 색상과 아름다운 모습으로 유혹하는 독버섯을 구분할 수 있다면, 밝음과 어둠을 분별할 수 있는 능력이 될 것이다. L

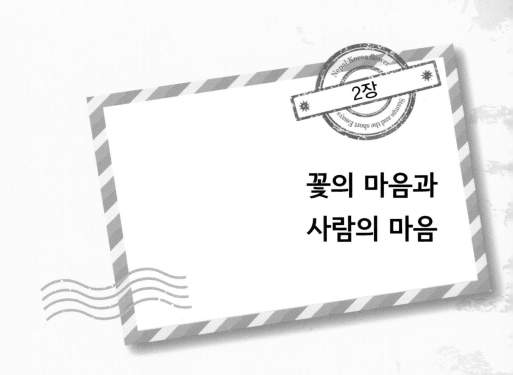

2장

Nepal-Korea flower
Stamps and the short Essays

꽃의 마음과
사람의 마음

**Nepal. 20th December 1994. NS#601. Sc#554. MorchellaConica**

▶ Technical Detail ·············································

Description : Morchella Conica
Date of Issue : 20th December 1994
Value : 7 Rupee
Color : Multicolor
Overall Size : 27×38.5mm
Perforation : 14×14
Sheet : 50 Stamps
Quantity : 1 Million
Designer : M.N. Rana
Printed by : Austrian Government Printing Office, Vienna Austria

Nepal Proverb ▶

What does it matter whether the blind man opens or closes his eyes?
장님이 눈을 뜨고 있든 감고 있든 그것이 무슨 상관인가? **B**

# 단순한 삶에서 얻는 행복

Morchella Conica

*Morchella Conica는 꽃버섯과의 버섯이다.

'기둥 하나에 집 한 채인 것은?' 그렇다. 버섯이 정답이다. 정말 단순 명확한 삶의 방법이다. 현대는 물질문명이 발달한 만큼 너무도 복잡한 환경과 정신세계 속에서 자신을 잃어버리고 사는 사람들이 많다. 그래서 요즘은 산과 숲을 찾는 사람들이 많고, 아주 삶의 터전을 시골로 옮기는 귀농을 많이 볼 수 있다. 복잡함에서 단순함으로, 조급함에서 느림의 삶으로의 전환을 꿈꾸며 사는 사람들이다.

몽골 여행을 한 적이 있다. 몽골 원주민들이 사는 집을 게르라 한다. 한 시간이면 모든 짐을 정리하여 이동할 수 있다고 한다. 원형의 내부에는 중앙에 난로가 있고 빙 둘러 침대며 단출한 세간들이 놓여 있다. 넓은 초원이 정원이고 뛰어놀 수 있는 놀이터였다. 많은 사람들이 행복의 조건으로 비움을 말한다. 그러나 날이 갈수록 점점 물속에 가라앉아 가는 모습을 보고 소스라치곤 한다.

푸른 초원이 부르는 날/언제나 떠날 준비가 되어 있다/이 땅은 나를 붙박이로 세우려 하나/떠남이 자유요/떠날 수 있음이 행복이라//하루의 무게만큼 살고/깃털 같은 삶의 흔적은/허공으로 날려 보내고/내일은 떠나리라

_이춘원 〈게르〉 전문 L

**Nepal. 20th December 1994. NS#599. Sc#555. Amanita Caesarea**

▶ Technical Detail ·······························

Description : Amanita Caesarea
Date of Issue : 20th December 1994
Value : 7 Rupee
Color : Multicolor
Overall Size : 27×38.5mm
Perforation : 14×14
Sheet : 50 Stamps
Quantity : 1 Million
Designer : M.N. Rana
Printed by : Austrian Government Printing Office, Vienna Austria

Nepal Proverb ▶

Wealth has wings.
재물은 날개가 있다. **B**

# 광대, 이름에 어울리는

Amanita Caesarea

숲에서 만나는 아이들에게 이름의 뜻을 물으면 제대로 이야기하는 사람이 드물다. 이름에는 부모님의 사랑과 소망이 담겨 있다. 자신의 이름의 뜻을 알고 이름에 부끄럽지 않은 삶을 살아갈 것을 당부한다. 사람의 이름은 평생을 함께 가며, 언젠가는 그 사람의 흔적이 될 것이다. 식물도 이름의 뜻이 있다. 물론 겉모습과 연상되는 이름이 많이 있으나, 그 내면의 특성을 담은 이름들도 있다.

지난봄에 안양천 풀밭에서 보랏빛 작은 꽃 하나를 만났다. 연약한 줄기에 층층이 잎을 돌려 달고, 예쁜 소녀가 분홍빛의 옷을 입고 하늘거리는 깃을 휘젓는 모습이다. 부드러우면서도 향토적인 멋이 어우러진 들꽃이다. 그 이름이 광대나물이다. 식물의 이름에 '광대'나 '기생'이라는 말이 들어가면 그 꽃이 참 아름답다.

민달걀버섯은 머리에 아무것도 쓰지 않은 민머리 모양의 버섯이란 뜻이다. 단아하면서도 아름다운 모습 때문에 광대라는 이름을 얻은 광대버섯 가족 중 하나다. 광대가 우리들에게 기쁨을 주듯이 맛도 좋아서 네로 황제가 황금과 바꾸어 먹었다는 이야기가 전해질 정도로 대단한 인기가 있는 버섯이다. Ⓛ

**Nepal. 7th November 1994. NS#592. Sc#550-c. Dendrobium Densiflorum Lindl**

▶ Technical Detail ······································

Description : Dendrobium Densiflorum Lindl
Date of Issue : 7th November 1994
Value : 10 Rupee
Color : Multicolor
Overall Size : 29.6×38.5mm
Perforation : 13.5×13.5
Sheet : 64 Stamps
Quantity : 2 Hundred 50 Thousand
Designer : K.K. Karmacharya
Printed by : Austrian Government Printing Office, Vienna Austria

Nepal Proverb ▶

He has no food in his stomach, yet he boasts of a tile roof
입에 풀칠도 못하면서 자기 집은 기와집이라고 자랑한다. **B**

# 동양란과 서양란

Dendrobium Densiflorum Lindl

*밀화석곡(密花石斛)은 난초과 식물로 히말라야 동부, 네팔, 인도 등 해발 1,000m 정도 지대에 이끼 덮인 나무줄기나 바위 등에 착생한다.
*꽃은 아래로 처진 꽃대가 나와 방망이 꼴로 노란색의 많은 꽃이 촘촘하게 피어 향기를 낸다.

우리나라에서는 꽃들의 향기 중 난초의 향기를 으뜸으로 친다. 조선 시대 선비들은 난을 기르며 자신의 인성을 기르고, 붓으로 난을 치면서 삶의 깊이를 누렸다. 그것은 난초의 고고한 향기와 푸른 잎의 기개를 선비의 정신에 비견했을 것이다. 난초는 한국과 일본, 중국 등 온대지역에 자라는 동양란과 인도, 호주 등 열대·아열대 지방에서 자라는 서양란으로 구분한다. 깊고 그윽한 향을 내는 동양란을 옛 선비라면, 서양란은 화려한 모습과 풍성한 꽃들로 뽐내는 현대인을 상징하는 것 같다.

직장 생활을 할 때이다. 매사에 눈에 띄는 실적만을 강조하고, 그 결과를 마치 큰 보물처럼 자랑하고 과시하던 사람이 있었다. 동료들이 함께 이루어 낸 결실임에도 그 공을 혼자 차지하던 사람이 승승장구하는 것을 보고 많은 사람이 실망하였다. 그런 사회부조리 속에서도 용기를 주는 것은 침묵으로 보듬어 주는 사람이 곁에 있을 때다. 사람의 향기를 느끼게 하는 것은 당장은 손해인 듯하나 많은 사람을 얻는 길이다. 오늘도 창가에 바람이 분다. 난초의 푸른 잎이 침묵하고 있다. 복을 부르는 부드러운 입김이다. ⓛ

**Nepal. 7th November 1994. NS#593. Sc#550-b. Coelogyne Flaccida Lindl**

▶ Technical Detail ·······························································

Description : Coelogyne Flaccida Lindl
Date of Issue : 7th November 1994
Value : 10 Rupee
Color : Multicolor
Overall Size : 29.6×38.5mm
Perforation : 13.5×13.5
Sheet : 64 Stamps
Quantity : 2 Hundred 50 Thousand
Designer : K.K. Karmacharya
Printed by : Austrian Government Printing Office, Vienna Austria

Nepal Proverb ▶

He who has money has no mind and he who has mind has no money.
돈 가진 자는 마음이 없고, 마음 가진 자는 돈이 없다. **B**

# 새 아침에 만나는 아름다운 풍경

Coelogyne Flaccida Lindl

*Coelogyne Flaccida는 히말라야 산지가 원산인 난초과 식물이다.
*꽃은 직경 3cm 정도로 겨울과 봄에 피고, 잎은 길고 어두운 녹색의 가죽질로 질긴 느낌을 준다.

하루의 행복은 아침 시간에 결정된다고 한다. 아침에 창을 열었을 때 싱그러운 바람의 향기를 맡을 수 있다면 그날은 웃음이 많은 기쁨의 날이 될 것이다. 마음을 훈훈하게 할 가슴 따뜻한 이야기를 들었을 때는 하루가 구름 위를 걷는 기분일 수도 있다. 우리의 굳은 마음을 순하게 하고, 빗장을 열어 줄 수 있는 아주 작은 일상의 감동이면 된다. 하루하루의 누적이 인생이 된다면, 우리의 일생도 큰 사건이나 감격이 필요한 것이 아니다. 다만 마음 설레게 하는 소소한 바람 한 줄기면 족할 것이다.

어느 날 아내가 한 권의 책을 전해 줬다. 세계적인 비즈니스 우먼인 조안 리의 체험적 에세이집 『고마운 아침』이다. 그녀가 뇌출혈 수술을 받고 사경을 헤매다가 들은 음성과 다시 심취하게 된 말씀 이야기다. 그동안 수없이 보았지만 깨닫지 못했던 말씀이 스며드는 과정에 느낀 감동과 감사를 담은 고백이다. 하나님은 늘 우리에게 새 아침과 새로운 풍경을 주신다. 그것을 깨닫지 못하고 오늘을 어제처럼 희망도 변화도 없는 삶을 살아왔던 것은 아닐까? 내일 우리에게 열리는 하루가 이 세상 최초의 날이고, 만나는 사람과 풍경이 나만을 위한 처음 것임을 깨닫는 날이 되었으면 좋겠다. ᴸ

**Nepal. 7th November 1994. NS#594. Sc#550-a. Cymbidium Devonianum Faxton**

▶ Technical Detail ······································

Description : Cymbidium Devonianum Faxton
Date of Issue : 7th November 1994
Value : 10 Rupee
Color : Multicolor
Overall Size : 29.6×38.5mm
Perforation : 13.5×13.5
Sheet : 64 Stamps
Quantity : 2 Hundred 50 Thousand
Designer : K.K. Karmacharya
Printed by : Austrian Government Printing Office, Vienna Austria

Nepal Proverb ▶

You may give chase but not overtake the thief.
도둑을 쫓아가도 추월하지는 마라. **B**

# 봄빛 소망으로 피어나는 꽃

Cymbidium Devonianum Faxton

*보춘화는 난초과 식물로 인도가 원산지다.
*일본, 중국에서는 봄에 꽃을 피우는 난초라 하여 춘란이라 한다.

우리나라는 예부터 봄·여름·가을·겨울이 뚜렷한 금수강산(錦繡江山)으로 불려졌다. 사시사철이 분명하고 계절마다 자연의 변화를 주셨다. 혹독한 추위가 닥쳐올지라도 소망을 잃지 않는 것은 눈을 들어 올리고 나오는 복수초와 산수유의 봄소식을 들었기 때문이다. 삶이 힘들고 어려울 때는 소망스런 소식 하나가 큰 힘이 되고 용기를 준다. 눈을 뚫고 나오는 봄꽃들은 우리의 마음을 녹여 준다. 봄의 전령들은 왜 노란색 꽃들이 많을까? 음울한 겨울의 방 안에 갇혀 있는 가난한 사람들에게 가장 필요한 것은 무엇일까? 그렇다. 밝은 태양을 닮은 황금빛 햇살이 갈급했을 것이다. 한 치 앞을 볼 수 없는 절망적인 상황과 눈물로 얼룩진 상처 구석구석을 치료해 줄 은혜의 빛줄기, 생명의 빛줄기다.

보춘화는 난초과 중에서 봄의 전령으로 선택받은 난초다. 히말라야의 겨울은 혹독하다. 세상에 들리는 소리가 바람의 울음소리요, 눈에 보이는 것은 생명을 덮어 버린 흰 눈뿐이었을 것이다. 어디서 향기가 난다. 눈을 뚫고 나오는 소망의 빛줄기가 보인다. 보춘화를 그곳에 보내 주신 사랑의 음성이 들린다. Ⓛ

**Nepal. 7th November 1994. NS#595. Sc#550-d. Coelogyne Corymbosa Lindl**

▶ Technical Detail ·········································

Description : Coelogyne Corymbosa Lindl
Date of Issue : 7th November 1994
Value : 10 Rupee
Color : Multicolor
Overall Size : 29.6×38.5mm
Perforation : 13.5×13.5
Sheet : 64 Stamps
Quantity : 2 Hundred 50 Thousand
Designer : K.K. Karmacharya
Printed by : Austrian Government Printing Office, Vienna Austria

Nepal Proverb ▶

Tools teach how to work, money how to talk.
연장은 일하는 법을 가르쳐 주지만 돈은 말하는 법을 가르쳐 준다. B

# 히말라야에 난초가 많은 이유

Coelogyne Corymbosa Lindl

\*히말라야 난초는 히말라야가 원산지인 난초과 식물이다.
\*해발 3,000m 전후 습한 곳에서 큰 나무에 붙어 자생한다.

 올해는 우리나라가 일본의 통치에서 해방된 지 71주년이 되는 해이다. 중국 여행 중 고구려인들이 말을 달리던 땅을 바라보면서 안타까운 마음이 많이 들었다. 광개토대왕의 능이 무너지고, 천리장성을 자기들이 쌓은 중국의 만리장성의 동쪽 시발점이라고 주장하는 중국의 역사왜곡 앞에서 침묵할 수밖에 없는 현실 때문이다.

 예나 지금이나 국가가 힘이 없으면 국민이 고생하고, 역사의 진실도 지킬 수 없는 것이다. 일본으로부터 조국을 해방시키고자 투쟁했던 독립군들의 흔적을 보았다. 누란의 위기에서 자신의 안위를 버리고 과감히 몸을 바치던 독립군들은 그 추운 북간도를 달리면서 무슨 생각을 했을까? 어디선가 백척간두에 서 있는 조국을 살리는 소망의 향기가 난다. 눈보라 속에서 오직 조국의 광복만을 생각하던 그분들의 삶의 이야기다.

 눈 많고 척박한 삶의 땅 히말라야에 난초가 유난히 많은 것은 그 땅에 희망의 깃발을 꽂아 주신 것이리라. 큰 지진이 일어나고 자연재해가 삶을 지치게 할지라도 그때마다 히말라야 설원에서 피어나는 붉은만병초와 곳곳에서 외치는 히말라야 난초의 함성이 울려 퍼질 것이다. 네팔을 살리는 거룩한 노래다. 🄻

**Nepal. 11th December 1997. NS#675. Sc#620. Chameli(Jasminum Gracile)**

▶ Technical Detail ·······································

Description : Chameli(Jasminum Gracile)
Date of Issue : 11th December 1997
Value : 40 Paisa
Color : Multicolor
Overall Size : 40×30mm
Perforation : 14×14
Sheet : 50 Stamps
Quantity : 1 Million
Designer : K.K. Karmacharya
Printed by : Austrian Government Printing Office, Vienna Austria

Nepal Proverb ▶

He who will not work talks long.
일은 하지 않을 자가 말은 길다. **B**

# 밤의 여왕, 자스민의 유혹

Chameli(Jasminum Gracile)

*자스민은 물푸레나무과 나무로 원산지는 인도와 동남아시아 지역이다.
*꽃은 흰색, 분홍색, 또는 노란색의 향기가 짙은 꽃을 피운다. 향기는 항우울, 방부성, 항경련, 최음, 진정의 효과가 있어 향수로 사랑받고 있다. 꽃말은 '친절, 행복, 상냥' 이다.

옛날에 동양에서는 질병을 치료할 방법으로 한의학이 중심이었다. 이후에 서양의학이 들어와 현대적인 의료기기와 치료방법이 많이 개발되어 불치병이 완치가 되는 길이 열렸다. 현대는 정신적인 질병 등을 치료하기 위한 의학 이외의 여러 가지 치료방법이 나왔다. 심리치료, 음악치료, 미술치료, 숲<sup>(자연)</sup>치료, 향기치료다.

자스민향은 사람들의 사랑받는 향기 중 하나로 고급스러운 향수 및 오일로 추출되어 사용된다. 인도에서는 자스민의 향이 유난히 밤에 강하기 때문에 '밤의 여왕' 이라고 불렸다. 또한, 신성시하여 신에게 제사를 지낼 때 사용되기도 하였다.

꽃들은 제각기 독특한 향들을 갖고 있다. 특히 향이 짙은 식물들을 이용한 허브 제품들이 많이 생산되고 있다. 실내 공기를 맑게 하고 향긋하게 하는 방향제를 비롯하여 우리 실생활에 향초들이 많이 활용되고 있다. 그러나 세상의 그 어떤 향기보다도 인간을 행복하게 하는 것은 사람의 향기일 것이다. 세상이 불행한 것은 아름다운 꽃의 향기가 없어서가 아니다. ■

**Nepal. 11th December 1997. NS#676. Sc#621. Gyantaka(Callistepus Chinensis)**

▶ Technical Detail ······················

Description : Gyantaka(Callistepus Chinensis)
Date of Issue : 11th December 1997
Value : 1 Rupee
Color : Multicolor
Overall Size : 40×30mm
Perforation : 14×14
Sheet : 50 Stamps
Quantity : 1 Million
Designer : K.K. Karmacharya
Printed by : Austrian Government Printing Office, Vienna Austria

**Nepal Proverb** ▶

He does not hear when he is called upon to work; he hears only when he
is asked to feast.

일하자고 하면 듣지 않으면서 먹고 놀자는 소리는 듣는다. **B**

# 꽃의 자존감이 꽃을 아름답게 한다

Gyantaka(Callistepus Chinensis)

*아스터(Aster)는 국화과에 속하는 여러해살이풀이다.
*꽃은 여름에서 가을에 걸쳐 오래 피고, 붉은색 · 자주색 · 흰색 등 다양하다.

아스터는 우리나라와 중국의 북부에서 야생하던 식물이다. 한해살이인 과꽃과는 구별하고 있다. 꽃 이름 'Callistephus'는 그리스어의 'kallos(아름답다)'와 'stephos(화관)'의 합성어로, 아름다운 겹꽃을 의미한다. 꽃의 구별방법 중 식물의 줄기나 가지에 달린 꽃의 배열에 따라 꽃을 구분하는 방법이 있다. 화서(花序), 즉 꽃차례에 의한 구별방법이다. 주 꽃대와 같은 길이의 소과병을 단 채 수평으로 꽃이 달린 총상꽃차례, 주 꽃대 끝에 달리고 그 밑에서 하나의 곁가지가 수평으로 자라는 취산꽃차례, 같은 길이의 소과병을 가진 꽃들이 같은 점을 기준으로 방사형으로 피어나는 산형꽃차례, 평평한 꽃턱의 상단에 소과병 없이 피어난 꽃들로 구성된 두상꽃차례 등이 있다. 아스터를 비롯한 국화과의 꽃들은 대부분 두상꽃차례로 작고 많은 꽃들로 이루어진 꽃이다.

세상의 꽃들은 각자의 특징과 주장을 가지고 피어난다. 그러나 누구도 서로를 시기하거나 질투하지 않고 자신의 삶을 위하여 곱게 피어난다. 세상에서 가장 아름다운 꽃은 사람이라고 이야기들 한다. 그러나 그 말이 다 맞는 건 아닌 것 같다. 오히려 그러했으면 하는 인간의 희망을 이야기한 것이 아닌가 생각한다. 사람은 질투하지 않는 꽃 마음을 갖지 못했기 때문이다. 세상에서 주목받지 못하는 들꽃은 자신을 비판하지도 다른 꽃과 자신을 비교하지도 않는다. 꽃의 자존감(自尊感)이 꽃을 아름답게 한다. ▫

**Nepal. 11th December 1997. NS#677. Sc#622. Ban Kamal(Manglietia insignis)**

▶ Technical Detail ·········································

Description : Ban Kamal(Manglietia Insignis)
Date of Issue : 11th December 1997
Value : 15 Rupee
Color : Multicolor
Overall Size : 40×30mm
Perforation : 14×14
Sheet : 50 Stamps
Quantity : 5 Hundred Thousnd
Designer : K.K. Karmacharya
Printed by : Austrian Government Printing Office, Vienna Austria

Nepal Proverb ▶

He is ever ready to sit down to dinner but when it is time to work he says, "Wait."
밥 먹자면 늘 먼저 앉으면서 일 하자면 '기다려' 한다. **B**

# 목련이 아침에 활짝 피는 이유는?

Ban Kamal(Manglietia Insignis)

*붉은연꽃나무는 목련과에 속하는 나무로 멸종 위기 종으로 최대 30m까지 자라는 상록수로 꽃은 5~6월에 핀다.
*아시아가 원산지이며, 잎은 가죽질이고, 붉은 꽃을 피운다.

　연꽃은 물속에서 피는 꽃이다. 그런데 산이나 들, 땅 위에서 피는 연꽃이 있다. 그것이 나무에 피는 연꽃 목련(木蓮)이다. 목련은 봄을 대표하는 꽃 중의 하나다. 목련은 전 세계에 10속 100종이 분포하며 우리나라에서는 3속 18종이 자란다. 많은 식물학자들은 목련과가 피자식물의 가장 원시적인 종으로 보고 있다. 태안군 소원면에 있는 천리포수목원은 한국을 사랑한 외국인 민병갈(Carl Feriss Miller, 1921~2002, 1979년 귀화)이 설립한 최초의 사립수목원이다. 그곳에는 400여 종의 목련을 한눈에 볼 수 있는 세계 최다 목련수집 수목원이다. 해마다 봄이 되면 국내외 많은 사람들이 이곳을 찾아 목련꽃을 보며 감동을 받는다.

　목련은 꽃이 크고 일시에 화사하게 피는 꽃으로 사랑을 받아 왔다. 특히 백목련의 꽃봉오리는 하늘을 향해 기도하는 순백의 모양은 차라리 성스럽다. 이른 아침 떠오르는 태양을 향해 속마음을 열어 보여 주는 목련은 정숙한 여인에 비유되기도 하며, 많은 시인들의 시의 주제가 되기도 한다.

　목련이 아침에 활짝 핀 이유는? 속가슴까지 환히 보여 주고 싶은 사랑하는 당신을 만나서이다. L

**Nepal. 11th December 1997. NS#678. Sc#623. Ban Kangiyo(luculia Gratissima)**

▶ Technical Detail ·······································

Description : Ban Kangiyo(luculia Gratissima)
Date of Issue : 11th December 1997
Value : 2 Rupee
Color : Multicolor
Overall Size : 40×30mm
Perforation : 14×14
Sheet : 50 Stamps
Quantity : 1 Million
Designer : K.K. Karmacharya
Printed by : Austrian Government Printing Office, Vienna Austria

Nepal Proverb ▶

Stops are longer than working periods.
쉬는 시간이 일하는 시간보다 더 길다. **B**

# 고난 속의 피어나는 꽃의 향기

Ban Kangiyo(Luculia Gratissima)

*루쿨리아는 꼭두서니과(Rubiaceae)에 속하는 상록 또는 낙엽관목으로 네팔이 원산지이며 히말라야
와 북쪽 인도와 중국의 북쪽 지방에서 자란다.
*붉은 꽃이 원추꽃차례로 피는 매우 향기롭고 아름다운 꽃이다.

    오래전에 한 시낭송회에서 아주 특별한 시인을 만난 적이 있다. 미국에서
이민 생활을 하다 오랜만에 고국에 오셨다는 그분은 활짝 핀 한 송이 꽃이
었다. 그 아름다운 꽃을 보면서 마음이 많이 아팠다. 불편한 몸으로 친구에
게 몸을 의지한 채 계단을 오르는 모습에 연민을 느껴서가 아니다. 구김살
없는 미소가 그의 삶을 이끌기까지 얼마나 많은 아픔을 다독였을까 하는
생각에서다. 순간순간에 느꼈을 좌절과 극복의 땀방울에 대한 내 마음의 기
울임이다. 그 길에서 모국어에 대한 열정과 함께하신 하나님에 대한 감사를
삶으로 보여 주고 있었다. 전철을 타고 떠나는 뒷모습에 손을 흔들면서 그
분의 향기가 내 가슴으로 흘러드는 것을 느낄 수 있었다. 그 뒤 항공우편으
로 글을 주고받으며 사귐을 계속했다. 먼 이국땅에서 보내 준 야생화를 예
쁘게 말려 만든 책갈피에서는 아련한 향기가 났다.

    히말라야는 식물들이 살기 쉬운 환경은 아니라고 생각한다. 질박한 토양
에서 칼바람을 뚫고 피어나는 꽃에서 어찌 향기가 없을까? 고난 속에 피어나
는 꽃의 향기는 감동이 있다. 고난을 극복한 사람의 이야기는 소망을 주고,
그 향기는 진한 감동을 준다. ⓛ

**Nepal. 28th December 2000. NS#746. Sc#688. Dactylorhiza Hatagirea(D. Don)Soo**

▶ Technical Detail ·············································

Description : Dactylorhiza Hatagirea(D. Don)Soo
Date of Issue : 28th December 2000
Value : 5 Rupee
Color : Multicolor
Overall Size : 29.23×28.56mm
Sheet : 16 Stamps each(four set of block of four)
Quantity : Half Million each
Designer : K.K. Karmacharya
Printed by : Helio Courvoisier S.A. Switzerland

**Nepal Proverb** ▶

He who carries light load would eat a heavy meal.
가벼운 짐을 지면서도 밥은 무겁게 먹는다. **B**

# 식물들은 대부분 녹색 꽃을 피우지 않는다

Jamamemandro

*mahonia는 매자나무과 뿔남천속의 중국 남천으로 상록활엽관목이다.
*잎은 가죽질로 광택이 나고, 노란 꽃과 보라색 열매를 맺는 네팔의 원예식물이다.

　해와 달은 각자 맡은 사명이 다르다. 해는 낮 동안은 눈부신 빛을 주지만 밤에는 어둠을 주관하지 못한다. 해와 달도 어둠에 갇힐 때가 있듯이 우리 인생도 암울할 때가 많이 있다. 기쁨보다는 슬픔과 괴로운 일이 가슴에 오래 남고, 대부분은 인간의 노력으로 극복할 수 없는 일들이 많다. 어둠을 헤쳐 나갈 수 있는 것은 그 안에 갇힌 채는 아무리 발버둥 쳐도 소용없다. 그 자리를 털고 빛으로 나아가거나 빛을 받아들이는 방법밖에는 없다.

　식물들은 끊임없는 변화와 적응 속에서 종을 보존한다. 자기 종족을 보존하기 위한 노력은 눈물겹다. 푸른 잎을 가득 달고 있는 식물들이 대부분 녹색 꽃을 피우지 않는다. 그 이유가 무엇일까? 나뭇잎에 파묻혀 버릴 녹색 꽃으로는 벌과 나비에게 자신의 위치를 알려 줄 수 없다. 그 때문에 빨강, 노랑, 보라 등 화려한 꽃을 피우는 것이다. 과감하게 변신하는 것이다.

　현대는 변화무쌍한 시대다. 시대의 요구에서 잠시만 한눈을 팔아도 어리둥절하는 상황이 연출된다. 시대상황에 편승하는 것이 아니라 흐름을 읽고 자신을 변화시켜 나가야만 하는 시대에 우리는 살고 있다. Ｌ

**Nepal. 28th December 2000. NS#745. Sc#689. Dactylorhiza hatagirea(D Don) Soo**

▶ Technical Detail ·········································

Description : Dactylorhiza hatagirea(D Don) Soo
Date of Issue : 28th December 2000
Value : 5 Rupee
Color : Multicolor
Overall Size : 28.56X29.23mm
Sheet : 16 Stamps each(four set of block of four)
Quantity : Half Million each
Designer : K.K. Karmacharya
Printed by : Helio Courvoisier S.A. Switzerland

Repentance is the wages of sin.
후회는 죄의 대가(代價)이다. **B**

# 사람의 향기

Panch Aunle(dactylorhiza hatagirea(d·don) soo)

*dactylorhiza hatagirea(d·don) soo는 난초과 식물로 히말라야 서쪽에 자라는 멸종 위기 종이다.
*해발 2,000~5,000m의 고산지대에 자라는 고급 약용식물이다.

나는 태안을 좋아한다. 파도의 고향인 파도리 해수욕장이 있어 좋고, 그곳에 빛나는 해옥(海玉)이 있어 좋다. 오래전에 해변시인학교가 안면도에서 있었다. 그곳에서 시인을 꿈꾸던 한 사람을 만났다. 그것이 인연이 되어 편지 글을 주고받으며 20여 년을 왕래하며 살고 있다. 참 순수와 열정이 넘치는 사람이다. 어느 날, 남편이 자기를 위하여 바람 부는 언덕에 통나무집을 지었다고 연락이 왔다. 가장 첫 번째 손님으로 초청하고 싶다고 꼭 오라고 당부한다. 아내와 함께 방문하여 수룡 저수지가 눈에 환히 보이는 언덕 위 통나무집 2층 다락방에서 하룻밤을 보냈다. 황토 냄새와 책들의 향기를 맡으면서 넓은 창으로 보이던 그곳의 풍경을 잊을 수 없다. 태안이 좋은 것은 꿈의 장막에서 꿈꾸는 사람들이 그곳에 있기 때문이요, 나도 그곳에 가면 꿈을 꿀 수 있음이다.

올해도 농사지은 고구마, 양파, 마늘을 보내왔다. 삶을 주도하는 당당한 미소 속에 느끼는 수줍은 향기가 그곳에 있어 나는 태안반도를 사랑한다. 세상에 고운 향기를 내는 많은 꽃들이 있지만, 어찌 가슴에 감동으로 남아 있는 사람의 향기만 할 수 있을까? **L**

**Nepal. 28th December 2000. NS#747. Sc#687. Talauma Hodogsonii Hook F & Thoms(Bhalu Kath)**

▶ Technical Detail ··········································

Description : Talauma Hodogsonii Hook F & Thoms(Bhalu Kath)
Date of Issue : 28th December 2000
Value : 5 Rupee
Color : Multicolor
Overall Size : 29.23×28.56mm
Sheet : 16 Stamps each(four set of block of four)
Quantity : Half Million each
Designer : K.K. Karmacharya
Printed by : Helio Courvoisier S.A. Switzerland

**Nepal Proverb** ▶

No wisdom comes so long as you are afraid.
네가 두려움을 갖는 한 지혜는 오지 않는다. **B**

# 목련이 들려주는 이야기

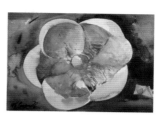

Bhalu Kath - talauma hodgsonii hook, f

*talauma hodgsonii hook, f는 목련과 나무다.

어느 봄날 아침 출근 길이었다. 봉천고개 왼쪽 산비탈에 개나리꽃이 아름답게 피어 있는 것을 보았다. 한쪽에 목련꽃이 이제 막 우윳빛 꽃봉오리를 소담스레 피워 올리고 있다. 아마도 하루 이틀 후면 수줍음 뒤에 머물던 환한 웃음을 볼 수 있을 것이다. 사람들은 활짝 핀 목련꽃보다는 피어 오르는 목련꽃을 더 좋아한다. 그 이유는 사람마다 다르겠지만 나는 몇 가지 이유가 있다. 메마른 가지 끝에서 두 손 모은 겸손함에 대한 사랑이 그 첫 번째이다. 다음은 최고의 절정은 아니지만 작은 것에서 큰 이룸을 꿈꾸며 피어나는 소망을 볼 수 있어서다. 또 하나, 화려한 색으로 예쁘게 치장하지 않고 보여 주는 순수한 속마음이다. 손 모으는 겸손함, 하늘을 향하여 간절히 호소하는 모습에서 진정한 목련의 기품을 느낄 수 있다.

나는 요즈음 숲에서 어린아이들과 보내는 시간이 많다. 나무와 들풀을 이야기하고, 함께 숲 놀이를 하면서 사랑을 배우고 지혜를 가르친다. 사람 사는 세상에서도 활동하는 청년의 왕성함도 보기 좋지만 미완의 모습에서 볼 수 있는 어린이들의 모습에서 더 큰 소망을 볼 수 있다. 무한한 가능성 속에서 함께 꿈을 꿀 수 있기 때문이다.

하늘을 향한 간절함이여/순백으로 응집된 중심/두 손 모아 하늘 우러르는 겸손함이여//아주 헤집힐 수 없어/지그시 눈을 감고/오직 하늘만을 바라보는 순결함이여//아, 하얀 떨림의 속살들/세미한 바람에도/살며시 흔들려 주는/그 속 깊음이여 _이춘원 〈목련 3〉 일부 ⑤

**Nepal. 2nd November 2001. NS#756. Sc#699. CentellaAsiatica(L) Urban**

▶ Technical Detail ··························································

Description : CentellaAsiatica(L) Urban
Date of Issue : 2nd November 2001
Value : 5 Rupee
Color : Multicolor
Overall Size : 35.96×35.96mm
Sheet : 50 Stamps each
Quantity : 1 Million
Designer : K.K. Karmacharya
Printed by : Austrian Govt. Printing Office, Vienna

Nepal Proverb ▶

A fearless man needs no weapon.
겁이 없는 사람은 무기도 필요 없다. B

# 차별하지 않는 완전한 사랑

Centella Asiatica(L) Urban

*병풀은 말굽풀, 조개풀이라고도 하는 미나리과에 속하는 여러해살이풀이다.
*원산지는 아프리카 동부의 Madagascar섬이고 히말라야에서는 6,000피트 높이에 이르기까지 번식
하고, 인도에서는 나병 치료에 사용되고 있다.

고양이가 배가 아프거나 소화가 안 되면 어떻게 할까? 이때 고양이가 찾아
가는 풀이 있다. 마치 사람이 병을 치료하기 위해 산으로 약초를 찾아가듯
이 풀을 찾아 먹는다. 신기하게 이 풀을 뜯어먹으면, 고양이는 소화가 되고
아픈 배가 낫는다. 그래서 사람들은 그 풀의 이름을 '괭이밥'이라고 부른다.
괭이밥은 수산 성분이 함유되어 있어 신맛이 있다. '시금초'라는 별명이 있는
이유다. 이 수산 성분이 소화를 도와주는 기능이 있어 고양이를 낫게 해 주
는 것이다. 괭이밥은 3장의 작은 잎이 모여 한 잎을 이루는데 하나하나가 완
벽한 하트 모양이다. 사랑을 아는 풀이라고 사람들로부터 많은 사랑을 받
는다. 말 못하는 짐승, 고양이의 아픔을 치료해 주니 진정 사랑의 풀이라고
생각한다.

인도에는 호랑이의 아픔을 치료해 주는 풀이 있다. 상처를 입은 호랑이가
병풀이 나 있는 곳에서 뒹굴면 상처가 아물고 병이 낫는다. '호랑이풀'이라
고도 부르는 이 풀은 잎과 줄기에 '마데카식산'이라는 성분이 있어 염증 치
료와 종양과 궤양을 치료하는데 효험이 있다고 한다. 신기한 것은 병풀 잎
도 괭이밥 잎처럼 하트 모양 즉 심장 모양이라는 것이다. 자연은 사람과 동
물, 강한 호랑이와 약한 고양이를 차별하지 않고 치료약을 나눠 주는 진정
한 공평주의자다. ⓛ

**Nepal. 2nd November 2001. NS#757. Sc#700. Bergenia Ciliata(H) Sternb**

▶ Technical Detail ·····································

Description : Bergenia Ciliata(H) Sternb
Date of Issue : 2nd November 2001
Value : 15 Rupee
Color : Multicolor
Overall Size : 35.96×35.96mm
Sheet : 50 Stamps each
Quantity : 1 Million
Designer : K.K. Karmacharya
Printed by : Austrian Govt. Printing Office, Vienna

**Nepal Proverb** ▶

He who cannot walk is eager to run.
걷지도 못하면서 뛰려고 한다. **B**

# 성공을 위한 지혜와 삶의 전략

Bergenia Ciliata(H) Stemb

*바위취는 범의귀과로 우리나라 중부 이남의 습한 곳에서 자라는 늘푸른 여러해살이풀이다.
*양지바르고, 물기가 많은 곳에서 자라며, 잎은 녹색에 연한 무늬가 있고, 뒷면은 자줏빛 도는 붉은색
이고, 예쁜 흰색의 작은 꽃이 핀다.

인간은 참 편리한 동물이다. 내가 안 보았으면 없다고 하고, 모르면 중요
하지 않다고 생각한다. 들에 나가면 많은 풀들이 있다. 그중에 이름을 모르
거나 나에게 어떤 유익을 주지 않는 것은 그냥 잡초라고 부른다. 그러나 소
중한 이름을 다 갖고 있다.

우리나라에서 잡초라고 설움받는 대표적인 식물이 바랭이다. 얼마나 생명
력이 강한지 아무리 뽑아도 다시 살아나는 강인한 풀이다. 그래서 잡초의 여
왕이라는 별명을 갖고 있다. 바랭이 줄기는 땅으로 기어가면서 잎을 피우고
꽃을 피운다. 멀리까지 영토를 넓혀 나가는 데는 바랭이만의 특별한 지혜와
전략이 있다. 지점을 설치하는 것이다. 적당한 길이마다 마디를 만들어 전진
기지를 삼는다. 그곳에서는 밑으로 다시 뿌리를 내려 현장에서 수분과 양분
을 섭취하며 세력을 넓혀 나간다.

바위취는 생명력이 강한 식물이다. 바위에 붙어서도 살아갈 수 있는 풀이
다. 줄기 아래에서 실 같은 뿌리를 내려서 새 떨기를 만든다. 바위를 올라가
면서도 생명을 유지할 수 있는 것은 바로 이러한 생태적 지혜를 가지고 있기
때문이다. 히말라야를 등반하는 등반가들은 베이스캠프를 설치하고 정상을
오른다. 그 지혜를 가르쳐 준 스승이 아닐까 생각한다. ☐

**Nepal. 2nd November 2001. NS#758. Sc#701 Texus baccata(L) Subsp. Wallichiana Zucc. Pilger**

▶ Technical Detail ·······························

Description : Texus baccata(L) Subsp. Wallichiana Zucc. Pilger
Date of Issue : 2nd November 2001
Value : 30 Rupee
Color : Multicolor
Overall Size : 35.96×35.96mm
Sheet : 50 Stamps each
Quantity : Half Million
Designer : K.K. Karmacharya
Printed by : Austrian Govt. Printing Office, Vienna

Nepal Proverb ▶

You must not get on the roof because someone else rides a horse.
다른 사람이 말 탄다고 네가 지붕 위에 올라가지 마라. **B**

# 겸손함으로 이루는 상황지족

Texus baccata(L) Subsp. Wallichiana Zucc. Pilger

*눈잣나무는 높은 산에서 자란다. 높이 4~5m, 지름 15cm 정도다.
*산꼭대기에서는 옆으로 자라지만 평지에서는 곧게 자란다. 나무껍질은 검은빛을 띤 갈색이다. 어린 가지에 부드러운 털이 빽빽이 난다.

나무 중에 기개를 자랑하는 대표적인 나무가 잣나무다. 잣나무는 대장부의 기개로 곧게 자라 귀한 목재로 사용되고, 맛있는 열매(잣)도 맺어 많은 사랑을 받는 나무다. 마치 사랑스러운 자식과 같다 하여 '자(子)+ ㅅ + 나무'라는 이름을 얻었다는 이야기도 있다.

'눈잣나무'는 잣나무와 같은 소나무과 나무다. 대장부같이 헌칠한 키 큰 나무가 높은 곳에서 강한 바람을 만났다. 쉴 새 없이 불어닥치는 강풍 속에서 어떻게 살아남을 수 있을까? 눈잣나무는 잣나무의 삶의 지혜가 만든 나무다. 자신을 낮추고 겸손한 자세로 바람과 더불어 살아갈 수 있는 길을 찾은 것이다.

'상황지족(狀況知足)'이란 말이 있다. 주어진 상황에 만족하며 살아가는 지혜를 가르치는 말이다. 어떤 환경과 처지에 굴복하라는 말이 아니다. 나에게 주어진 상황에서 최선의 삶을 선택하고 그 삶을 누리는 지혜를 말하는 것이다. 여기에는 '변화와 혁신'의 의미도 담겨 있지만 '겸손'의 미덕을 강조한 것으로 생각한다. 나를 드러내기에 급급하지 않고 주어진 위치에서 겸손하게 주어진 사명을 묵묵히 감당할 때, 강풍 속일지라도 늘 푸른 잣나무로 살아갈 수 있지 않을까? ㄴ

**Nepal. 2nd November 2001. NS#759. Sc#697. Ficus Religiosa Linn(Peepal Tree)**

▶ Technical Detail ·······································

Description : Ficus Religiosa Linn(Peepal Tree)
Date of Issue : 2nd November 2001
Value : 10 Rupee
Color : Multicolor
Overall Size : 29.5×38.5mm
Sheet : 50 Stamps
Quantity : Half Million
Designer : K.K. Karmacharya
Printed by : Austrian Govt. Printing Office, Vienna

# 보릿고개를 함께 넘은 보리수

Ficus Religiosa Linn(Peepal Tree)

*보리수과 나무로 상록활엽수이며 열대 아시아 원산이다.
*열매가 보리를 닮았다 하여 불린 이름이며, 힌두교에서 신성시하는 나무다.

6.25전쟁이 일어난 전후 세대에 태어난 사람들이 겪은 고생 중 가장 큰 것은 아마도 먹을 것이 없어 겪었던 배고픔의 고통이었을 것이다. 얼마나 배고 고팠으면 들판에 하얗게 무리지어 있는 꽃을 '조팝나무'라고 불렀으며, 나무꼭대기에 하얗게 핀 꽃에서 사발에 담긴 흰 쌀밥을 연상하고 '이팝<sup>(밥)</sup>나무'라고 이름을 붙였을까 생각해 본다. 어찌 그뿐이랴 숲 언저리 덤불을 보고 국수가닥이 축축 널어져 있는 듯하다 하여 '국수나무'라고 이름을 붙였을까? 지금도 우리 민족의 애환이 숲에는 많이 남아 있다.

일 년 내내 먹을거리가 없어 굶주리며 사는 사람들이 많았으나 보리 수확을 앞두고 있을 때 넘어야 했던 굶주림의 '보릿고개'의 고통은 극심했다. 그당시 어린아이였던 나는 하굣길에 산을 넘어오다 보리수를 많이 따먹었다. 분홍빛 작은 열매에 검은 점들이 있어 파리똥이라고 부르면서도 얼마나 맛있게 먹었던가! 가난하여도 가까이에 산과 들이 있고, 때때로 그곳에 먹을거리를 만든 자연의 고마움을 잊지 않고 있다. 숲은 우리를 먹여 살리는 곡식 창고였고, 넉넉한 어머니의 품이었다. 요즈음 숲에 가면 사람들에게 가장 강조하는 것이 숲의 고마움이다. 🄻

**Nepal. 23th December 2003. NS#795. Sc#736-a. Lotus(Nelumbo nucifera Gaerin)**

▶ Technical Detail ·····························

Description : Lotus(Nelumbo nucifera Gaerin)
Date of Issue : 23th December 2003
Value : 10 Rupee
Color : Multicolor
Overall Size : 29.6×38.5mm
Sheet : 16 Stamps each(four set of block of four)
Quantity : Half Million each
Designer : K.K. Karmacharya
Printed by : Austrian Govt. Printing Office, Vienna

Nepal Proverb ▶

The tusks of the elephant are always exposed.
코끼리는 늘 상아를 드러낸다. **B**

# 푸른 잎의 존재 이유

Lotus

*수련과의 수생식물이며 여러해살이풀로 연못이나 강가에서 자란다.
*근경에서 나오는 잎의 잎자루는 원주형이고 잎몸은 지름 25~50cm 정도의 원형으로 백록색이며 물에 잘 젖지 않는다. 7~8월에 개화한다.

  시원한 물에 발을 푹 담그고 푸른 우산을 펼쳐 올린다. 아침 이슬이나 빗방울을 받아 또르르 굴리는 청개구리의 놀이터가 되기도 한다. 어쩌면 화사한 꽃보다 잎이 더 아름다운지도 모른다. 그런데 중요한 것은 그 넓고 푸른 잎의 존재 이유가 바로 꽃이라는 것이다. 연꽃 한 송이를 피우기 위해 그 뜨거운 여름의 햇볕을 온몸으로 받는다. 그 땀의 수고로 크고 탐스러운 꽃을 피운다. 서울에서 가까운 시흥 관곡지에 가면 넓은 연꽃 밭에서 수많은 연꽃들의 향연을 볼 수가 있다. 분홍빛 꽃송이를 돋보이게 하려고 묵묵히 밑에서 떠받치고 있는 잎들의 푸른빛이 아름답다.

  2016년 여름의 더위는 가히 기록적이었다. 수년 전에 가족여행을 부여 지방으로 갔다. 마치 궁남지 연꽃축제 기간이라 잘 가꾸어진 연꽃들과 다양한 축제를 함께 볼 수 있었다. 강렬한 햇빛이 내려쬐는 연꽃밭을 구경하는 사람들은 지쳐 그늘을 찾는데도 연꽃은 움직일 줄을 몰랐다. 주어진 날 동안 해를 바라보며 자신의 삶을 불태우고 있었다. 연꽃밭가로 서 있는 해바라기들조차 감동으로 바라보고 있는 궁남지 연꽃들의 더운 여름날이 생각난다. Ⓛ

**Nepal. 23th December 2003. NS#796. Sc#736-b. Neopicrorhiza scrophulariifolia (Pennel) Hong**

▶ Technical Detail ·······························

Description : Neopicrorhiza scrophulariifolia(Pennel) Hong
Date of Issue : 23th December 2003
Value : 10 Rupee
Color : Multicolor
Overall Size : 29.6×38.5mm
Sheet : 16 Stamps each(four set of block of four)
Quantity : Half Million each
Designer : K.K. Karmacharya
Printed by : Austrian Govt. Printing Office, Vienna

Nepal Proverb ▶

The elephant has different teeth for eating and for show.
코끼리의 이는 먹을 때 쓰는 것과 드러낼 때의 이는 다르다. **B**

# 하나의 식물이 약초가 되기까지

Neopicrorhiza scrophulariifolia(Pennel) Hong

*호황련은 현삼과 식물로 주요 약재로 사용된다.
*골열증, 혈분을 없애고 사열을 없애고 이담, 항균작용을 한다.

약재로 이용할 수 있는 식물을 약초라고 한다. 어떤 식물은 전체가 다 약재로 쓰이기도 하지만 대부분 꽃과 잎, 열매와 씨앗, 줄기와 뿌리 등이 약재로 사용된다. 그중 인삼, 천궁, 도라지, 고삼 등은 뿌리를 주요 약재로 쓴다. 호황련은 뿌리를 약재로 사용하는 중요한 한약재료 중 하나이다. 주로 몸의 열을 다스리며 골증열을 없애고 식은땀, 토혈, 결막염, 치질 등에 효험이 있으며, 이담작용과 항균작용을 하는 약재이다.

지구상에 살고 있는 식물의 종류는 굉장히 많다. 우리나라만 해도 약재로 사용되고 있는 식물이 950여 종이나 된다고 한다. 그 많은 식물 중 어떤 것이 약초이며, 어떤 약초가 무슨 질병의 치료에 효과가 있는 것을 어떻게 알았을까? 의학이 발달한 현대에도 신약을 만들기 위해서는 많은 임상 실험과 연구가 필요하다. 그 옛날 하나의 약초가 치료약으로 확정되기까지는 많은 시행착오가 있었을 것이다. 독초를 잘못 먹고 죽은 사람이 있어 그것을 먹으면 안 된다는 것을 알았을 것이다. 또한 독초라 할지라도 적절하게 독을 다스리면 생명을 살리는 특효약이 된다는 사실을 발견하기까지는 참으로 많은 눈물을 흘렸을 것이다. 오늘날 우리가 안전하게 한약을 먹을 수 있는 것은 누군가의 땀과 희생이 있었기 때문이다. 🄻

**Nepal. 23th December 2003. NS#797. Sc#736-c. Himalayan Rhubarb**

▶ Technical Detail ································································

Description : Himalayan Rhubarb
Date of Issue : 23th December 2003
Value : 10 Rupee
Color : Multicolor
Overall Size : 29.6×38.5mm
Sheet : 16 Stamps each(four set of block of four)
Quantity : Half Million each
Designer : K.K. Karmacharya
Printed by : Austrian Govt. Printing Office, Vienna

# 나무는 어떻게 더위를 이길까?

Himalayan Rhubarb

*대황은 마디풀과의 여러해살이풀로 원산지는 중국이다.
*여름철에 노란색 꽃이 피고, 소화불량, 장의 연동운동을 도와주어 변비 치료에도 효과가 있다.

2016년 8월 초, 백두산의 기온은 30도를 넘나들었다. 백두산의 변화무쌍한 기후에 맞춰 두꺼운 옷을 준비하였던 우리는 큰 낭패를 보았다. 대부분의 옷은 꺼내 보지도 못하고 여름옷은 부족하였던 것이다. 이제는 우리나라가 열대지방이 된 듯하다. 지구 온난화와 기후변화로 매년 더 심각한 상황이 벌어질 것을 예견하는 전문가들이 많다. 히말라야의 만년설이 녹고 남극의 빙하가 녹고 있는 것은 우리에게 무엇을 이야기하고 있는 것일까? 인간의 탐욕으로 점점 뜨거워지는 지구에서 어떻게 살아남을 수 있을까?

이 문제는 비단 인간의 문제만은 아니다. 이 지구상에 사는 나무와 풀 등 모든 생물들이 풀어야 할 숙제이다. 나무들은 어떻게 더위를 이겨 내고 있을까? 나무들은 온도가 높거나 빛이 강할 때 기공을 열어 수분을 증발시킨다. 이때 증발하는 수분이 나무의 열도 함께 빼앗아 간다. 이것을 기화열이라 한다. 잎에서 물이 증발되면 뿌리로부터 물관을 통해 시원한 물을 공급받는다. 차가운 물이 계속 올라오면서 나무 몸체의 온도를 적정하게 유지할 수 있다. 사람이 더우면 시원한 물을 마시고, 물속으로 들어가 몸의 열을 식히는 것과 같다. 나뭇잎이 바람에 흔들리는 것도 생존을 위한 나무의 몸짓이다. **L**

3장

Nepal·Korea flower

Stamps and the short Essays

깊은 산중에
은은한 향기로

**Nepal. 23th December 2003. NS#798. Sc#736-d. Night Jasmine(Nyctanthes abro-tristis L)**

▶ Technical Detail ·······································

Description : Night Jasmine(Nyctanthes abro-tristis L)
Date of Issue : 23th December 2003
Value : 10 Rupee
Color : Multicolor
Overall Size : 29.6×38.5mm
Sheet : 16 Stamps each(four set of block of four)
Quantity : Half Million each
Designer : K.K. Karmacharya
Printed by : Austrian Govt. Printing Office, Vienna

Nepal Proverb ▶

A fly can burn a log, a creeper can cause a landslide.
파리 한 마리가 통나무를 태우고 덩굴이 산사태를 부른다. **B**

# 밤의 여인이 부르는 노래

Night Jasmine(Nyctanthes abro-tristis L)

*야래향(Cestrum)은 가지과에 속하는 상록관목으로 아메리카가 원산이다.
*대부분의 꽃들과는 달리 야래향은 밤에 피었다 아침이면 꽃잎을 닫는다.

태안반도에 가면 천연기념물 제431호로 지정(2001. 11)된 신두리 해안사구(砂丘)가 있다. 6,000여 년 전부터 바람이 쌓아 올린 모래언덕이다. 그 수많은 세월동안 바람의 수고로 쌓아 올린 땅이다. 그곳에 가면 모래언덕 뒤에 거대한 달맞이 꽃밭이 있다. 누가 심거나 가꾸지 않았지만 밤마다 육지를 사모하며 달려오는 바닷바람을 위로하는 달의 여인들의 노래가 한창이다. 그곳 역시 신두리의 모래밭이 품고 있는 땅이다. 그곳에는 외래종이라 설움을 받는 '도깨비가지' 도 보라색 꽃을 피워 그리움을 노래하고 있다. 그리움의 역사는 주로 밤에 이루어지나 보다.

'밤의 여인' 의 한이 담겨 있음직한 꽃이다. 야래향은 꽃이 보잘것없다. 눈에 보이는 것에 현혹되는 세상에서는 그 누구의 눈길을 끌 수 없는 꽃이다. 해가 서산에 지고 은은한 달빛이 창가를 넘나들 때 가만히 속가슴을 연다. 어디선가 끌리는 향기에 달려가니 그곳에 부끄러운 듯 피어 있다. 당신을 향한 나의 그리움을 받아 주세요. 아침이면 다시 스러져 갈 나를 이 밤에 안아 주세요. 애절한 노래 한 소절이 들리는 듯하다. L

**Nepal. 20th August 2005. NS#839. Sc#761-a. Indian Gooseberry**

▶ Technical Detail ································································

Description : Indian Gooseberry
Date of Issue : 20th August 2005
Value : 10 Rupee
Color : Multicolor
Overall Size : 30×40mm
Perforation :
Sheet :
Quantity :
Designer :
Printed by : Austrian Govt. Printing Office, Vienna

# 명약이 될 수도, 독이 될 수도

Indian Gooseberry

*인도 구즈베리는 인도가 원산지인 나무다. 아유르베다 요법의 약으로 사용된다.
*열매가 약재로 사용되며 암, 눈병, 당뇨병, 동맥경화 치료 및 각종 염증 치료제로 사용된다.

양의학과 한의학 중에서 어떤 것이 병을 더 잘 고칠 수 있을까? 이 질문은 누구도 명확하게 답변할 수 없을 것이다. 어떤 질병은 신속하게 병원에 가서 수술을 하고 치료를 받아야 하는 경우가 있다. 그런가 하면 한방으로 치료를 받아서 효과를 보는 경우도 있다. 같은 질병이라도 환자와 증상에 따라 달라질 수도 있을 것이다. 요즘은, 불치병을 진단받고 치료를 포기한 환자들이 자연 속에 들어가 살면서 완쾌했다는 사람들이 있다. 자연의 치유 능력을 인정하는 사람들이 많이 있다는 것이다.

약초에 대한 이야기다. 아무리 신비한 약초라 할지라도 모르면 잡초에 불과하고, 잘못 알면 독초가 되고, 제대로 알면 신약이 된다고 한다. 맞는 말이다. 독이 있는 식물이라도 독을 제거하거나 적절하게 사용하면 명약이 된다고 한다. 인디안 구즈베리는 마치 만병에 효험이 있는 듯한 다양한 약효가 있다. 그러나 그 만큼 사용에 주의해야 할 것이다. 대상에 맞는 약효를 제대로 찾아 사용할 때 명약이 될 것이다. 어설피 알고 잘못 쓰면 독이 될 수 있다. 사람의 말이 이와 같다. 독설이 약이 될 때도 있지만 때로는 사람을 죽이기도 한다. 지금 우리에게는 사람을 살리고 세워 가는 따뜻한 말 한마디가 더 필요한 시기이다. '경우에 맞는 말이 은쟁반에 금사과 같다.' 라는 말씀이 들린다. **L**

**Nepal. 20th August 2005. NS#840. Sc#761-b. Walnut Tree**

▶ Technical Detail ·······························

Description : Walnut Tree
Date of Issue : 20th August 2005
Value : 10 Rupee
Color : Multicolor
Overall Size : 30×40mm
Perforation :
Sheet :
Quantity :
Designer :
Printed by : Austrian Govt. Printing Office, Vienna

Nepal Proverb ▶

The snail shows which way it has gone.
달팽이는 제가 간 길을 나타낸다. B

# 천안의 명물 호두과자

Indian Gooseberry

*호두나무는 가래나무과에 속한 나무로 아메리카, 유럽 남부, 아시아, 서인도제도가 원산지다.
*잎은 기수우상복엽이고, 열매는 단단한 껍질이며 여러 방으로 나뉘어 있는 속의 모양이 뇌를 닮았다.

　호두는 고소한 맛이 그만이다. 작은 호두알을 골라 손에 넣고 다니면서 부딪히면 맑고 투명한 소리가 나서 기분이 좋다. 오장육부의 축소판인 손을 적당히 자극할 수 있어 건강에도 좋다고 한다. 그러나 호두의 겉껍질은 구린내가 나며 독성이 있어 만지면 옻이 오르기도 한다. 어쩌면 소중한 마음을 지키기 위해 험악한 겉모습을 하고 있는지도 모른다. 사람도 겉모습이 험상궂게 생겼지만 마음이 비단결같이 고운 사람, 천사와 같은 사람이 많이 있다.

　예전에는 기차를 타고 천안역을 지나가면 '천안의 명물 호두과자'를 외치는 소리를 들을 수 있었다. 그것은 고려 시대 원나라 사신 유청신이 가져와 천안에 처음 심은 것이 알려지면서 천안의 특산물이 되었다. 여행자의 추억의 먹을거리였지만, 지금은 전국 어디서나 먹을 수 있는 인기를 얻게 되었다. 지금도 여행을 하다 천안을 지나게 되면 따끈따끈한 호두과자가 생각난다. 급히 먹다 뜨거운 팥에 입천장을 데이면서도 체면 때문에 속으로만 쩔쩔매던 때를 생각하면 절로 웃음이 나곤한다. 호두는 과자의 재료로만 이용되는 것이 아니고, 자양제나 강장제로도 사용되고, 변비 치료 및 호두유는 피부병에도 사용된다. 우리나라에서는 정월 대보름날 땅콩 등과 더불어 부럼으로 사용하고, 로마인들은 결혼식에 호두를 던져서 다산을 기원하는 풍습이 있었다고 한다. 충청남도 천안시에 있는 광덕사의 호두나무가 천연기념물 제398호로 지정되어 보호받고 있다. L

**Nepal. 20th August 2005. NS#841. Sc#761-c. Wood Apple**

▶ Technical Detail ·······································

Description : Wood Apple
Date of Issue : 20th August 2005
Value : 10 Rupee
Color : Multicolor
Overall Size : 30×40mm
Perforation :
Sheet :
Quantity :
Designer :
Printed by : Austrian Govt. Printing Office, Vienna

# 나라를 잃으면 다 잃는 것이다

Wood Apple

*우드 애플은 껍질이 돌처럼 단단하여 스톤 애플로도 불린다.
*인도가 원산지로 무화과와 건포도잼 사이의 맛이 나며, 이질, 감기몸살 등의 치료 약재로 사용된다.

세계 역사를 볼 때 크고 작은 전쟁으로 이 땅에 많은 나라와 민족이 사라졌다. 우리나라도 일본의 식민지 국가로 전락하여 나라를 잃은 채 36년을 살아왔다. 일본은 우리 민족혼을 말살시키려고 나랏말을 빼앗고 조상이 지어 준 이름을 일본식 이름으로 바꾸는 창씨개명을 강제적으로 시행했다. 그러나 우리 민족은 끝내 광복을 이루었고, 세계 속에 우뚝 솟은 오늘의 대한민국을 만들었다. 19세기 인도에 간 영국의 식물학자들은 처음 보는 식물들에게 자신들의 언어로 이름을 붙이기 시작했다. 인도의 과일 벨(Bael)을 자기들 마음대로 'Wood Apple'이라고 불렀고 그대로 굳어진 이름이 되었다.

벨나무는 인도가 원산지이며 힌두교에서는 시바 신이 그 나무 아래에 산다고 하여 신성시하는 나무다. 아무리 소중하게 여긴다 할지라도 나라를 잃으면 아무것도 지킬 수 없다는 교훈을 주는 나무다. 나라가 없다면 내 재물이, 내 명예가 무슨 소용이겠는가? 나라의 소중함을 잊고 사는 우리의 젊은이들이 안타깝다. 고려 시대의 몽골 침략과 일제강점기의 나라 없는 설움을 겪으면서도 목숨을 바쳐 이 나라를 지켜 오셨던 선조들의 희생과 눈물을 기억해야 할 것이다. 우리가 먹는 과일들은 거의가 품질이 개량된 품종들이다. 머루가 포도로 돌배가 배로 되었듯이 아마도 우드 애플도 사과의 조상이 아닌가 생각된다. ⓛ

**Nepal. 20th August 2005. NS#842. Sc#761-d. Golden Evergreen Respberry**

▶ Technical Detail ·········································

Description : Golden Evergreen Respberry
Date of Issue : 20th August 2005
Value : 10 Rupee
Color : Multicolor
Overall Size : 30×40mm
Perforation :
Sheet :
Quantity :
Designer :
Printed by : Austrian Govt. Printing Office, Vienna

# 복분자와 풍천장어의 추억

Golden Evergreen Raspberry(ainselu)

*장미과의 산딸기의 일종인 노란나무딸기는 야생에서 자란다.
*열매를 생으로 먹거나 잼이나 파이, 술을 빚어 먹기도 한다.

　전라북도 고창은 우리나라의 유명한 관광지 중의 한 곳이다. 고창 선운사의 동백꽃은 가요로도 불리고 있다. 선운사 건너편의 천연기념물 제367호 송악은 겨울에도 그 땅을 지키는 푸른 넋이다. 미당 서정주 시인의 고향이기도 하며 그분의 문학과 삶의 흔적들이 남아 있어 문인들이 많이 찾는 곳이기도 하다. '상황문학'에서 고창으로 문학기행을 간 적이 있다. 따뜻한 사람들과 함께한 아름다운 추억이 간직된 곳이다. 국민일보 다큐멘터리 공모에 당선된 동인 한 분이 기념으로 풍천장어와 복분자를 대접하였다. 고창의 명물로 유명한 복분자 한잔으로 화기가 넘치고, 노릇노릇 익어 가는 풍천장어는 입맛을 돋우기에 충분했다. 얼굴에는 삶의 연륜이 깊어 가고 있는 문학소년소녀들의 행복한 미소가 국화 향으로 피어났다.

　우리나라에는 많은 딸기 종류가 있다. 마을 주변이나 야산에서 마치 멍석을 깔아 놓은 것처럼 자란다고 붙여진 멍석딸기가 가장 흔하다. 요즈음 건강에 좋다고 블루베리, 아사이베리, 아로니아베리가 각광을 받고 있다.

　복분자는 남자에게 좋다고 소문난 딸기의 한 종류이다. 고창 지방에서 많이 재배하면서 지방을 대표하는 명물이 되었다. 우리나라 산딸기는 대부분 빨갛게 익는다. 골든 에버그린 래즈베리는 네팔 등지에서 나는 산딸기의 일종으로 우리나라 복분자와 비슷한 딸기다. ㄴ

**Nepal. 12th June 2006. NS#865. Sc#774-b. Nepalese Primrose**

▶ Technical Detail ·············································

Description : Nepalese Primrose
Date of Issue : 12th June 2006
Value : 10 Rupee
Color : 4 Colors and Phosphor print
Overall Size : 32X32mm
Sheet : 50 Stamps
Quantity : 1 Million
Designer : M.N. Rana
Printed : Walsall Security Printers Ltd, United Kingdom

The dog's tail does not become straight even if it is kept in a pipe for twelve years.
개 꼬리는 파이프에 넣어 12년을 지나도 빳빳해지지 않는다. **B**

# 중요한 것을 선택할 수 있는 사랑

Nepalese Primrose

*앵초는 앵초과의 여러해살이풀로 4~5월에 7~14개의 홍자색 꽃이 산형으로 핀다.
*잎의 모양이 약간 주름진 듯 파도 모양의 푸른 잎에 작고 앙증맞은 붉은 꽃이 아기자기 피며, 꽃말은 '행운의 열쇠' 이다.

 앵초꽃은 다섯 장의 꽃잎으로 이루어진 통꽃이다. 크고 탐스럽지는 않아도 고운 빛과 앙증맞은 모습이 사랑스런 꽃이다. 예쁜 꽃처럼 '행운의 열쇠'의 사연을 담은 아름다운 이야기가 전해지고 있다.

 먼 옛날 독일의 한 마을에 병든 어머니를 모시고 사는 리스페스라는 소녀가 있었다. 앵초꽃을 좋아하는 어머니는 병이 깊어지자 앵초꽃을 보고 싶어 했다. 추운 겨울에 앵초꽃을 찾아 헤매다 지쳐 쓰러진 소녀 앞에 앵초꽃으로 머리를 단장한 요정이 나타났다. 이 길로 똑바로 가면 성이 나타날 것이다. 이 꽃은 잠긴 성문을 열 수 있는 '행운의 열쇠' 란다. 요정은 머리 위에 꽂힌 앵초꽃 하나를 소녀에게 주었다. 요정의 말대로 성을 만나 성문을 열자 준수한 외모의 왕자가 기다리고 있었다. 왕자는 리스페스에게 두 개의 방을 보여 주었다. 한 방에는 보석과 황금이, 다른 방에는 어떤 병도 고칠 수 있는 약이 있었다. '원하는 걸 가져요.' 효녀인 리스페스는 약 하나만을 선택했다. 눈에 보이는 세상의 큰 것들 재물과 부귀영화를 버리고, 지금 당장 보기에는 작고 보잘것없을지 모르지만 어머니를 살릴 수 있는 약을 선택한 것은 사랑의 용기다.

 그때 왕자는 당신은 내가 기다리고 있던 사람입니다. 소녀는 왕자와 함께 가서 어머니를 구했다는 아름다운 이야기다. 중요한 것을 선택할 수 있는 힘은 사랑에서 나온다. 🇱

**Nepal. 12th June 2006. NS#868. Sc#774-d. White Pine Mushroom**

▶ Technical Detail ·······························

Description : White Pine Mushroom
Date of Issue : 12th June 2006
Value : 10 Rupee
Color : 4 Colors and Phosphor print
Overall Size : 32X32mm
Sheet : 50 Stamps
Quantity : 1 Million
Designer : M.N. Rana
Printed : Walsall Security Printers Ltd, United Kingdom

Nepal Proverb ▶

The beaten dog always bares its teeth.
두들겨 맞은 개는 늘 이빨을 드러낸다. B

# 숲 속 청소부

White Pine Mushroom

*버섯은 생명체이나 식물도 동물도 아닌 균류로 구분한다.
*소나무버섯은 소나무 둥치나 주위에 자라는 버섯이다.

며칠 전에 학같이 사시던 분이 하늘의 부르심을 받아 우리 곁을 떠났다. 그 단아하고 곱던 모습이 화장장에서 한 시간 이십 분 만에 한 줌 재로 우리 앞에 왔다. 사람의 육신은 흙에서 왔다가 흙으로 돌아간다. 그러나 우리의 영혼은 우리의 본향을 찾아간다. 기독교에서는 부활을 믿는다. 그 믿음으로 장례식장에서 찬송을 부르고, 부활의 소망으로 위로하고 위로를 받는다. 그러나 부모형제를 이 땅에서 다시 볼 수 없다는 것은 큰 슬픔이다. 영영히 이별이라고 하면, 그 이별의 고통을 누가 감당할 수 있을까?

요즈음 산에 가면 태풍으로 쓰러진 나무를 잘라서 쌓아 놓은 것을 자주 볼 수 있다. 옛날같이 나무를 땔감으로 할 때라면 상상할 수 없는 풍경이다. 산에서 나서 산에서 자란 나무들을 산으로 돌려보내고 있는 것이다. 바람이 불고 비가 온다. 비에 젖은 나무에 다시 햇빛이 든다. 그곳에 작은 벌레가 집을 짓고 버섯이 피어난다.

버섯은 숲에서 가장 멋지게 살고 있는 생물이다. 스스로 광합성을 하여 양분을 자급하는 능력도 없다. 가고 싶은 곳을 찾아 마음대로 다니며 먹이를 사냥할 수도 없다. 그러나 숲에서 가장 위대한 일을 하는 것이 버섯이다. 흙에서 왔으니 흙으로 돌아가라는 창조주의 섭리에 따라 숲의 죽음을 아름답게 마무리하는 역할을 한다. 버섯은 숲 속의 청소부다. 가장 완벽한 분해자이다. Ⓛ

**Nepal . 12th April 2007. NS#882. Sc#788-a. Satyrium Nepalese D Done**

▶ Technical Detail ·······································

Description : Satyrium Nepalese D Done
Date of Issue : 12th April 2007
Value : 10 Rupee
Color : 4 Color
Overall Size : 40×30mm
Sheet : 16 Stamps
Quantity : 1 Million
Designer : M.N. Rana
Printed : Cartor Security Printing Press, France

Nepal Proverb ▶

The mouse makes the hole, the snake lives in it.
쥐는 구멍을 뚫고 그 속엔 뱀이 들어가 산다. **B**

# 깊은 산중에 은은한 향기로

Satyrium nepalense D.Don

*Satyrium nepalense는 난초과 식물로 네팔이 원산지다.
*7~11월에 꽃을 피우며 네팔의 중·동부 지역에서 해발 600m에서 4,600m까지 자생하며, 다소 습한 음지에서 잘 자란다.

세계적으로 식물의 종은 대략 35만 종이 넘는다고 한다. 그중 난초의 종류가 3만 5천여 종이라고 하니 난초가 얼마나 많은지 짐작할 만하다. 이렇게 많은 종류가 인간들에 의해 알려지게 된 것은 그만큼 사랑을 받고 있다는 이야기일 것이다. 예로부터 난은 곧은 자태와 그윽한 향기로 남자의 기개와 고고한 인품에 비유되곤 했다. 그런가 하면 은은하면서도 가슴으로 스며드는 자태와 향으로 미인의 표상이 되기도 했으며, 후덕한 여인의 품성을 나타내기도 한다.

선비들은 군자의 덕과 학식을 겸비한 인품에 비유하여 사군자를 즐겨 그렸다. 매화의 혹독한 추위를 인내하고 이른 봄에 꽃을 피우는 덕을 높였다. 난초는 깊은 산중에서 은은한 향기로 묵묵히 자신의 존재를 드러내는 덕을, 서릿발 속에서도 홀로 꼿꼿이 꽃을 피우는 정신, 국화의 오상고절(傲霜孤節)의 덕, 추운 겨울에도 푸른 잎을 간직한 대나무의 덕을 기렸다. 그런데 난을 그릴 때는 유독 '난을 친다'라고 표현한다. 난을 그리는 것은 난을 키우는 것이라는 뜻이다. 그만큼 난을 소중하게 여기고, 난의 고고함을 높이고 싶은 마음의 표현이 아닐까 생각한다. ᄂ

**2007-2 NS#883. Sc#788-b. Dendrobium heterocarpum Wall, ex Lindl**

▶ Technical Detail ·······································

Description : Dendrobium heterocarpum Wall, ex Lindl
Date of Issue : 12th April 2007
Value : 10 Rupee
Color : 4 Color
Overall Size : 40×30mm
Sheet : 16 Stamps
Quantity : 1 Million
Designer : M.N. Rana
Printed : Cartor Security Printing Press, France

Nepal Proverb ▶

To lend meat to the dog.
개에게 고기 꾸어 주기. **B**

# 대가족을 이루어 살아가는 삶의 지혜

Dendrobium Heterocampum Wall Ex Lindl

*아시아의 열대와 아열대 지역, 태평양 제도, 오스트레일리아가 원산지다.
*꽃은 한 송이씩 피거나 무리지어 달리기도 하며, 한쪽으로 휘어진 수상꽃차례를 이루기도 한다.

우리나라의 대가족제도는 세계의 부러움을 받는 가족제도다. 3~4대가 함께 살면서 가족의 전통을 지키고, 부모 공경과 효를 삶의 과정에서 배울 수 있다. 요즈음 급격히 무너지는 가정 해체의 현실을 보면서 잃어버린 우리의 전통이 얼마나 소중한가를 깨닫게 된다.

우리 형제는 7남매이다. 우리 부모님은 가난과 질고의 시대에 7남매를 키우셨으니 그 고통은 말할 수 없었을 것이다. 지난 4월은 어머님 10주기 추모 예배를 드렸다. 어머님이 돌아가시기 전에 서울시의회에서 가정의 달 특집으로 4대가 함께 사는 가정 취재를 왔다. 취재기자가 하는 말이 요즈음 3대가 함께 사는 집도 찾기 어렵다고 한다. 급격히 밀려오는 서양의 가족제도로 부부 중심의 핵가족이 되면서 일어나는 폐해가 많다. 집안에 어른이 없어 큰 소리 내고 다투며, 쉽게 헤어지는 가정 해체가 가장 큰 문제이다. 좋은 전통을 지키지 못한 우리 세대의 잘못이 우리 후손들의 삶에 많은 아픔을 주는 것 같아 안타깝다.

덴드로비움속 난초는 지구상에 1,000종 이상 분포하는 대가족이다. 오늘도 아름다운 모습으로 세상을 감동시키는 그 큰 가족의 향기가 히말라야 산지를 넘어 온 땅에 그윽할 날을 꿈꾼다. ■

**2007-3 NS#884. Sc#788-c. Pelatantheria insectifera(Reichenb.F) Ridl**

▶ Technical Detail ················································

Description : Pelatantheria insectifera(Reichenb.F) Ridl
Date of Issue : 12th April 2007
Value : 10 Rupee
Color : 4 Color
Overall Size : 40×30mm
Sheet : 16 Stamps
Quantity : 1 Million
Designer : M.N. Rana
Printed : Cartor Security Printing Press, France

# 아무것도 판단하지 말라

Pelatantheria Insectifera(Reichonb E) Ridl

*난초과 식구로 지네발난이라고도 부르며, 히말라야산맥의 동쪽, 서쪽 지역과 인도 및 동남아시아에 분포한다.
*200~1,000m 고도에서 자라며 따뜻하고 다습한 환경에서 자라며 꽃은 5~9월에 핀다.

식물들의 모양을 보면 특이한 것들이 많다. 특히 동물의 모양을 닮아서 이름도 비슷한 것이 있어 흥미롭다. 지네발난의 모습을 보면 옆으로 뻗어 가는 모습이 마치 지네 모습 같고 그곳에 달려 있는 잎들이 지네의 수많은 발을 연상케 한다. 그런데 자세히 한 송이 한 송이 꽃을 보면 방긋이 웃고 있는 얼굴을 보는 것 같다. 머리와 얼굴, 가슴과 하체가 명확하게 구분되어 있는 동물이기도 하고, 날개를 활짝 피고 꽃 위를 날고 있는 꿀벌의 모습이 보이기도 한다. 특히 얼굴을 나타내는 부분에 두 눈의 모습이 선명하다. 마치 나를 응시하는 것 같은 모습에서 속마음을 읽혀 버린 듯한 느낌이 든다.

어떤 형체를 가진 물체만이 아니라 사람의 마음과 행동도 생각하기에 따라 다르게 보이고 느껴지게 된다. 사람은 지극히 주관적이어서 자기의 기준에 따라 보고 판단한다. 그것이 눈에 보이지 않는 것일 때는 심각한 오해가 일어날 수가 있다. 선입견을 가지고 사람을 판단하면 진실한 면을 볼 수 없다. 잘못하면 사랑하는 사람에게 치유받지 못할 아픔과 상처를 줄 수 있다.

그 상처는 평생을 회복하지 못하는 슬픈 관계가 될 수도 있다. 성경은 아무것도 판단하지 말라고 한다. 그 판단으로 네가 판단 받을 것이라고 경고하고 있다. ㄴ

**2007-4 NS#885. Sc#788-d. Coelogyne ovalis Lindl**

▶ Technical Detail ·································

Description : Coelogyne ovalis Lindl
Date of Issue : 12th April 2007
Value : 10 Rupee
Color : 4 Color
Overall Size : 40×30mm
Sheet : 16 Stamps
Quantity : 1 Million
Designer : M.N. Rana
Printed : Cartor Security Printing Press, France

Nepal Proverb ▶

If a goat can plough, why is the ox needed?
염소가 쟁기를 맬 줄 안다면 왜 황소가 필요하냐? B

# 수수꽃다리 그 고운 향기를 빼앗기다

Coelogyne Ovalis Lindl

*코엘로지네 오발리스는 난초과 식물의 착생란이며 인도 북부와 동남아시아 일대 등에 자생한다.
*계란 모양의 잎이 달리며, 5월경에 꽃이 핀다.

코엘로지네 오발리스는 화려하지는 않지만 청초하고 깨끗한 꽃을 피운다. 세계 각국에 난의 종류들도 다양하게 분포하지만 유난히 히말라야가 있는 네팔에 난초가 많다. 그 지방에만 자생하는 특별한 종이 있어 식물의 종 연구에도 주목받을 만하다. 그런데 아직도 식물의 연구에 있어서는 정부투자나 체계적인 연구가 부족하여 손해를 보는 경우가 많다. 일본에서 네팔의 난초를 가져다가 개량하여 자국의 이름을 붙인 사례가 있다.

봄꽃 향기 중 라일락 향기가 단연 으뜸이다. '미스 김 라일락'은 우리나라 수수꽃다리의 개량종이다. 한국의 군정기인 1947년 미국 군정청에 근무하던 엘윈 M. 미더(Elwin M. Meader)가 도봉산에서 작은 라일락의 종자를 채취했다. 우리나라의 수수꽃다리의 일종이다. 채취한 종자를 미국으로 가져가 작고 향기가 짙은 종으로 개량해서 '미스 김 라일락(Miss Kim Lilac, Syringa patula "Miss Kim")'이라는 품종을 만들었다. 당시 함께 근무하던 한국인 미스 김의 성을 따서 붙였으며, 1970년대 우리나라에도 수입되어 관상식물로 인기를 얻고 있다. 우리의 수수꽃다리를 우리가 로열티를 내고 다시 역수입하는 안타까운 현실이다. 앞으로의 세계는 종(種)의 전쟁의 시대가 올 것이다. 더 이상 눈물 흘리지 않도록 우리의 것을 소중히 여기고 우리 고유의 종(種)을 보존 노력이 필요하다. Ⓛ

**2007-5 NS#886. Sc#788-e. Coelogyne cristata Lindle**

▶ Technical Detail ·········································

Description : Coelogyne cristata Lindl
Date of Issue : 12th April 2007
Value : 10 Rupee
Color : 4 Color
Overall Size : 40×30mm
Sheet : 16 Stamps
Quantity : 1 Million
Designer : M.N. Rana
Printed : Cartor Security Printing Press, France

Nepal Proverb ▶

The sheep will go with the sheep, the goat with the goats.
양은 양끼리 놀고 염소는 염소끼리 논다. **B**

# 히말라야는 네팔의 아름다운 자산

Coelogyne cristata Lindl

*코엘로기네 크리스타타는 난초과 식물이다.
*네팔 등 히말라야 산지 하부의 떡갈나무 숲이나 이끼 낀 바위에 착생한다.

히말라야가 품고 있는 네팔의 향기는 곧 히말라야의 향기다. 그것은 히말라야산맥에 여기저기 터를 잡고 피어 있는 난초의 향기다. 네팔 사람들의 순수와 따뜻한 인간미는 네팔 산 난초의 향기와 무관치 않는 것 같다. 히말라야 산 난초의 소중함을 아는 네팔 사람들은 그것을 기념하는 일에도 게으르지 않은 것 같다. 네팔은 아시아 서남부에 위치한 3,200만의 인구를 가진 나라이다. 인구의 95%가 농촌에 살고, 노동인구의 90%가 농업에 종사하는 나라로 1인당 국민소득이 1,000달러가 안 되는 나라이다. 오랜 세월 인도와 영국의 지배를 받고, 1951년 독립을 이루었으나 독재와 반정부 시위로 혼란의 시대가 계속되어 국가 발전의 기회를 잃었었다.

히말라야산맥은 파키스탄, 인도, 부탄, 네팔에 걸쳐 있다. 세계 4대 문명 발생지 인더스문명의 시원(始原)인 인더스강, 갠지스강의 발원지이며 브라마푸트라강, 창강의 발원지기도 하다. 네팔의 자산은 히말라야다. 세계의 지붕이다. 히말라야는 산스크리트어로 '눈이 사는 곳'이라는 뜻이며, 만년설 속에 아직도 전설 속의 설인이 살고 있다고 믿는 사람이 많다. 작고 가난한 나라지만 원시의 자연이 숨 쉬고 히말라야 난 향이 그윽한 그곳에 행복이 꽃필 날이 곧 다가올 것을 믿는다. ㄴ

**2007-6 NS#887. Sc#788-f. Dendrobium chrysanthum Wall**

▶ Technical Detail ·············································

Description : Dendrobium chrysanthum Wall
Date of Issue : 12th April 2007
Color : 4 Color
Overall Size : 40×30mm
Sheet : 16 Stamps
Quantity : 1 Million
Designer : M.N. Rana
Printed : Cartor Security Printing Press, France

Nepal Proverb ▶

Give the goat the load of a goat.
염소가 져야 할 짐은 염소에게 맡겨라. B

# 누구를 위한 향수인가?

Dendrobium chrysanthum Wall

*Dendrobium chrysanthum Wall 덴드로비움(석곡속) 난초다.

지난 화요일은 아내의 생일이었다. 기념해야 할 날이 돌아오면 늘 선물 걱정이 앞선다. 며칠 전에 가까이 지내는 분에게 아내 생일 선물에 대하여 이야기를 나눈 적이 있다. 여자에게는 첫 번째 선물이 향수이고, 두 번째가 보석이나 명품 가방이라고 한다. 그런데 나는 언뜻 그 의견에 동의할 수가 없었다. 물론 경제적인 사정이 넉넉지 않은 것도 사실이지만 아내가 별로 좋아할 것 같지 않아서였다. 평생을 가정을 위해 고생한 아내에게 좋은 선물을 해 주고 싶은 마음이다. 어쩌면 향수를 좋아하지 않는다고 생각하는 것이 나만의 생각인지도 모르지만 그런 사치를 즐겨하지 않는 것은 분명하다. 10여 년 전 결혼기념일에 아내에게 다이아반지를 선물한 적이 있다. 그동안 모아 왔던 비상금을 다 쓸 만큼 나에게는 큰 돈이었다. 그런데 아내는 별로 좋아하지 않았던 것 같다. 지금도 그 반지가 어디에 있는지 별 관심이 없고 거의 손에 끼지 않아 때로는 섭섭한 마음이 들 때가 있다.

오래전에 어류 시인으로부터 향수를 선물 받은 적이 있다. 그러나 처음 받았을 때 잠깐 향을 맡아 본 것을 제외하고는 사용해 본 기억이 없다. 엊그제 우연히 집안에서 향수를 발견하고 외출하기 전에 옷섶에 뿌려 보았다. 향수를 몸에 뿌리는 것은 누구를 위한 것인가? 나를 행복하게 하는 것인가? 세상에 나를 숨기기 위한 또 하나의 가면을 쓰는 것은 아닌가? 온몸에 땀이 범벅인 이 무더위에 향수를 뿌리다니, 마음이 편하지 않았다. 🄻

**2007-7 NS#888. Sc#788-g. Phalaenopsis mannii Reichenb. f**

▶ Technical Detail ·················································

Description : Phalaenopsis mannii Reichenb. F
Date of Issue : 12th April 2007
Color : 4 Color
Overall Size : 40×30mm
Sheet : 16 Stamps
Quantity : 1 Million
Designer : M.N. Rana
Printed : Cartor Security Printing Press, France

Do not sacrifice a goat when a chicken becomes ill.
닭이 아픈데 염소를 제물로 바치지 마라. **B**

# 박하향이 춤추고 있어요

Phaleneopsis Mannii Reichenb F

*Phaleneopsis Mannii Reichenb F는 난초과의 식물로 네팔의 히말라야 산지에 자생한다.

나에게는 두 아들이 있다. 하나는 결혼을 해서 분가시키고, 이제 막내아들과 함께 살고 있다. 사람들은 딸이 없어 자식 키우는 재미가 없지 않느냐고 묻곤 한다. 그러나 나는 한 번도 딸이 없고 아들만 둘이어서 불행하게 생각해 본 적이 없다. 물론 귀여운 여자아이들을 보면 사랑스럽기는 하다. 내가 아들이 둘이지만 딸 가진 사람을 별로 부러워하지 않는 데는 나름 이유가 있다. 둘째 아들이 어려서부터 딸 노릇을 해 주기 때문이다. 자상하고 부모를 배려하는 마음은 여느 딸보다 낫다.

막내가 어렸을 적 이야기다. 삶이 힘들고 어려워 어깨가 축 늘어져 출근하는 아침이었다. 신발을 신고 막 현관문을 나서려는 아이가 부른다. "아빠, 아~" 아이의 손에서 화한 향기가 입속으로 들어온다. 박하사탕이다. 하루가 웃음으로 시작하고 발걸음이 가볍다. 아이의 사랑이 내 가슴을 파다닥 파다닥 날아다닌다. 부딪히는 곳마다 박하향이 난다. 다섯 살 때 할머니가 좋아하신다며 박하사탕을 사드린 아들이다. 이제 곧 그 아들도 한 가정을 이루어 우리를 떠나갈 것이다. 그러나 그날의 그 기쁨, 화한 박하사탕의 맛은 영원히 잊혀지지 않을 것이다.

지난밤/뒤척이던 심사가/아직 남아 있음인가//바람 없는 하루를/축 처진 어깨에 메고/비틀거리는 날//아이의 손에 들린/하얀 박하사탕 하나/쏘옥 내 입으로 들어와/화화화화화 화화화/사랑 담긴 아이의 웃음이/가슴속에서/파닥 파다닥 춤을 춘다//내 가난한 삶에/박하향 하얀 날개가/화화화 화화화/기쁘게 살아가라/가슴 곳곳을 날아다닌다 _ 이춘원 〈박하사탕〉 전문 **L**

**2007-8 NS#889. Sc#788-h. Dendrobium densiflorum Lindl**

▶ Technical Detail ···········································

Description : Dendrobium densiflorum Lindl
Date of Issue : 12th April 2007
Color : 4 Color
Overall Size : 40×30mm
Sheet : 16 Stamps
Quantity : 1 Million
Designer : M.N. Rana
Printed : Cartor Security Printing Press, France

# 천지의 푸른 향기를 담아 오다

Dendrobium Densiflorum Lindl

*Dendrobium Densiflorum Lindl는 난초과 덴드로비움속 난초로 히말라야 산지에 자생한다.

작년 8월 초에 백두산을 다녀왔다. 서파 지역으로 올라가는 마지막 코스에 1,400여 개의 계단이 있었다. 8월의 태양의 열기를 머리에 이고 가쁜 숨을 몰아쉬고 마지막 계단을 올라서는 순간 감동이었다. 큰 호수 같은 넓은 천지가 부끄러움 없이 옷을 벗고 기다리고 있었다. 천지의 푸른 향이 머리를 맑게 했다. 흔히들 말하기를 백두산의 날씨는 변화무쌍하여 천지의 민낯을 보기 어렵다는데 삼대가 덕을 쌓아야 볼 수 있다는 그 행운을 잡은 것이다. 천지의 물을 다 담아 가기라도 할 듯이 연신 카메라 셔터를 눌러 댄다.

단동에서 하룻밤을 자고 압록강에서 북녘 땅을 바라보았다. 어린아이가 강가에서 멱을 감는다. 비탈에는 옥수수가 자라고, 소와 염소가 한가하게 풀을 뜯는 모습은 평소 북한에 대하여 느끼던 긴박감이 전혀 없다. 더 이상 다가설 수 없는 곳에서 배를 돌리고, 끊어진 압록강 다리 끝부분에서 돌아서는 아픔이 있다. 백두산과 압록강 모두 눈에 보이는 우리의 땅이지만 들어갈 수 없어 자꾸만 자꾸만 뒤를 돌아본다. ㄴ

**2007-9 NS#890. Sc#788-i. Esmeralda clarkei Reichenb. f**

▶ Technical Detail ·······························

Description : Esmeralda clarkei Reichenb.f
Date of Issue : 12th April 2007
Color : 4 Color
Overall Size : 40×30mm
Sheet : 16 Stamps
Quantity : 1 Million
Designer : M.N. Rana
Printed : Cartor Security Printing Press, France

**Nepal Proverb** ▶

Even a monkey can dance if it is taught.
원숭이도 배우면 춤도 춘다. **B**

# 냄새와 향기의 차이

Esmeralda Clakei Reichenb. F

*Esmeralda Clakei Reichenb. F는 난초과 식물로 네팔 산지에 자생한다.

몇 시간을 달려도 옥수수밭이 한없이 펼쳐지는 만주 벌판은 넓었다. 단동에서 길림성으로 가는 도로변에 특이한 화장실이 있다. 도로변 한쪽에 거대한 나무뿌리가 있다. 그곳에 한쪽은 남자용, 반대편에는 여자용 화장실이었다. 들어서는 순간 암모니아가스가 눈을 뜰 수 없게 하고, 밑이 환히 보이는 곳에서 용변을 보는 것은 대단한 용기가 필요했다. 중국의 문화 수준의 현주소를 가늠케 하는 화장실이었다.

오래전에 교회학교에서 어린아이들과 함께 강원도에 있는 시골 교회로 여름수련회를 간 적이 있다. 가나안농군학교 밑에 있는 교회는 푸른 산을 배경으로 조용하고 아름다운 곳이었다. 그런데 문제가 생겼다. 화장실이 재래식이었던 것이다. 부유한 도시 가정에서 불편함 없이 자라난 아이들에게는 받아들일 수 없는 극한 상황이었다. 화장실을 가지 못하고 끙끙대는 아이들이 늘어났다. 우리에게는 조금 냄새가 나도 참고 지낼 수 있었지만, 우리 아이들에게는 눈물 나는 고통이었다. 지난여름에 중국 화장실에서 그날 우리 아이들의 일그러진 얼굴이 떠올라 혼자 웃었다.

**2007-10 NS#891. Sc#788-j. Acampe rigida(Buch Ham. Ex Smith) P.F. Hunt**

▶ Technical Detail ·····························

Description : Acampe rigida(Buch Ham. Ex Smith) P.F. Hunt
Date of Issue : 12th April 2007
Color : 4 Color
Overall Size : 40×30mm
Sheet : 16 Stamps
Quantity : 1 Million
Designer : M.N. Rana
Printed : Cartor Security Printing Press, France

Nepal Proverb ▶

Many foxes catch no sheep.
많은 여우가 양 한 마리 못 잡는다. **B**

# 절벽에 선 삶의 향기

Acaleph Rigida(Buch-Ham Ex Smith) P. F. Hunt

*난초과 식물로 네팔, 히말라야, 인도, 캄보디아 등 아시아 지역의 열대 계곡, 석회암 절벽 지역에서 바위나 나무에 착생한다.
*꽃은 5~7월 사이에 피며 꽃대에서 또 다른 꽃대가 나와 꽃이 핀다.

  열대지방에 사는 사람들보다는 한대지방에 사는 사람들이 더 생기가 있고 활력이 있다. 식물도 마찬가지다. 일 년 내내 온도가 높고 비가 많이 오는 지역의 나무들은 조직도 느슨하고 단단하지 못하다. 그것은 온도의 변화가 심하지 않기 때문에 크게 긴장하지 않아도 생명에 지장이 없기 때문이다. 그러나 한대지방에 사는 식물들은 혹독한 겨울을 나야만 생명을 유지할 수 있다. 그래서 나무도 겨울에 만든 나이테는 더 치밀하고 촘촘하게 형성된 것을 볼 수 있다. 서리를 맞고 피어나는 국화 향이 더 그윽한 것도 환란을 극복한 정신이 담겨 있기 때문이다. 동일한 종의 난초라도 히말라야에 피는 난초 향은 더 그윽하리라고 생각한다. 히말라야의 정신이 담겨 있을 테니까.
  어느 늦은 가을이었다. 몇몇 시인들과 함께 혜화문을 갔다. 노란 산국 한 포기가 성벽에 서 있다. 자라는 환경이 척박한지라 꽃송이도 작은 산국의 향기는 짙다. 어쩌면 자신의 모든 것을 걸고 마지막 피우는 꽃이었으리라. 절벽에 매달려 있는 삶의 진정성이 묻어 있는 향기였기에 더 감동을 주었으리라.

바람이다/벼랑에서 웃는 가을 국화는/바람이 만들어 낸 바람꽃이다/세월이 가로질려가는 갈림길에서/향기로 살아 있을 바람이다/옛 성벽이 뿌리 내린/푸른 바람이다 _이춘원〈황국, 성벽에 서다〉일부 ❷

**2007-11 NS#892. Sc#788-k. Bulbophyllum leopardinum(Wall) Lindley**

▶ Technical Detail ·····························

Description : Bulbophyllum leopardinum(Wall) Lindley
Date of Issue : 12th April 2007
Color : 4 Color
Overall Size : 40×30mm
Sheet : 16 Stamps
Quantity : 1 Million
Designer : M.N. Rana
Printed : Cartor Security Printing Press, France

Nepal Proverb ▶

The partridge's enemy is its own mouth.
자고새의 적은 바로 자기의 입이다. **B**

# 남은 날을 준비하라

Bubophylium Leopardinum(Wall) Lindley

*Bubophylium Leopardinum(Wall)는 난초과 식물이다.

 난초 향의 원천은 그 잎에 있다. 난초의 잎은 대부분이 진한 녹색을 띠며 가죽질이다. 어떤 환경과 여건에서도 햇빛을 받아 광합성을 하여 양분을 공급해야 하기 때문이다. 사실 식물들은 자신의 삶이 얼마 남지 않았을 때 최후의 꽃을 피우고 많은 열매를 맺는다. 자신의 종족을 보존하기 위하여 진력을 다하여 꽃을 피우는 것이다. 솔방울이 많이 맺힌 소나무는 생육조건이 맞지 않아 위험에 처해 있는 나무다. 스스로의 남은 삶을 알고 그날을 준비하는 것이다.

 사람은 한평생을 살아가면서 병들어 신음하는 사람들을 많이 만난다. 병문안을 다녀와서도 조금 시간이 지나면 자기는 질병으로부터 아무 상관이 없는 것처럼 살아간다. 폐암 말기 환자를 만나고도, 자기는 예외라고 생각하며 담배에 불을 붙인다. 고인이 된 코미디언 이주일 씨가 폐암 말기의 투쟁을 하면서 절절하게 금연을 외쳤었다. 그러나 모든 것이 자기만은 예외라고 생각하고 애써 외면하고 살아가는 어리석은 사람들이 많다. 나무들은 자기의 남은 날을 알고 그날을 준비하는 지혜가 있다. 사람이 나무에게서 배워야 하는 삶의 지혜다. 🄻

**2007-12 NS#893. Sc#788-l. Dendrobium fimbriatum Hook**

▶ Technical Detail ·············································

Description : Dendrobium fimbriatum Hook
Date of Issue : 12th April 2007
Color : 4 Color
Overall Size : 40×30mm
Sheet : 16 Stamps
Quantity : 1 Million
Designer : M.N. Rana
Printed : Cartor Security Printing Press, France

Nepal Proverb ▶

There is a crow over his head but he tries to chase the crow over the head
of someone else.
까마귀는 제 머리 위에 있는데, 남의 머리에 있는 까마귀를 뒤쫓는다. B

# 사랑은 받을 준비가 된 만큼 받는다

Dendrobium Fimbriatum Hook

*난초과의 마편석곡(馬鞭石斛)의 난초다.
*열대 아시아, 뉴기니섬에 분포하여 착생하여 자생하는 난초다.

아이들을 가르치다 보면 특별히 정이 가는 아이가 있다. 착하고 공부도 잘하면서 얼굴도 예쁘다면 누구나 사랑을 받을 것이다. 아무리 어린아이라도 안아 줄 때 울고 떼를 쓰는 아이와 방긋방긋 웃으며 안기는 아이가 있다면 누가 더 사랑을 받겠는가?

덴드로비윰은 난초과 식물 중 두 번째로 많은 종이다. 줄기는 일반적으로 가늘고 길며 다육질이고, 속새와 같은 마디가 있어 튼튼하다. 꽃은 줄기 위쪽의 마디에서부터 총상꽃차례로 자주색·노란색 등의 꽃이 핀다. 난초는 꽃도 아름답고 향기도 곱지만 또한 귀한 약재로도 쓰인다. 석곡은 진액을 보충하고 열을 내리며, 바이러스 감염 등 외감성으로 인한 진액손상, 인후건조, 가슴답답증, 진통작용, 위액분비촉진작용, 변비, 혈압강하, 면역력증강 등에 효험이 있다.

옛말에 '복은 스스로 안고 태어난다.'라는 말이 있다. 마찬가지다. 사랑은 스스로 준비된 만큼 받는다. 꽃도 예쁜데 향기도 곱다. 거기다가 귀한 약재로도 사용된다면 어찌 사랑을 받지 못하겠는가? 사랑은 받을 준비가 되어 있는 만큼 받는다. ⓛ

**2007-13 NS#894. Sc#788-m. Arundina graminifolia(D Don) Hochr**

▶ Technical Detail ·······································

Description : Arundina graminifolia(D Don)Hochr
Date of Issue : 12th April 2007
Color : 4 Color
Overall Size : 40×30mm
Sheet : 16 Stamps
Quantity : 1 Million
Designer : M.N. Rana
Printed : Cartor Security Printing Press, France

To be in a hurry to pluck feathers before the bird is caught.
새를 잡기도 전에 털 뽑는 궁리에 바쁘다. **B**

# 이름에 걸맞는 삶을 살아야

Arundina Graminifolia(D. Don) Hochr

*난초과 식물이며 갈대 같은 외형을 지닌 난초다.
*동남아 원산으로, 중국명은 죽엽란이다.

　작은 들꽃과 나무들의 이름에도 각각의 뜻이 담겨 있다. 죽엽란은 줄기가 대나무처럼 자란다고 얻은 이름이다. 사람의 이름은 참 중요하다. 작명가에게 비싼 돈을 주고 짓는 이름이기 때문이 아니다. 옛말에 '호랑이는 죽어서 가죽을 남기고, 사람은 죽어서 이름을 남긴다.'는 말이 있다. 이름에 걸맞는 삶을 사는 것이 중요하다는 의미일 것이다.

　한 20여 년 전이다. 공중화장실에서 지갑을 하나 주었다. 지갑 속에는 약간의 돈과 주민등록증이 들어 있었다. 나중에 알고 보니 그분은 동네 분들과 여행을 떠나는 길에 지갑을 잃어버리고 낙심을 하셔서 여행을 포기하려고 하셨단다. 지갑을 전해 드릴 때 고맙다고 손수 쓰신 글씨를 선물해 주셨다. '其惠如春'이라는 글이었다. 그 안에 내가 어떻게 살아가야 하는지를 담고 있었다. '그 은혜가 봄빛처럼 두텁다.'는 그 글이 감동을 주었다. 그때부터 선친께서 지어 주신 이름에 대한 자긍심과 감사한 마음을 갖고, 이름에 담긴 뜻대로 세상을 살려고 노력하고 있다. 내 이름은 봄 춘(春) 으뜸(元)을 쓴다. 사랑과 베품의 따뜻한 마음을 앞서 행하라는 뜻이 담긴 소중한 이름이다. **L**

4장

자기희생의
고귀함

**2007-14 NS#895. Sc#788-n. Dendrobium moschatum(Buch Ham) Swartz**

▶ Technical Detail ·····································

Description : Dendrobium moschatum(Buch Ham) Swartz
Date of Issue : 12th April 2007
Color : 4 Color
Overall Size : 40×30mm
Sheet : 16 Stamps
Quantity : 1 Million
Designer : M.N. Rana
Printed : Cartor Security Printing Press, France

Nepal Proverb ▶

The vain cow is eaten by the tiger.
허영심 많은 암소 호랑이에게 먹힌다. **B**

# 숲은 치열한 생존경쟁의 장이다

Dendrobium moschatum(Buch Ham) Swartz

*난초과 덴드로비움속으로 노란 꽃을 피우며, 저온성 난초다.
*덴드로비움은 전 세계에 널리 분포하고, 종이 다양하여 식물분류학상 연구과제가 많은 속 중 하나이다.

나무가 빽빽이 들어서 있는 숲에 가 보면 놀라운 사실을 발견할 수 있다. 장딴지도 허벅지도 날씬한 미인들이 곧게 서 있는 모습을 볼 수 있다. 부피 성장은 뒤로하고 높이 성장에 전력하는 나무들의 모습을 볼 수 있다. 왜 그럴까? 나무의 종류가 그런가? 여기에는 식물들의 생장의 비밀이 있다. 나무에게 가장 필요한 것은 햇빛이다. 햇빛을 받지 않으면 양분을 만들 수 없다. 부피도 키도 자랄 수 없다. 주위에 있는 경쟁자들보다 한 조각의 햇빛이라도 더 받기 위해 하늘을 향해 곧게 자라난다. 일단은 경쟁자들보다 햇빛을 더 많이 받을 수 있는 자리를 선점하는 것이 중요하다.

숲에는 키 큰 나무(교목)만 있는 것이 아니다. 키 작은 나무(관목)도 많다. 대부분의 관목들은 잎이 넓고 가지를 많이 뻗는다. 높이 경쟁에서 교목을 이길 수 없다. 키 큰 나무 사이로 비치는 작은 햇빛 조각이라도 거두어들이기 위한 삶의 지혜다.

대부분의 식물들은 햇빛을 좋아한다. 어쩌면 저 빛나는 노란색의 꽃잎이 햇빛을 닮지 않았을까? 충분히 준비한 덴드로비움은 잎뿐만 아니라 꽃잎도 두터워 한 번 피면 오래간다. 아름다운 모양도 그렇지만 예쁜 모습을 오랫동안 볼 수 있어 사람들의 사랑을 더 많이 받는다. 착한 마음을 많이 담고, 오래오래 향기를 낸다면 사랑받는 행복한 삶을 살 것이다. ⓛ

**2007-15 NS#896. Sc#788-o. Rhynchostylis retusa(L. Blume)**

▶ Technical Detail ··········································

Description : Rhynchostylis retusa(L. Blume)
Date of Issue : 12th April 2007
Color : 4 Color
Overall Size : 40×30mm
Sheet : 16 Stamps
Quantity : 1 Million
Designer : M.N. Rana
Printed : Cartor Security Printing Press, France

# 아름다운 이름 여우꼬리난초

Rhynchostylis retusa(L.Blume)

*난초과의 여우꼬리난초는 흰색 또는 분홍색 꽃이 꽃대를 따라 총상화서로 핀다.
*하나의 꽃대에 다닥다닥 피어 있어 밑으로 처지는 모습이 마치 여우꼬리 모양을 닮아 얻은 이름이다.

　여우는 주로 야산의 공동묘지에서 살았다. 그래서 여우가 사람이나 짐승의 간을 빼어먹고 인간에게 해코지를 하는 동물로 인식되어 미움을 받았다. 우리나라에는 여우와 관련된 이야기와 설화가 많다. 대부분이 사람으로 변신하여 인간에게 해를 끼치는 내용이 많다. 천년 묵은 구미호 이야기는 지금 들어도 간담이 서늘하다. 여우는 우리나라에서는 이미 멸종된 것으로 본다. 동물원이나 가야만 볼 수 있는 희귀한 동물이 되었다.

　그런데 사람들은 여우꼬리 목도리를 좋아한다. 여우꼬리는 다리의 3배나 될 정도로 길고 탐스럽다. 예전에는 귀부인들이나 목에 두를 정도로 귀한 것이기도 했다. 우리나라 양지바른 야산에 자라는 백합과의 '여우꼬리풀'이 있다. 난초과의 여우꼬리난초도 꽃차례가 여우꼬리처럼 길게 늘어서 있기 때문에 붙여진 이름이다. 흰 꽃도 있지만 대부분이 분홍빛 꽃이 아래로 처진 꽃대를 따라 아름답게 피어 있는 모습이 사랑받기에 부족함이 없다. 이제는 산야에서 볼 수 없는 여우의 이름이 그래도 아름답게 기억되는 것을 볼 때 역시 여우는 우리 인간과 깊은 인연이 있는 동물이구나 하는 생각이 든다. ■

**2007-16 NS#897. Sc#788-p. Cymbidium devonianum Paxton**

▶ Technical Detail ·······························

Description : Cymbidium devonianum Paxton
Date of Issue : 12th April 2007
Color : 4 Color
Overall Size : 40×30mm
Sheet : 16 Stamps
Quantity : 1 Million
Designer : M.N. Rana
Printed : Cartor Security Printing Press, France

Nepal Proverb ▶

The donkey cannot be turned into a cow by washing it.
당나귀를 씻는다고 암소가 되지않는다. **B**

# 아름다움을 완성하는 하모니

Cymbidium devonianum Paxton

*Cymbidium devonianum Paxton 난초과 심비디움속의 난초다.
*네팔의 히말라야 산지에 자생한다.

난초과 중 우리나라에 가장 많이 퍼져 있는 양란 중 하나는 심비디움속 난 초다. 심비디움은 축하의 꽃이다. 축하의 자리에는 언제나 함께하는 아름다 운 꽃이다. 많은 꽃을 달고 있어 전체의 모양도 아름답지만 작은 꽃 한 송이 한 송이의 모습을 자세히 보면 감탄을 자아내게 하는 꽃이다. 저 하나만 해 도 이렇게 곱고 아름다운데 끝까지 자기만을 고집하지 않는다. 전체를 위하 여 있어야 할 그 자리에서 예쁘게 웃고 있는 모습이 더 깊은 기쁨을 준다.

나는 공직에서 은퇴하기 전에 좋은 선물을 두 가지 받았다. 그 선물을 준 사람은 바로 나 자신이다. 은퇴 후에 내가 즐겁게 할 수 있는 일을 선물한 것이다. 그중 하나가 익투스 남성합창단에 가입한 것이다. 벌써 열여섯 번째 정기연주회를 작년에 KBS홀에서 가졌고 22년의 역사를 가진 전통 있는 합 창단이다. 매주 화요일 새벽 6시에 2시간 동안 연습을 한다.

단원 중에는 성악을 전공한 사람도 경력이 화려한 사람도 있다. 그러나 합 창을 할 때는 일백 명의 사람들이 사라진다. 오직 아름다운 화음을 만들기 위해 지휘자를 따라 한 노래를 부르는 것이다. 일백이 하나가 될 때 합창이 감동이 되듯이 신비디움의 작은 꽃송이들이 모여 타래를 이룬 꽃이 더 큰 기 쁨을 준다. 🇱

**Nepal 2008 24th December 2008 NS#953. Sc#811-c. Jaljala Hill Rolpa**

▶ Technical Detail ································································

Description : Jaljala Hill Rolpa
Date of Issue : 24th December 2008
Value : 5 Rupee
Color : Multicolor
Overall Size : 40×30mm
Sheet : 20 Stamps
Quantity : 1 Million
Designer : M.N. Rana
Printed by : Cartor Security Printing, France

Nepal Proverb ▶

It makes no difference to a blind bull whether it is the full moon or the new.
눈먼 황소에게 보름달이나 초승달이 무슨 의미 있으랴. **B**

# 높은 산의 평화와 너그러움

Jaljala Hill(Flower)

작년 8월에 백두산을 오르면서 놀란 것이 있다. 2,750m로 한반도에서 제일 높은 백두산 정상을 오르려면 엄청나게 가파른 산길을 생각했다. 그러나 나를 맞아 주는 백두산의 정상부는 마치 어린 시절 뛰놀던 고향 언덕처럼 평화스러웠다. 비스듬하게 누워 있는 땅에는 금매화 같은 노란 야생화가 황금물결을 이루고 있었다. 높은 산이 품는 너그러움과 겸손을 볼 수 있다.

세계 최고봉 에베레스트산(8,848m)을 품고 있는 히말라야산맥은 가히 세계의 지붕이라 일컬을 만하다. 이렇게 높이 오를 수 있는 것은 그곳을 받쳐 줄 땅이 있어서이다. 히말라야의 수목한계선은 대략 4,000m라 한다. 히말라야 그 큰 꿈을 이루기 위하여 이곳에 펼쳐져 있는 저 아름다운 기운을 보라. 어머니의 마음이 보이지 않는가?

훌륭한 사람들 뒤에는 위대한 어머니들이 있다. 가난한 살림에도 품삯 대신 책을 받아다 아들에게 주었던 에이브러햄 링컨의 어머니 사라, 방탕한 아들이 돌아오게 하기 위해 13년 동안을 눈물로 기도하던 성 어거스틴의 어머니 모니카의 이야기를 들어보라. 자식이 높이 올라가면 올라갈수록 더욱 낮아지던 어머니의 기도 소리가 들리지 않는가. 이 언덕을 수놓고 있는 황금물결이 세계의 지붕 에베레스트보다 더 높은 것을 알 수 있다. L

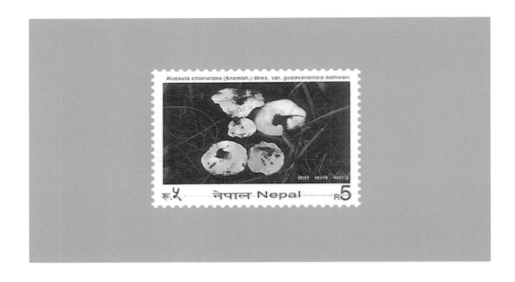

**Nepal. 24th December 2008. NS#958. Sc#810-c. Russula Chloroides (Mushroom)**

▶ Technical Detail ·········································

Description : Russula Chloroides(Mushroom)
Date of Issue : 24th December 2008
Value : 5 Rupee
Color : Multicolor
Overall Size : 40×30mm
Sheet : 20 Stamps
Quantity : 1 Million
Designer : M.N. Rana
Printed by : Cartor Security Printing, France

Nepal Proverb ▶

The crow does not know the cow's sore.
까마귀가 어찌 암소의 상처를 알랴. B

# 캥거루족과 버섯 같은 사람

Russula Chloroides(Mushroom)

*Russula Chloroides(Mushroom 무당버섯속 버섯이다.

버섯은 식물이 아니다. 버섯은 식물처럼 스스로 양분을 만들지 못한다. 버섯은 언뜻 식물처럼 보이지만 엽록소가 없고 광합성을 하지 못한다. 버섯은 몸체가 뿌리, 줄기, 잎의 구분이 없는 지극히 단순한 형태의 생명체이고, 살아가는 방법도 단순하다. 버섯은 균사(菌絲, 팡이실)로 이루어져 나무의 그루터기나 나무껍질, 낙엽이나 동물의 사체 등에서 양분을 섭취하며 자란다. 이런 생물의 사는 방법을 기생이라고 한다. 인간세계에도 기생하는 사람들이 많이 있다. 다른 사람의 수고의 결실을 힘들이지 않고 빼앗아 호의호식하는 사람들을 사기꾼이라고 한다. 그런데 요즈음은 성장한 자녀들이 부모에게 기생하여 사는 경우가 많아 사회적인 문제가 되고 있다. 부모를 부양하기는커녕 독립할 생각도 하지 않고 부모에게 얹혀사는 자녀, 이른 바 캥거루족의 문제이다.

그러나 그 누구도 사기꾼이나 캥거루족을 '버섯 같은 사람'이라고 말하지 않는다. 그것은 버섯은 이로운 생물체이기 때문이다. 맛있는 음식재료가 되고, 죽은 생명체를 분해하여 다시 자연으로 돌려보내는 숲 속의 청소부 역할을 하기 때문이다. 사람이나 식물이나 자신의 역할을 잘 감당할 때 아름다운 세상이 될 것이다. **L**

**Nepal. 24th December 2008 NS#956. Sc#810-a. Serpentine, Benth, ex Kurz**

▶ Technical Detail ·····················································

Description : Serpentine, Benth, ex Kurz
Date of Issue : 24th December 2008
Value : 5 Rupee
Color : Multicolor
Overall Size : 40×30mm
Sheet : 20 Stamps
Quantity : 1 Million
Designer : M.N. Rana
Printed by : Cartor Security Printing, France

**Nepal Proverb** ▶

To kill the cow to feed a tiger.
암소 잡아 호랑이 포식하게 한다. **B**

# 열매는 푸른빛에서 깊은 색으로 익어 간다

Serpentine/Rauvolfia Serpentina(Linn.) Benth. ex Kurz

*Rauvolfia Serpentina는 협죽도과 식물이다.
*아프리카, 아시아, 라틴아메리카 등에 분포하고 있다.

들풀을 공부하면서 눈이 밝아졌다. 시력이 좋아졌다는 것이 아니다. 작은 것을 눈여겨볼 수 있는 관심을 갖게 되었다는 것이다. 앉아서 때로는 엎드려야만 볼 수 있는 작은 꽃들을 보면서 놀란 적이 많다. 눈에 잘 보이지도 않던 꽃이 자세히 보니 세상의 어떤 꽃보다도 더 뚜렷한 이목구비에 독특한 빛깔의 아름다움을 갖고 있다. 그 누구도 관심을 갖지 않아도 그냥 웃고 있는 것이다. 세상을 살면 살수록 남이 알아주지 않아 속상할 때가 많았던 자신을 뒤돌아보니 참 부끄럽다.

협죽도과 식물의 특징 중 하나는 상처를 내면 하얀 즙액이 나오는 것이다. 잎은 마주 달리거나 돌려나고 간혹 어긋나게 달리는 것이 있다. Rauvolfia Serpentina는 협죽과 식물로 높이가 60cm 정도 자라는 상록관목이다. 잎은 단엽으로 얇은 잎이 돌려난다. 꽃은 바이올렛 줄무늬가 있는 하얀 꽃이 핀다. 열매는 녹색에서 익을 때는 포도색으로 익는다. 식물의 열매는 시간이 지날수록 푸른빛에서 점점 붉어지거나 검게 익어 간다. 그런데 나는 나이가 들어 감에도 점점 더 조급해지는 풋 열매 모습을 벗지 못하고 있다. 부끄러운 모습이다. ■

**Nepal. 2012-1 NS#1048. Sc#873-a. Delphinium Himalaya Munz**

▶ Technical Detail ·······································

Description : Delphinium Himalaya Munz
Date of Issue : 29th July 2012
Value : 10 Rupee
Color : Multicolor
Overall Size : 42.5×31mm
Sheet : 16 Stamps
Quantity : 1 Million
Designer : M.N. Rana
Printed by : SIA Baltijas Banknote, Latvia

When the bulls fight, the grass is torn to bits.
황소 싸움에 풀들이 결딴난다. **B**

# 꽃이 꽃인 이유가 있다

Delphinium Himalaya Munz

*미나리아재비과(ranunculaceae) 식물로 꽃봉오리가 돌고래와 비슷하다고 붙여진 이름이다.
*원산지 남부 유럽과 열대 아프리카의 고산지대에 자생하며, 독성이 강하며, 우리나라에는 제비고깔 및 큰제비고깔이 있다.

고산지대에 사는 히말라야 델피늄은 진한 보라색 아름다운 꽃을 피우지만 독성이 있어 사람이나 가축에게는 두려운 존재다. 인생의 궁극적인 목적은 행복에 있다. 솔로몬은 부귀와 영광을 최고로 누린 전무후무한 왕이다. 그가 결국은 자기 인생을 돌아본 후 내린 결론이 '인생은 헛되도다.' 였다. 지혜의 왕 솔로몬의 고백으로 볼 때 세상 부귀영화가 행복이라고 할 수 없다.

어떤 사람들은 행복은 자기 가슴속에 있다고 한다. 그러나 사람의 가슴속에는 사랑보다는 미움, 시기와 질투가 더 많다고 한다. 원망, 욕심과 다툼이 있는 곳에는 마음의 평화가 없고, 결코 행복이 있을 수 없다. 아무리 빛깔이 화려하고, 고운 향기를 내는 꽃이라 할지라도 남에게 해를 끼치는 독성이 있다면 어찌 아름다운 꽃이라 할 수 있을까? 마음에 독을 품고 할퀴고 상처를 준다면 그 사람을 좋은 사람이라 할 수 있겠는가? 비록 외모가 못나고 가난하여도 마음 따뜻한 사람이 세상을 행복하게 만들고, 자신을 행복하게 만드는 사람일 것이다. 꽃이 꽃인 이유가 있듯이 사람이 사람인 이유가 따로 있다. L

**Nepal. 29th July 2012 NS#1049. Sc#873-b. Dendrobium eriiflorum Griff**

▶ Technical Detail ·····································

Description : Dendrobium eriiflorum Griff
Date of Issue : 29th July 2012
Value : 10 Rupee
Color : Multicolor
Overall Size : 42.5×31mm
Sheet : 16 Stamps
Quantity : 1 Million
Designer : M.N. Rana
Printed by : SIA Baltijas Banknote Latvia

Nepal Proverb ▶

Every spring has a different taste, every man a different idea.
샘마다 물맛이 다르듯이 사람마다 생각이 다르다. **B**

# 응달에서 푸르게 사는 지혜

Dendrobium eriiflorum Griff

*덴드로비움 에리아플로움은 난초과 식물로 7~11월에 꽃이 핀다.
*네팔 중부 지역 산지의 바위나 나무에 착생한다.

　히말라야의 산지에 골고루 분포하는 덴드로비움 에라이플로움은 삶의 지혜가 놀라운 식물 중 하나다. 바위나 나무에 착생하며 생태조건에 따라 삶의 방법을 찾아간다. 기후에 따라 줄기의 크기와 꽃차례를 달리하여 환경에 적응한다. 변화를 두려워하고 자신의 삶의 방법만 고수했다면 이미 멸종되어 버렸을지도 모른다. 나무의 분류방법 중에 음수와 양수 분류가 있다. 나무가 자라나는데 필수적인 빛의 양이 내음성의 기준이 된다. 그늘에서 죽지 않고 살아갈 수 있는 능력이 강한 나무를 음수라 하고, 상대적으로 내음성이 약한 나무를 양수라 한다. 음수는 응달에서도 견딜 수 있는 삶의 지혜를 발휘한다. 우선 잎을 짙은 녹색으로 잎의 두께를 얇게 하고, 줄기는 길게 뻗는다. 그 이유는 최소한의 햇빛으로도 광합성을 할 수 있도록 진화된 것이다.

　현대의 특징 중 하나는 무한경쟁 시대라는 것이다. 오늘날 우리 사회는 청년실업의 문제가 심각한 수준이다. 대학을 졸업하고도 일할 직장을 찾지 못해 아픔을 겪는 젊은이들이 많다. 그러나 그보다 훨씬 더 많은 사람들은 일자리를 찾아 열심히 일하고 있다는 사실이다. 내게 주어진 환경을 원망하고 불평만 하고 주저앉아 있으면 도태될 수밖에 없을 것이다. 각박한 시대에서 살아남을 수 있는 방법을 비탈진 응달에서도 푸르게 사는 나무에게서 물어보아야 할 것이다. Ｌ

**Nepal. 29th July 2012 NS#1050. Sc#873-c. May Apple(Podophyllum Hexandrum Royle)**

▶ Technical Detail ·······························

Description : May Apple(Podophyllum Hexandrum Royle)
Date of Issue : 29th July 2012
Value : 10 Rupee
Color : Multicolor
Overall Size : 42.5×31mm
Sheet : 16 Stamps
Quantity : 1 Million
Designer : M.N. Rana
Printed by : SIA Baltijas Banknote, Latvia

Nepal Proverb ▶

A stream in front and a landslide behind.
앞은 개울이요 뒤는 산사태라. B

# 살아가는 방법을 알아요

Podophyllum Hexandrum Royle

*Podophyllum Hexandrum Royle는 매자나무과 식물이다.
*네팔과 티베트, 아프가니스탄 등의 고산지대에 분포한다.

포도필룸 헥산드룸은 히말라야 고산지대 숲속이나 바위가 많은 초지에 자생하는 식물이다. 척박한 땅에서 사방으로 뻗어 가는 짧은 뿌리줄기가 있다. 잎은 세 갈래로 깊게 갈라져 있고, 가장자리에는 날카로운 톱니가 있다. 꽃은 정수리의 잎겨드랑이에 연분홍색이나 흰 꽃이 하나씩 핀다. 열매는 붉게 익으며 먹을 수 있고, 뿌리와 줄기, 열매는 약재로도 쓰인다.

강가나 냇가에 가면 갈대와 비슷한 풀이 있다. 이 풀은 바닥으로 기는 줄기가 사방으로 뻗는다. 중간중간 마디에서 다시 뿌리를 내리며 얼마나 빨리 뻗어 가는지 그 속도가 놀랄 만하다. 아이들과 숲에 나가면 '강변에서 마치 달리기를 하는 선수처럼 빨리 뻗어서 달뿌리풀이다.' 라고 설명한다. 이렇게 달뿌리풀을 소개하면서 바닥줄기를 보여 준다. 자갈밭에서 저렇게 신나게 달릴 수 있는 힘은 어디에서 날까? 이것은 척박한 모래밭에서 살아남기 위한 절실함이다. 한 곳에 머물러서는 살 수 없기 때문에 부지런히 새 땅을 향하여 전진하는 것이다. 어린 시절 강변에 가면 지천이던 이 풀은 소가 좋아한다. 그러나 잎가장자리가 날카로워서 꼴을 베다가 잎에 손을 베인 적도 많이 있다. 모든 식물들은 자신이 살아가는 방법과 자신을 지키는 능력을 갖고 있는 지혜자이다. L

**Nepal. 29th July 2012 NS#1051. Sc#873-d. Red Mushroom(Ganoderma Lucidum(Cartis) P. Karst**

▶ Technical Detail ·······························

Description : Red Mushroom(Ganoderma Lucidum(Cartis) P. Karst
Date of Issue : 29th July 2012
Value : 10 Rupee
Color : Multicolor
Overall Size : 4.5×31mm
Sheet : 16 Stamps
Quantity : 1 Million
Designer : M.N. Rana
Printed by : SIA Baltijas Banknote, Latvia

Nepal Proverb ▶

One drop dries up, hundreds make a brook.
한 방울은 마르지만 수백 방울은 개천을 이룬다. **B**

# 뽕나무 버섯과 그 추억의 맛

Ganoderma Lucidum(Cartis) P. Karst

*Ganoderma Lucidum(Cartis) P. Karst은 뽕나무버섯의 일종이다.

어린 시절 우리 고향에는 양잠을 많이 했다. 농사지을 땅이 많지 않아 먹고 살기가 힘든 시절이었다. 가난을 대물림하지 않겠다고 밥은 굶어도 자식 공부는 시키겠다는 부모님들이 많았다. 학자금을 마련할 수 있는 길이 소나 짐승을 키우고 누에를 치는 것이었다. 유일하게 목돈을 마련할 수 있는 길이었다. 집집마다 밭 언저리나 비탈진 곳에 뽕나무를 많이 심었다. 수십 년을 자란 뽕나무가 고목이 되면 벌써 그 옆에는 뒤를 이을 나무가 자라고 있다.

나에게는 특별한 동생이 있다. 속이 깊어 형제들에게 늘 감동을 주는 동생은 어려서부터 무엇을 잘 찾았다. 물고기를 잘 잡았고, 특히 버섯을 잘 따왔다. 주로 뽕나무버섯이 나는 곳을 잘 알고 있었다. 그 시절 고기 먹기가 어려운 때라 된장국에 쫄깃쫄깃한 버섯은 씹는 맛이 최고였다. 어린 나이에도 가족들에게 기쁨을 주던 동생은 지금도 형제들에게 많이 베푸는 삶을 살고 있다. 지난해 8월 초 형제들과 함께한 백두산 여행도 그 동생이 주관한 여행이었다. 그 정성에 감동했는지 천지도 문을 활짝 열어 파란 웃음을 주었다. █

**Nepal. 2nd October 2015 NS#1209. Sc#1000. Lilium Nepalense D. Don**

▶ Technical Detail ·······················································

Description : Lilium Nepalense D. Don
Date of Issue : 2nd October 2015
Value : 10 Rupee
Color : 5 Colors with phosphor print
Overall Size : 42.5×31.5mm
Sheet : 20 Stamps per sheet
Quantity : 0.5×6=3 Million
Designer : Purna Kala Limbu Bista
Printed by : Joh Enschede Stamps B.V. The Netherlands

Nepal Proverb ▶

Word of mouth and water in a canal can be taken anywhere.
소문과 강물은 어디든지 간다. B

# 자유연애 금지 세계

Lilium Nepalense D. Don

*네팔나리는 백합과 풀로 네팔 원산의 특산종이다.
*나리는 백합과 참나리속에 속하는 풀을 통틀어 부르는 이름이다.

　결혼 풍속도가 완전히 바뀌었다. 요즈음은 본인이 직접 배우자를 찾는 연애결혼이 대부분이다. 하지만, 옛날에는 남자가 여자를 만나 결혼하려면 꼭 필요한 사람이 있다. 중매쟁이다. 그런데 사람만 중매쟁이가 필요한 것이 아니라 꽃들도 중매쟁이가 필요하다. 식물들의 결혼을 '꽃가루받이' 또는 '수분'이라고 한다. 사람이 결혼을 하여 아기를 갖듯이 꽃들도 열매를 맺거나 씨앗을 맺으려면 수분을 하여야 한다.

　꽃의 모양과 색깔이 우연히 생긴 것이라고 생각하는가? 한 송이 꽃을 자세히 들여다보면 그 누구도 따라갈 수 없는 독특함이 있는 것을 발견할 수 있다. 꽃 모양은 물론, 그 향기가 다 다르다. 그 안에 자신이 살아갈 수 있는 길과 방법이 담겨 있다. 대부분의 식물들은 혼자서 수정할 수 없다. 중매쟁이가 필요하다. 바람이 중매쟁이가 되는 풍매화, 새가 중매쟁이인 조매화, 물이 중매쟁이 역할을 하는 수매화, 벌과 나비 등 곤충이 중매쟁이가 되는 꽃을 충매화라고 한다. 꽃은 곤충에게 꿀과 꽃가루를 주고, 곤충은 식물의 수정을 도와주는 중매쟁이가 되어 주는 것이다. 인간 세상의 풍속도는 바뀌었지만, 자연 세계에는 아직도 자유연애가 허락되지 않고 있는 듯하다. **L**

**Nepal. 2nd October 2015 NS#1210. Sc#1001. Moharanga Emod**

▶ Technical Detail ·······································

Description : Moharanga Emod
Date of Issue : 2nd October 2015
Value : 10 Rupee
Color : 5 Colors with phosphor print
Overall Size : 42.5×31.5mm
Sheet : 20 Stamps per sheet
Quantity : 0.5×6=3 Million
Designer : Purna Kala Limbu Bista
Printed by : Joh Enschede Stamps B.V. The Netherlands

# 세상에서 가장 아름다운 퇴장

Maharanga emodi(Wall) A. DC

*마하랑가속 식물로 네팔, 부탄, 티베트 산지에 자생한다.

　마하랑가 에모디는 네팔 및 티베트 남부 지역의 높은 산지에서 자생한다. 바위 땅이나 언덕 초지에서 땅속 깊이 원뿌리를 뻗는다. 꽃은 끝이 오므라들어 있는 적갈색의 작은 꽃이 7~8월에 핀다. 꽃줄기에는 길고 억센 털이 모여 나고, 꽃과 잎의 뒷면에 많은 털이 나 있다. 화관은 기부가 불룩한 항아리 모양이다.

　고통 없는 삶이 어디 있겠는가마는, 히말라야 고산지대에 사는 식물들의 삶의 고단함은 어떠할까? 가을바람이 불어온다. 이제 곧 겨울을 준비해야할 것이다. 숲에 사는 식물들은 어떻게 겨울을 준비할까? 추운 겨울에 살아남기 위하여 나무들은 먼저 잎을 떨어뜨린다. 겨울엔 땅이 얼고 수분이 모자라 뿌리에서 물을 빨아들이기가 어렵기 때문에 양분과 수분의 소비를 최대한 줄여야 하기 때문이다. 마치 자신의 삶의 전부인 것처럼 여겼던 푸른 잎에 아름다운 꽃, 탐스러운 열매, 이 모든 것을 잊고 한 겹 한 겹 옷을 벗는다. 마지막 남은 한 방울 물과 양분을 줄기로 보내고 떨어지는 나뭇잎을 보라. 지난날의 자랑과 영광에 파묻혀 사는 인간들 앞에서 그 얼마나 아름다운 퇴장인가! L

**Nepal. 2nd Octover 2015 NS#1211. Sc#999. Gentiana Robsta King ex Hook**

▶ Technical Detail ·······································

Description : Gentiana Robsta King ex Hook
Date of Issue : 2nd Octover 2015
Value : 10 Rupee
Color : 5 Colors with phosphor print
Overall Size : 42.5×31.5mm
Sheet : 20 Stamps per sheet
Quantity : 0.5×6=3 Million
Designer : Purna Kala Limbu Bista
Printed by : Joh Enschede Stamps B.V. The Netherlands

Nepal Proverb ▶

When the dam bursts, the water reaches the sea; when the wife goes away, she returns to her mother.
댐이 터지면 물은 바다로 돌아가고, 부인이 도망가면 엄마 곁으로 간다. **B**

# 당신이 선물한 행복이다

Gentiana Robsta King ex Hook

*용담과 식물인 조장용담은 여러해살이풀이다.
*히말라야 산지 등 고산지대에 자생한다.

용담과(龍膽科) 식물인 젠티아나 로부스타는 고산지대에 주로 자생한다. 용담의 한자어 뜻을 보면 '용의 담대함'을 뜻한다. 작은 생명체가 이 우주에서 살아가기 위해서는 끊임없이 도전하고 적응하는 용기가 필요할 것이다. 그 담대함으로 저 고운 빛 아름다운 모습의 꽃을 피워 냈을 것이다.

요즈음, 세상살이가 녹녹하지가 않다. 인간 수명 백세 시대가 마냥 좋을 수는 없는 것이 현실이다. 현직에서 은퇴하고 남은 생을 어떻게 살아갈 것인가를 결단하는데 대단한 용기가 필요하다. 석양의 노을을 보고 한숨을 쉬는 것이 아니라 아름다운 저 노을은 나의 것이라고 외쳐 보는 것이다. 나의 여생도 저 노을처럼 타오르며 살 수 있다고 창가에 앉아 고운 풍경을 바라보며 아름다운 꿈을 꾸어 보자. 마음을 열면 모든 것이 기쁨이요, 희망이 그 안에 담겨 있는 것을 볼 수 있다.

가을의 문이 열렸다. 창가에 앉아 바라보는 당신의 눈빛이 느티나무와 은행나무를 아름답게 물들게 할 것이요, 많은 사람이 그 길을 걸으면 행복해질 것이다. 당신이 선물한 행복이다. 🇱

**Nepal 2nd October 2015 NS#1206. Sc#1003. Saussrea Gossipiphora D. Don**

▶ Technical Detail ·······································

Description : Saussrea Gossipiphora D. Don
Date of Issue : 2nd October 2015
Value : 10 Rupee
Color : 5 Colors with phosphor print
Overall Size : 42.5×31.5mm
Sheet : 20 Stamps per sheet
Quantity : 0.5×6=3 Million
Designer : Purna Kala Limbu Bista
Printed by : Joh Enschede Stamps B.V. The Netherlands

Nepal Proverb ▶

What boils will spill over.
끓는 것은 넘친다. **B**

# 황량한 땅 비탈에 서서

Saussurea Gossipiphora D. Don Dendrobium
Heterocampum Wall Ex Lindl

*국화과 은분취속의 식물로 대체적으로 엉겅퀴와 비슷하지만 잎과 총포에 가시가 없다.
*네팔, 부탄, 티베트 남부 지방 등 고산지대에 분포한다.

사우수레아 고시피포라는 히말라야산맥 등 고산대 상부의 황량한 자갈 비탈면에 자생한다. 높이는 10~20cm, 줄기가 굵고 비어 있다. 잎은 성긴 톱니 모양으로 엉겅퀴 잎과 비슷하다. 줄기에는 곧게 자란 솜털이 꽃차례를 부드럽게 감싸고 있다. 줄기의 끝부분에는 두화(頭花)가 밀집해 있고, 관상화(管狀花)는 어두운 자주색이다. 솜털은 길게 자라 뒤엉켜 있고, 정수리 부분에 꿀벌이 드나드는 작은 구멍이 나 있고, 개화 시기는 8~9월이다.

이 식물은 잎과 꽃의 모양, 꽃의 색깔 등이 엉겅퀴와 많이 닮아 있다. 엉겅퀴와 같은 국화과 식물이다. 고산지대 척박한 땅에 살기 위하여 준비한 모습이 전장에 나가기 위해 완전무장을 한 군인과 같다. 톱니 모양의 잎이 꽃방석 모양으로 바닥에 붙어 있는 것은 추운 바람을 피하고 한줌 햇빛이라도 더 거둬들이기 위한 노력이다. 꽃차례를 부드럽게 감싸고 있는 털은 척박한 땅에서 부족한 수분의 증발을 막기 위한 노력이고, 히말라야의 강풍을 견디기 위한 방한복이다. 히말라야에 사는 이 작은 꽃 하나에서 우리는 세상을 살아가는 지혜를 배워야 할 것이다. ❶

**Nepal. 2nd October 2015 NS#1208. Sc#1002. Paris pol phylla Sm**

▶ Technical Detail ·····························

Description : Paris pol phylla Sm
Date of Issue : 2nd October 2015
Value : 10 Rupee
Color : 5 Colors with phosphor print
Overall Size : 42.5×31.5mm
Sheet : 20 Stamps per sheet
Quantity : 0.5×6=3 Million
Designer : Purna Kala Limbu Bista
Printed by : Joh Enschede Stamps B.V. The Netherlands

Nepal Proverb ▶

A spark can cause a fire, a trifle can spark a quarrel.
불똥 하나로 불이 나듯이 하찮은 일이 싸움의 씨앗 된다. Ⓑ

# 어긋나기와 마주나기, 그리고 돌려나기

Paris pol phylla Sm

*삿갓나물은 깊은 산 약간 습기가 있는 골짜기 부근에 자생하며 돌려난 잎이 마치 삿갓처럼 생겼다 하여 붙여진 이름이다. 파리스 폴리필라(paris polyphylla sm)는 백합과 삿갓나물속 식물로 재배 품종이다.

나무와 풀은 하늘이 열려야 산다. 그것은 햇빛을 받지 않으면 살 수 없다는 것을 말한다. 햇빛을 받아서 광합성을 하고 그 양분으로 줄기를 키우고 뿌리를 키운다. 그 중요한 역할을 하는 것이 식물의 잎이다. 식물의 잎은 모양도 다양하지만 줄기에 달려 있는 모습도 다양하다. 대부분의 식물의 잎은 어긋나기(互生)를 한다. 벚나무나 버드나무 등은 잎이 마디마다 방향을 달리하여 하나씩 서로 어긋나게 달린다. 백일홍이나 아까시나무처럼 마주나기(對生)를 하는 식물도 있다. 식물의 잎이 줄기의 마디마다 두 개씩 서로 마주 붙어나는 잎차례다. 또 하나가 돌려나기(輪生)를 하는 식물들이다. 줄기의 마디 하나에 세 개 이상의 잎이 돌려나는 것으로 꼭두서니와 갈퀴덩굴 등의 잎차례다.

식물마다 특색 있는 잎차례를 갖고 있는 이유는 생태적 환경과도 밀접한 관계가 있다. 그것은 하늘을 보기 위함이다. 햇빛을 많이 받고 효율적으로 이용하기 위해서다. 삿갓나물의 잎이 돌려나기를 하는 이유는 키 큰 나무들 사이에서 살아남기 위하여 사방에서 비쳐드는 작은 햇빛 하나라도 놓치지 않기 위한 자기 변화다. 살아갈 수 있는 길을 찾기 위해 스스로를 변화시켜 나가는 식물들의 지혜가 눈부시다.

사람도 하늘을 바라보지 않고는 살 수 없다. 광대한 우주만물 안에서 지극히 미미한 존재인 자신을 돌아볼 수 있어야 인간답게 살 수 있다. 하늘 아래 그 모든 것이 있다는 겸손한 마음으로 살아갈 때 세상은 더 조화롭고 아름다운 삶을 살 수 있을 것이다. 가을하늘이 맑고 푸르다. L

**Nepal. 2nd October 2015. NS31207 Sc#998. Abies Spectabilis(D Don) Mirb**

▶ Technical Detail ·······························

Description : Abies Spectabilis(D Don) Mirb
Date of Issue : 2nd October 2015
Value : 10 Rupee
Color : 5 Colors with phosphor print
Overall Size : 42.5×31.5mm
Sheet : 20 Stamps per sheet
Quantity : 0.5×6=3 Million
Designer : Purna Kala Limbu Bista
Printed by : Joh Enschede Stamps B.V. The Netherlands

Nepal Proverb ▶

There is no smoke without fire.
불 없는 연기 없다. **B**

# 나무의 성깔과 어울려 사는 멋

Abies Spectabilis(D Don)

*히말라야 은전나무(Abies spectabilis D Don)는 늘푸른나무로 키가 60m까지 자라며 히말라야 산지 등에 분포하고 있다. 한라산에는 해발 1,000m 이상의 고산지대에 자생하는 구상나무 군락지가 있다. 히말라야 은전나무와 비슷한 우리나라 특산종이다.

나무에도 성질(깔)이 있을까? 전나무는 잎이 바늘처럼 뾰족한 침엽수다. 잎의 모습에서부터 날카롭고 까탈진 성격이 드러나는 것 같다. 나무 형태도 뾰족하고 곧게만 자라는 원칙적인 모습에서 이해와 포용의 여유가 없어 보인다. 반면에 활엽수인 벚나무는 원만하고 부드러운 성질을 가지고 있다. 잎의 모양도 나무 형태도 둥글고 너그러운 모습을 갖고 있다. 보는 이의 마음을 편안하게 해 준다. 대부분의 침엽수와 활엽수의 모습에서 볼 수 있는 느낌이다.

사람도 두 종류의 사람이 있다. 하나는 침엽수와 같은 사람이다. 자기 주관과 목표의식이 뚜렷하고 책임감도 강한 사람이다. 도덕적으로 흠잡을 데가 없는 올곧은 성품이다. 그러나 자존심이 너무 강하고 타인을 생각하는 배려심이 부족하여 늘 혼자인 외로운 사람이다. 때로는 자기만을 고집하여 타인에게 상처를 주는 모진 사람이 되기도 한다.

한 사람은 활엽수와 같은 사람이다. 겉으로 보기에는 매사가 두루뭉술한 사람이다. 자기 주관도, 뚜렷한 목표의식도 없어 보인다. 그러나 자기보다는 남을 먼저 생각하는 배려심과 타인을 먼저 생각하는 사람이다. 타인의 아픔에 같이 눈물 흘리고, 타인의 기쁨에 함께 춤출 수 있는 사람이다.

가장 아름다운 숲은 침엽수와 활엽수가 어울려 있는 숲이다. 우리 사회는 이렇게 서로 다른 사람들이 어울려 살아갈 때 더 생동감이 넘치고 감동이 있는 아름다운 사회가 될 것이다. 문제는 조화와 상생이다. ㄴ

**Nepal. 31 December 2013. NS#1115. Sc#936. Plant Series(4) wild Asparagus(Asparagus racemosus wild)**

▶ Technical Detail ·································

Description : Plant Series(4) wild Asparagus(Asparagus racemosus wild)
Date of Issue : 31 December 2013
Value : 40 Rupee
Color : 5 color
Overall Size : 42.5×31.5mm
Sheet : 30 Stamps
Quantity : 2 Millions
Designer : Purna Kala Limbu
Printed by : Gopsons Papers Ltd. India

Nepal Proverb ▶

Only a serpent will see the legs of a serpent.
오직 뱀 만이 뱀 다리를 볼 수 있다. B

# 촛불은 스스로를 위해 불을 밝히지 않는다

wild Asparagus(Asparagus racemosus wild)

*아스파라거스 wild Asparagus(Asparagus racemosus wild)는 백합과 여러해살이 식물로 유럽 원산이다.
*샐러드용 고급 채소로 사랑을 받고 있으며, 숙취에 좋은 아스파라긴산, 비타민, 무기질 등이 풍부하다.

요즈음 온 나라가 시끄럽다. 자기의 직분과 사명을 망각한 사람들 때문에 국가 전체가 혼란에 빠져 있다. 국민이 부여한 것이 향유할 수 있는 권력인 줄만 알고, 그의 상응한 책임을 잊고 자기 소견에 옳은 대로 권력을 사유화한 대가다. 지금 온 나라에 일고 있는 촛불의 함성이 온 국민의 어두운 마음을 밝혀 주었으면 좋겠다. 비판과 정죄의 눈이 아니라 우리 국민 모두가 스스로를 뒤돌아볼 수 있는 아름다운 기회가 되길 바란다. 누군가를 사랑한다는 것은 희생의 눈물이 있어야 한다. 촛불은 스스로를 위해 불을 밝히지 않는다.

아스파라거스는 마치 죽순처럼 땅속에서 실한 줄기가 올라온다. 아스파라거스는 파릇한 색깔, 아삭하게 씹히는 맛뿐만이 아니라 비타민, 칼슘, 철분 등 무기질이 풍부하고, 숙취에 좋은 아스파라긴산이 많이 함유되어 있어 유럽에서는 '채소의 황제'라고 불릴 만큼 고급 채소로 사랑받아 왔다. 아스파라거스는 암수 딴 그루로 꽃이 피고 열매를 맺는 것은 암 그루이고 수 그루의 어린 줄기를 주로 식용으로 사용한다. 땅의 어두움을 뚫고 세상에 나와서 어리둥절할 때쯤이면 이미 잘려져서 식탁에 올라야 하는 운명에 처해 있다. 어쩌면 그것이 아스파라거스의 사명인지도 모른다. 자신을 희생하면서 인간들을 행복하게 하는 싱그러움이 아름답다. L

**Nepal. 31 December 2013. NS#1113. Sc#939. Plant Series(2) Fragrant Wintergreen**

▶ Technical Detail ·······························

Description : Plant Series(2) Fragrant Wintergreen
Date of Issue : 31 December 2013
Value : 40 Rupee
Color : 5 color
Overall Size : 42.5×31.5mm
Sheet : 30 Stamps
Quantity : 2 Millions
Designer : Purna Kala Limbu
Printed by : Gopsons Papers Ltd. India

Greed brings gain, gain brings grief.
탐욕으로 얻는 것이 비탄을 가져온다. **B**

# 함께함이 살 수 있는 힘의 근원

Fragrant wintergreen(Gaultheria fragrantissima Wal)

*노루발풀 Fragrant wintergreen(Gaultheria fragrantissima Wal)은 노루발과의 키 작은 여러해살이 늘 푸른 풀이다. 잎은 얇고 칙칙한 황록색, 향기가 있는 꽃은 광택이 있고 녹색을 띤 백색이다.
*꽃말은 소녀의 기도. 꽃대에 매달려 있는 흰 꽃의 모습이 마치 소녀가 기도하는 모습 같다.

　　남쪽의 금강산이라 불리는 설악산은 바위가 많은 산이다. 비룡폭포 가는 길 오른편에 급한 경사가 바위로 덮여 있다. 겨울 산 그 비탈에 의연히 서 있는 저 소나무들, 어떻게 저곳에 뿌리를 내리고 서 있을까? 수백 년을 버텨 온 나무들도 뿌리째 뽑아 올리는 강풍을 어떻게 견디고 있을까? 그곳에는 분명 그들을 격려하고 붙들어 주는 손길이 있었다. 가슴이 쪼개지는 아픔을 참고 틈을 내주어 소나무의 뿌리를 받아 주는 희생, 설악의 바위였다. 가슴을 열어 받아들이니 이제는 한 몸이 되었다. 그 어떤 폭풍에서도 꼭 껴안아 주는 바위가 고마워 소나무는 지난여름 내내 뙤약볕 아래 시원한 그늘을 만들어 주었다. 이 한겨울에 눈보라를 홀로 이고 바위를 지켜 주는 모습이 아름답다.

　　노루발풀은 우리나라 겨울 숲에서도 쉽게 볼 수 있는 늘 푸른 여러해살이 풀이다. 잎과 줄기에는 알부틴이란 물질이 있으며, 꽃 피는 시기에 줄기와 잎을 채취해서 약재로 사용한다. 혈액순환촉진, 신진대사활성화 등의 효험이 있는 노루발풀은 소나무 숲과 같이 다른 식물들이 살아가기 어려운 척박한 환경에서 살 수 있는 식물이다. 가는 땅속줄기를 뻗으면서 마치 몇 포기가 모인 것처럼 무리를 만들며, 곰팡이와 공생관계를 유지하여 필요한 영양소를 얻는다. 무리를 이루고 이웃과 함께함이 척박한 땅에서 견딜 수 있는 힘의 근원이다. ⓛ

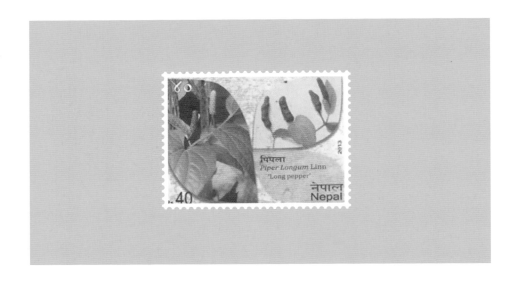

**Nepal. 31 December 2013. NS#1114. Sc#938. Plant Series(3) Long Pepper**

▶ Technical Detail ·······································

Description : Plant Series(3) ) Long Pepper
Date of Issue : 31 December 2013
Value : 40 Rupee
Color : 5 color
Overall Size : 42.5×31.5mm
Sheet : 30 Stamps
Quantity : 2 Millions
Designer : Purna Kala Limbu
Printed by : Gopsons Papers Ltd. India

Nepal Proverb ▶

To make a daughter-in-law meek, the daughter is beaten.
며느리를 버릇 고치려고 딸을 때린다. **B**

# 자기희생의 고귀함

Piper ldngum Linn(Long pepper)

*필발 Piper ldngum Linn(Long pepper)은 후추과 식물로 특유한 방향이 있고 매운맛으로 천연 향신료로 사용되고 있다.
*매운맛이 나므로 위가 찬 것을 없애고 냉기와 혈기로 가슴이 아픈 것을 낫게 한다. 두통, 항균, 항암에도 효능이 있다.

　향수는 꽃이나 식물에서 고유한 향을 추출하여 만든다. 식물의 향을 이용한 향수 사업은 고부가가치 사업 중 하나다. 자신의 독특한 향 자체로 사랑받는 꽃과 식물들이 많이 있다. 후추과 식물들도 독특한 향이 있다. 후추나 계피의 향은 다른 꽃향기처럼 아름답지 않다. 그럼에도 인간세계에서 귀하게 쓰임 받는 이유는 좋지 않은 냄새를 제거해 주는 역할을 하기 때문이다. 여기에는 자기희생의 고귀함이 있다. 추어탕에 들어가면 자신의 향을 고집하지 않고 비린내와 미꾸라지의 고유한 냄새를 중화시킨다. 자기를 포기하고 희생하므로 전체를 맛있게 변화시키는 것이다.

　지구상의 인구가 70억 명이 넘은 지 오래됐다. 그중에는 좋은 영향력으로 사회를 이롭게 하고 생명을 살리는 사람들이 많다. 그와는 달리 남을 아프게 하고 악영향을 끼치는 나쁜 냄새를 가진 사람들 또한 많다. 스스로 아름다운 향기를 내어 세상을 이롭게 하는 것이 좋다. 그러나 아직은 덜 다듬어지고 성숙하지 못해 남의 미각을 해치는 사람을 변화시키는 일이 중요하다. 부패한 음식물이 곁에 있으면 다른 음식물까지 부패시키기 때문이다. 그래서 교육이 필요하고, 자신을 희생시키며 사명을 감당할 참된 스승들이 이 땅에 필요하다. 각 사람이 갖고 태어난 특별한 향기를 찾아내서 아름답게 사용한다면 이 세상은 살맛나는 낙원이 될 것이다. 🇱

**Nepal. 31 December 2013. NS#1112. Sc#937. Plant Series(1) Chireta**

▶ Technical Detail ·····························································

Description : Plant Series(1) Chireta
Date of Issue : 31 December 2013
Value : 40 Rupee
Color : 5 color
Overall Size : 42.5×31.5mm
Sheet : 30 Stamps
Quantity : 2 Millions
Designer : Purna Kala Limbu
Printed by : Gopsons Papers Ltd. India

He sees a louse in someone else's body but does not see a buffalo on his own.
다른 사람 몸에 있는 이는 보면서 자기 몸에 있는 물소는 보지 않는다. **B**

# 몸의 좋은 약은 입에 쓰다

Swertia chirayita

*용담과의 Swertia chirayita는 인도 원산이다.
*히말라야 산지에 보라색으로 피며, 말라리아 치료 등 건강에 좋은 약초로 맛이 쓰다.

　사람들이 보편적으로 느낄 수 있는 맛은 보통 다섯 가지로 이것을 오미(五味)라고 한다. 단맛, 쓴맛, 신맛, 매운맛, 짠맛이다. 식용으로 사용하는 식물이나 약초들의 독특한 맛에 따라 몸에 작용하는 것도 다르다. 단맛은 근육을 이완시켜 몸의 피로를 풀어주고 몸의 조화를 돕는다. 신맛은 우리 몸의 영양이나 습기를 잡아 주는 수렴작용을 한다. 매운맛은 발산·발열·발한 작용을 통해 혈액순환을 원활하게 하고, 짠맛은 뭉친 것을 풀어 주고 몸을 부드럽게 해 주는 역할을 한다. 쓴맛은 체내에 있는 독과 열을 배출시켜 해독과 해열 및 염증을 치료해 준다. 민들레의 새잎은 위궤양 치료에 효험이 있고, 민들레꽃은 결핵 치료에도 사용되고 있다.

　'몸에 좋은 약은 입에 쓰다.'라는 옛말이 있다. 단맛이 당장 먹기에 좋으나 많이 섭취하면 당뇨 등 성인병의 주요 원인이 된다. 듣기 좋은 소리가 위로와 격려가 될 수 있지만, 달콤한 사탕발림의 소리는 인생을 망치는 독이 될 수 있다. 그래서 당장은 귀에 거슬리더라도 잘못된 점은 단호하게 지적할 수 있는 쓴소리가 필요하다. 오늘날 우리 사회가 무너지고 있는 이유 중의 하나가 쓴소리를 하는 사람이 없다는 것이다. 권력이나 돈 앞에서 자기의 양심을 거슬리는 달콤한 소리만 하는 사람들이 많다. 정의가 살아 있는 사회가 되기 위해서는 쓴소리를 들을 수 있는 귀가 필요하다. 그보다 먼저 그 쓴소리를 할 수 있는 용기 있는 입이 필요하다. ▣

5장

우표로 보는
한국의 난초

# 네팔과 한국의 나라 꽃

Lee Wha Ja., Hibiscus syriacus     NB Gurung, Rhododendron

　나라마다 나라 꽃이 있다. 꽃을 보면 그 나라를 짐작할 수 있을 만큼 상
징성이 크다. 네팔은 나라 꽃이 랄리구라스(Laliguras)라고 하는데 로도덴드론
(Rododendron)이라고도 부른다. 랄리구라스는 풀이 아니고 나무다. 나무에 피
는 꽃이다. 4월 초면 피기 시작한다. 1,000~3,500m에 걸쳐 분포하는데 낮은
곳에선 붉은색, 중간 지대에선 분홍색 그리고 높은 지역에선 흰 랄리구라스
가 핀다. 한국의 무궁화(無窮花, Hibiscus syriacus)는 아욱과의 낙엽 활엽 관목이다.
2~4m정도 자란다. 여름부터 가을까지 분홍, 다홍, 보라, 자주, 순백 등 색깔
이 다양하다.

　나는 처음으로 무궁화를 접한 것은 1945년 해방이 되었을 때 학교에서 받
은 묘목이다. 국민학교 4학년 때인데 학교에서 나누어 주었다. 우리 집 마당
에 심었으나 잘 키우지 못했다. 두 번째 경험은 네팔의 돌카(Dolkha)에 가우리
상카 종합병원(Gaurishankar General Hospital)을 세우면서 마당에 기념 식수를 했는
데 이 역시 관리 소홀로 키우지 못했다. 병원 뜰에 심었을 때는 이 무궁화가
군락으로 자라 네팔의 국화 랄리구라스와 사이 좋게 자라기를 바랐었다.
그랬는데 무궁화를 살리지 못했으니 죄송스런 마음이다. 무궁화를 잘 가꾸
지 못했다는 죄송함 때문일까 네팔의 꽃 우표 에세이집을 내면서 우표와 에
세이로 가꾸어 본다. 실재 묘목으론 살리지 못했으나 꽃 우표로는 살려 에
세이집이 나왔다. 내가 꿈꾸던 랄리구라스와 무궁화가 어울린 동산을 꾸미
고 싶었던 꿈을 꽃 우표로 이루나 보다. 기쁜 마음이다. **R**

**Korea. 12th November 2002. KS#2292. Sc#2108d. Cephalanthera falcate (Thunb) Blume**

▶ Technical Detail ·······································

Description : Cephalanthera falcate(Thunb) Blume(금난초)
Date of Issue : 12th November 2002
Value : 190 won
Color : Gravure 5 colors
Overall Size : 30×40mm
Perforation : 13
Sheet : 20 Stamps
Quantity : 1 Million
Designer : Kim Sojung
Printed by : Korea Minting and Security Printing Corporation

Nepal Proverb ▶

A pair of scissors to cut the tree and an axe to cut paper.
나무 자르자고 가위를 쓰고 종이 자르자고 도끼를 쓴다. **B**

# 금란지교(金蘭之交)

Cephalanthera falcate(Thunb) Blume

*Cephalanthera falcate(Thunb) Blume(금난초)는 여러해살이 자생란이다. 중국, 일본, 한국 등에 분포해 있고 4~6월에 꽃이 핀다. 10~50cm 정도 자라며 꽃은 노란색 타원형 꽃이다.

    금란의 뜻을 사전에선 이렇게 풀이하고 있다. '친구 사이의 정의가 매우 두터운 상태를 이르는 말'이다. 난초의 상징 중 우의를 상징하는 말로 금란이라 부르고 돈독한 우의를 가진 친구 사이를 '금란지교(金蘭之交)' 혹은 '지란지교(芝蘭之交)'라 부른다. 지금도 모임의 이름이나 상호 등에 금란을 많이 쓴다. 원전을 찾아 올라가면 주역에 이런 말이 있다.

    '사람이 마음을 같이하면 그 날카로움이 쇠를 끊고, 마음을 같이하는 말은 그 향기가 난초와 같다(二人同心 其利斷金 同心之言 其臭如蘭,『周易』〈繫辭傳〉)'. 이 구절로 시작하여 지금에 이른다. 이로부터 '금란(金蘭)'은 친구들 사이의 깊은 우정을 일컫는 대표적인 칭호로 상용되었다. 선현의 말씀에 이런 말도 있다. "착한 사람과 사귀는 것은 마치 난초와 지초를 가꾸고 있는 방에 들어가는 것과 같아, 오래 있으면 그 향기를 맡지 못해도 그것과 동화된다."

    고사에 또 많이 등장하는 돈독한 우의의 상징으로 관중(管仲, BC 725~BC 645)과 포숙(鮑叔)의 친구 관계를 많이 인용한다. 두 사람의 관계를 보면 포숙이 관중을 이해하고 돕는 일로 일관한다. 여러 가지 일로 실패를 거듭하는 관중을 두고 그때마다 그럴 만한 이유가 있어서 그렇다는 식으로 감싸고 격려한다. 이런 사이가 일생 동안 두 사람 사이에서 끈끈하게 이어졌기 때문에 후세에서도 신뢰 있는 친구지간을 관포지교(管鮑之交)라고 일컫게 된다. ℝ

**Korea. 12th November 2014 KS#2419. Sc#2164c. Calanthe sieboldii Decne**

▶ Technical Detail ················································

Description : Calanthe sieboldii Decne(금새우난초)
Date of Issue : 12th November 2014
Value : 220won
Color : Gravure 5 colors
Overall Size : 27×37mm
Perforation : 13
Sheet :
Quantity : 1 Million
Designer : Kim Sojung
Printed by : Korea Minting and Security Printing Corporation

 Nepal Proverb ▶

Will a forest be sour because a tree is sour?
나무 하나 시큼하다고 숲 전체가 시큼할까? **B**

# 이 세상에 난은 도대체 얼마나 많을까

Calanthe sieboldii Decne

*Calanthe sieboldii Decne(금새우난초)는 여러해살이로 자생란이다. 20~50cm 정도 자라며 4~6월에 꽃이 피고 꽃은 5~20개 정도 달리며 노란색이다. 일본, 한국 등에 자생한다.

이 세상엔 다양한 생물체가 존재한다. 그 생명체 가운데 난은 얼마나 많이 있을까 궁금하다. 문헌을 살펴보면 제각각이다. 아마도 이루 헤아릴 수 없을 만큼의 숫자일는지 모르겠다. 3,000여 종이라고 적은 것도 있는데 어떤 책을 보니 난초는 400~800속에 적게는 1만 5천 종, 많게는 3만 5천 종이 세계적으로 자라고 있다고 한다. 자생란도 있겠지만 요즈음은 유전자를 조작하여 새로운 품종을 만들어 내는 인공적인 난도 있고 보면 난의 수가 얼마인지 가늠하긴 더 어렵다.

나는 네팔 시킴 부탄을 여행하면서 그 나라의 난 연구소를 찾은 적이 있다. 규모는 크지 않으나 많은 연구를 진행하고 있는 것을 보았다. 이것은 네팔의 난 연구소에 종사했던 분으로부터 들은 이야기인데 네팔 삼림지역에서 자라는 아주 희귀한 종 하나를 일본 사람들이 채취해 가서 변종을 만들어 세계 시장에서 아주 높은 가격으로 팔리고 있다고 한다. 이런 이유 때문일까 네팔이나 시킴 그리고 부탄의 국가에서 경영하는 연구소 같은 곳을 방문하여 사진을 찍으려고 하면 금지하는 곳이 많다.

세계에서 가장 비싼 난은 얼마나 할까. 한 자료에 의하면 2012년 중국 충칭시에서 열린 제10회 아태 난 대회에 출품한 난으로 무려 25억 원이 넘었다고 한다. 2014년 한국자료에는 춘난 백담으로 6억 원을 호가한단다. 값이 값이다 보니 난을 개량하고 키워 생업을 삼는 이들도 많다. ℝ

**Korea. 12th November 2001. KS#2186. Sc#2066d. Orchis cyclochila (Franch & Sav) Maxim**

▶ Technical Detail ·····································

Description : Orchis cyclochila(Franch & Sav) Maxim(나도제비란)
Date of Issue : 12th November 2001
Value : 170 won
Color : Gravure 5 colors
Overall Size : 27×38.5mm
Perforation : 13
Sheet : 20 Stamps
Quantity : 1 Million
Designer : Kim Sojung
Printed by : Korea Minting and Security Printing Corporation

Nepal Proverb ▶

The forest is gone and so is the tiger.
숲이 없어지자 호랑이가 나온다. **B**

# 미인의 대명사로 꽃 중의 미인은 난초다

Orchis cyclochila(Franch & Sav) Maxim

*Orchis cyclochila(Franch & Sav) Maxim(나도제비란)은 여러해살이 자생란으로 7~17cm 정도 자란다. 꽃은 연분홍 또는 흰색 바탕에 분홍점이 있으며 5~6월에 핀다. 인도, 중국, 러시아, 일본, 한국 등지에 분포한다.

여성의 얼굴이 예쁘면 미인이라고 한다. 미인하면 동양에선 양귀비 서양에 선 클레오파트라다. 어떤 기준에서 그런 미인을 택했는지는 모르겠다. 오랜 세월 동안 변치 않고 회자되는 것을 보면 모두가 동감하는 미인인가 보다. 서양의 미인을 보자. 파스칼은 "클레오파트라(Cleopatra, BC 69~BC 30)의 코가 조금만 더 낮았더라면 세계의 모습은 달라졌으리라."고 했단다. 동양의 미인 양귀비(楊貴妃, 719~756)를 보자. 당나라 현종이 양귀비를 두고 한 말이란다. "연꽃의 아름다움도 말을 알아듣는 이 꽃에는 당하지 못하겠지."

이로 인해 미인을 해어화(解語花)라고 일컬어진다. 미인을 꽃에 비유하면서 꽃 은 말을 하지도 듣지도 못하지만 이 양귀비는 말을 하고 듣는 꽃이란 비유 일 것이다. 프랑스의 계몽주의 작가 볼테르(Voltaire, 1694~1778)가 한 말 가운데 이런 말도 있다. "처음으로 미인을 꽃에 비유한 사람은 천재다." 볼테르의 말을 빌리자면 당나라 현종이 아마도 천재였나 보다. 해어화란 이름으로 양귀비를 꽃에 비유했으니 천재다.

꽃은 어떤 꽃이던 모두 예쁘다. 모두 미인에 비길 만하다. 하지만 난초는 꽃 중의 꽃이다. 한 사람의 미인에만 빗대지 않고 난초는 명문가의 귀한 여성 이면 모두 난초에 비졌다. 삼국유사에 이런 글이 실려 있다. 최치원(崔致遠, 857~?) 의 글로 정강 왕비를 칭송하는 시에 '부인의 덕이 난혜처럼 꽃답다.'라면서 왕비의 후덕함을 난초에 비유했다는 것이다. 난초를 미인에 비긴 것은 그 역 사가 오래다. R

**Korea. 12th November 2003. KS#2350. Sc#2133c. Orchis graminifolia(Reichb. fil) Tang et WangTechnical Details**

▶ Technical Detail ··········································

Description : Orchis graminifolia(Reichb. fil) Tang et Wang(나비난초)
Date of Issue : 12th November 2003
Value : 190 won
Color : Gravure 5 colors
Overall Size : 30×40mm
Perforation : 13
Sheet :
Quantity : 1 Million
Designer : Kim Sojung
Printed by : Korea Minting and Security Printing Corporation

# 군자의 절개는 선비의 표상이다

Orchis graminifolia(Reichb. fil) Tang et Wang

*Orchis graminifolia(Reichb. fil) Tang et Wang(나비난초)는 여러해살이 난초로 8~15층도 자란다. 꽃은 홍자색인데 드물게 흰색 꽃도 있다. 6~8월에 꽃이 핀다. 일본과 한국에 분포해 있다.

　난초가 아름답다고 해서 여성의 미인만을 가리킨 것은 아니다. 지조 절개 등 남성의 상징으로도 회자된다. 이런 지조(志操)를 상징하는 원전으로 공자(孔子, BC 551~BC 479)의 글을 많이 인용한다. '지초와 난초는 깊은 숲에서 자라지만 사람이 없어도 꽃을 피우며, 군자는 덕을 닦고 도를 세우는 데 있어서 곤궁함을 이유로 절개를 바꾸지 않는다.' 라고 한 대목을 예로 든다. 지조 절개 하면 조선조의 사육신 성삼문(成三問, 1418~1456)을 떠올린다. 성삼문은 난초의 뛰어난 향기를 찬양하며 그 향기가 다른 열 가지 꽃향기에 비견된다고 읊었다.

　　공자(孔子)는 거문고로 난의 곡조를 타고
　　대부는 난초 수(繡)놓인 띠를 차고 있네
　　난초 하나가 열 향기와 맞먹으니
　　그래서 다시 보고 사랑하리라.

　꽃은 대부분 향기를 지니고 있다. 각각 다른 향기다. 그럼에도 불구하고 성삼문이 열 가지 꽃향기보다 난의 향기가 으뜸이라고 한 것을 보면 난의 향기가 향 중의 향인가 보다. ®

**Korea. 11th November 2005. KS#2463. Sc#2210a. Epipactis thunbergii A. Gray**

▶ Technical Detail ··························································

Description : Epipactis thunbergii A. Gray(닭의 난초)
Date of Issue : 11th November 2005
Value : 220 won
Color : Gravure 5 colors
Overall Size : 30×40mm
Perforation : 13
Sheet :
Quantity : seven hundred thousand
Designer : Kim Sojung
Printed by : Korea Minting and Security Printing Corporation

Nepal Proverb ▶

Different forests have different birds.
숲이 다르면 사는 새도 다르다. B

# 사람들은 왜 권력을 탐할까

Epipactis thunbergii A. Gray

*Epipactis thunbergii A. Gray(닭의 난초)는 여러해살이 자생란으로 20~70cm 정도 자란다.
*꽃은 주황색 및 노란색으로 7~9월에 3~15개 정도의 꽃이 핀다. 중국, 러시아, 일본, 한국 등지에 분포한다.

신순애 시인의 들꽃 100개의 시와 그림 시집에 닭의 난초 시가 실려 있다.
전문을 옮겨 본다.

무용수 끼가 고여/요정 같은 몸놀림아//
벼슬이 탐이 나서/닭 벼슬 시늉으로//
난향을 솔솔 풍기며/갈래치마 펼친다 _신순애 〈닭의 난초〉

벼슬은 원래 관청에 나가 나랏일을 맡아 다스리는 자리다. 관리를 흔히 국
민의 머슴이라고들 표현하나 기실 머슴이 아니라 갑질하는 권력이다. 관리가
아니더라도 닭 벼슬 시늉으로 힘을 과시하는 사람도 많다. 사람들은 왜 그
토록 벼슬을 탐할까. 아들러(Adler, 1870~1937 )란 정신분석가가 이런 학설을 내어
놓은 적이 있다. '인간 행동의 근원적인 동기는 권력에의 의지(will to power)에 있
다.' 사람들은 나름대로 열등감을 극복하기 위해 권력에의 의지를 실현하면
서 보상하려는 과정이라고 했다.
　열등감과 우월감. 열등함을 권력에의 의지로 극복하여 보상받고 그 보상
의 결과인 우월감을 항상 유지하려는 그런 쳇바퀴가 인생이다. 닭의 난초가
무슨 마음이 있어 그런 권력에의 의지를 가질까만은 사람들의 속마음을 이
난초에 빗대어 지어 준 이름일 것이다. ®

**Korea. 11th November 2005. ks#2464. Sc#2210b. Cymbidium goeringii Reichb. Fil**

▶ Technical Detail ·····················

Description : Cymbidium goeringii Reichb. Fil(보춘화)
Date of Issue : 11th November 2005
Value : 220 won
Color : Gravure 5 colors
Overall Size : 30×40mm
Perforation : 13
Sheet : 20Stamps
Quantity : seven hundred thousand
Designer : Kim Sojung
Printed by : Korea Minting and Security Printing Corporation

**Nepal Proverb** ▶

The quality of rice is known by the straw.
짚을 보면 쌀의 품질을 알 수 있다. **B**

# 난초로 술도 만들었다

Cymbidium goeringii Reichb. Fil

*Cymbidium goeringii Reichb. Fil(보춘화)는 여러해살이 자생란으로 꽃은 녹색이다. 3~5월에 피는 이 난초는 중국, 인도, 일본, 대만, 한국 등지에 분포한다.

　난초를 활용한 차도 있고 약도 있다. 그리고 술도 있다. 지금도 약초를 이용한 술이 많이 있다. 가장 흔한 예로 인삼주가 있다. 인삼 뿌리를 술에 담아 인삼주를 만든 것이다. 술의 성분과 인삼의 성분이 상승작용을 하여 약효를 증진시킨다. 주로 열매나 뿌리를 활용해 술을 만드는데 대개 약술들이다. 약용 식물이나 약용 동물 등이 원료가 된다. 난초로 술을 담근다는 기록이 삼국유사에 실려 있다. 일연(一然, 1206~1289)이 1283년에 쓴 『삼국유사』의 〈석탈해왕〉 편에 이런 기록이 있고 보면 이미 그 시절에 난초술이 일반화되어 있음을 짐작하게 만든다. 『삼국유사』에 적힌 기록은 이렇다.

　신라의 석탈해왕이 왕비 될 사람을 모시고 온 사람들을 대접하기 위하여 유사에게 명했다는 기록이다. '사람마다 방 하나씩을 주어서 편안히 머무르도록 하고, 그 이하 노비들은 한 방에 5~6명씩 두어 편히 쉬도록 하라. 그리고 난초로 만든 술과 쌀로 만든 술을 주고…' 라는 기록이 있다.

　사람들이 술을 담궈 즐겨 마시기 시작한 연대는 확실하진 않다. 오래되었을 거란 짐작은 하지만 확실한 연대를 알긴 어렵다. 인류학자들의 추론을 보면 원시인 때부터라고 한다. 원시인들이 양식을 나무열매나 사냥을 하면서 생활하다 우연히 열매가 떨어져 시간이 지나면서 술이 된 것을 마셔 본 이후부터 술을 마셨다고 하니 우연히 발견한 셈이다. 석탈해왕 때의 기록이 있으니 난초술의 기원은 확실하다. ℝ

**Korea. 12th November 2001. KS#2183. Sc#2066c. Dendrobium moniliforme (L) sw**

▶ Technical Detail ·············································

Description : Dendrobium moniliforme(L) sw(석곡)
Date of Issue : 12th November 2001
Value : 170won
Color : Gravure 5 colors
Overall Size : 30×40mm
Perforation : 13
Sheet : 20 Stamps
Quantity : 1 Million & 2 hundred fifty thousand
Designer : Kim Sojung
Printed by : Korea Minting and Security Printing Corporation

Rice bends when it grows tall, the millet stands upright
벼는 익으면 머리를 숙이고 수수는 익으면 머리를 세운다 **B**

# 난초는 몸에 좋은 약초다

Dendrobium moniliforme(L) sw

*Dendrobium moniliforme(L) sw(석곡)은 여러해살이 자생란으로 10~25cm 정도 자란다. 꽃은 연분홍 또는 흰색, 노란색 꽃이 핀다. 원줄기 하나마다 끝에 1~3개 정도의 꽃이 핀다. 7~9월에 꽃이 피고 중국, 일본, 대만, 한국 등지에 분포한다.

난초는 꽃이 아름답고 그 향이 그윽한 것으로 말하면 꽃 중의 왕이다. 난초가 눈으로 보기에 아름다운 것은 물론 향이 그윽하여 사람들의 마음을 고요하게 만들어 준다. 이런 겉보기에 더하여 꽃이면 꽃, 잎과 줄기 그리고 뿌리에 이르기까지 약용으로 쓰이지 않는 것이 없으니 하나 버릴 것이 없는 난초다. 우리나라에선 옛날부터 한약제로 널리 쓰이고 있다.

중국의 『본초경(本草經)』에 의하면, 난초의 잎에는 해독 성분이 있으며, 난초를 오래도록 달여 마시면 노화를 막아 준다고 적혀 있다. 그리고 우리나라의 허준(1539~1615)이 쓴 『동의보감』에 석곡(石斛, Dendrobium moniliforme)은 특히 허리와 다리의 연약함을 다스리고 보해 준다고 적고 있다. 원문을 해석하여 옮겨보면 이렇다.

'석곡은 성질이 평하고 달며 독이 없다. 허리와 다리의 연약함을 다스리고 허연(虛損)을 보하며 늑골을 장하게 하고 수장을 따스하게 하며 신장을 보하고 정을 메우며 현기를 길러서 요통을 그치게 한다.'

한 가지 아쉬운 것은 한방의 이런 경험방을 좀 더 과학적으로 연구하여 성분과 작용 그리고 작용기전을 확실하게 알아냄으로서 경험방을 뛰어넘었으면 한다. 현대의학이 갖고 있는 많은 약물들은 원래 생약으로부터 발전해 온 약이다. **R**

**Korea. 12th November 2004. KS# 2417. Sc#2164a. Goodyera maximowicziana Makino**

▶ Technical Detail ·······························

Description : Goodyera maximowicziana Makino(섬사철란)
Date of Issue : 12th November 2004
Value : 220 won
Color : Gravure 5 colors
Overall Size : 30×40mm
Perforation : 13
Sheet :
Quantity : seven hundred thousand
Designer : Kim Sojung
Printed by : Korea Minting and Security Printing Corporation

Nepal Proverb ▶

What is the use of water for the rice ready to be harvested?
추수를 앞둔 벼에 물이 왜 필요한가? B

# 정몽주 선생 어머니의 태몽은 난초였다

Goodyera maximowicziana Makino

*Goodyera maximowicziana Makino(섬사철란)은 여러해살이 자생란으로 5~10cm 정도 자란다. 꽃은 흰색, 분홍색으로 3~7개 정도의 꽃이 9~10월에 반만 열린다. 일본, 대만, 쿠릴열도, 한국 등지에 분포한다.

포은 정몽주(鄭夢周, 1338~1392) 선생하면 고려 충신으로 모르는 사람이 없다. 정적 이방원의 철퇴를 받고 개성 선죽교에서 암살당했다. 이런 말이 전한다. 정몽주 선생의 어머니가 태몽을 꾸었는데 꿈에 아름다운 난초 화분을 들고 갔는데 넘어지면서 화분이 깨어졌으나 난초 꽃이 활짝 피었단다. 이런 꿈을 꾸고 낳은 아들이 정몽주 선생이다. 그래서 첫 이름은 정몽란(鄭夢蘭)이었다고 전한다. 화분이 깨어진 꿈을 꿔서 포은 선생이 암살을 당한 것일까. 이후 포은 선생의 이름이 여러 번 바뀐다. 모두 꿈과 연관된다.

포은 선생이 일곱 살이 되던 해에 어머니가 또 꿈을 꾼다. 어머니가 집안 청소를 하다 잠시 잠이 들었는데 금빛이 찬란한 흑룡 한 마리가 승천하는 것을 보고 깨었는데 이때 몽란이란 이름을 몽룡(夢龍)이라 바꾸어 지었단다. 그리고 18세가 되던 어느 날 포은 선생의 아버지가 꿈을 꾸었는데 꿈에 주공(周公)을 보았단다. 주공이 포은의 아버지에게 이르기를 몽룡(夢龍)은 먼 후세까지 이름이 남을 것이니 그 명성을 소중히 하여 길이 빛내게 하고 소중히 키우라고 했단다. 이 꿈을 꾸고 다시 이름을 고치게 된다. 몽룡을 몽주(夢周)라고 고치는데 그 이유가 꿈에 본 주공의 분부이기 때문이라고 했다.

난초가 태몽으로서 길몽이었나 보다. 포은 선생의 첫 이름이 몽란이다. **R**

**Korea. 12th November 2003. KS#2348. Sc# 2133a. Cremastra appendiculata (D. Don) Makino**

▶ Technical Detail ·······················································

Description : Cremastra appenddiculata(D. Don) Makino(약난초)
Date of Issue : 12th November 2003
Value : 190 won
Color : Gravure 5 colors
Overall Size : 30×40mm
Perforation : 13
Sheet : 20 Stamps
Quantity : 1 Million
Designer : Kim Sojung
Printed by : Korea Minting and Security Printing Corporation

Nepal Proverb ▶

The fragrance of a flower spreads in the neighborhood, the essence of a man reaches beyond the hills.

꽃향기는 주변에 머물지만, 인간의 향기는 고개를 넘어간다. **B**

# 난은 지혜가 있어야 키울 수 있다

Cremastra appenddiculata(D. Don) Makino

*Cremastra appenddiculata(D. Don) Makino(약난초)는 여러해살이 자생란으로 10~50cm 정도 자란다. 꽃은 10~20개 정도 달리고 붉은 자주색이나 자갈색을 띤다. 중국, 대만, 히말라야, 일본, 한국 등지에 분포한다.

난은 보기도 좋고 향도 그윽하고 친근한데 그런데 키우기가 예사롭지 않다. 난초에 관한 책들을 읽어 보면 난초 키우는 법이라고 안내를 하지만 단순히 키우기 안내가 아니다. 난초를 키우자면 지혜가 있어야 한다면서 은근히 차별화한다. 여기서 지혜란 다름이 아닌 난 재배법이다. 지혜라고 적고 있는 부분을 발췌해 본다.

봄에는 너무 일찍 밖에 내놓지 말고(春不出), 여름에는 햇빛 아래 두지 말고(夏不日), 가을에는 너무 건조한 곳에 두지 말고(秋不乾), 겨울에는 너무 습한데 두지 말라(冬不濕)는 가르침이다. 일 년 사계절이 있는 우리나라로선 이런 지혜를 따라 난을 키우기가 쉽지 않다. 사계절의 지혜를 안다고 해도 그때를 맞춰 가꾸기가 쉽지 않을 것이다. 하루 이틀 미루다 보면 시기를 놓치기도 한다. 시기를 너무 일찍 잡아도 낭패를 본다. 그러니 사계절의 적절한 시기에 가르침대로 해야 하는데 그 적정한 시기를 경험적으로 초보자들에겐 가늠하기가 쉽지 않다. 나는 난을 길러 본 적이 없다. 간혹 난을 선물로 받아 물 주고 꽃 보고 그런 수준인데 이런 나 같은 수준의 사람들에겐 명심할 지혜 말씀이다. 난을 사랑하는 내 친구들을 보면 여행을 하지 못한다. 여행하는 동안 난을 보살피지 못할 불안 때문이다. R

**Korea. 11th November 2005. 2465. Sc#2210c. Cephalanthera erecta (Thunb) B.lechnical Details**

▶ Technical Detail ·····················

Description : Cephalanthera erecta(Thunb) B.I(은난초)
Date of Issue : 11th November 2005
Value : 220 won
Color : Gravure 5 colors
Overall Size : 30×40mm
Perforation : 13
Sheet :
Quantity : seven hundred thousand
Designer : Kim Sojung
Printed by : Korea Minting and Security Printing Corporation

Nepal Proverb ▶

Pulling a creeper may cause a landslide.
덩굴 뿌리 하나 뽑다가 산사태 불러 온다. B

# 열 일 제쳐 두고 오라시오

Cephalanthera erecta(Thunb) B.I

*Cephalanthera erecta(Thunb) B, I(은난초)는 여러해살이 자생란으로 10~60cm 정도 자란다.
*꽃은 한 줄기에 3~10개의 꽃이 피는데 흰색으로 5~6월에 핀다. 중국, 일본, 한국 등지에 분포한다.

　선비나 시인 묵객들의 사랑의 대상이 난이 많다. 난이 그 선비나 시인 묵객들의 품위를 가늠해 준다. 서로 어울릴 때 난을 핑계 삼는 일도 많다. 친구가 보고 싶으면 난의 향기가 어떻다느니 난 꽃이 아름답게 피었다느니 하는 말로 유혹(?)한다. 이병기(1891~1968) 시인이 정지용(1902~1950)과 이태준(1904~1970)을 유혹한 일화가 재미있다. 정지용이 이태준에게 편지를 띄운다. '가람 선생 댁에 난초가 피었으니 열 일 제쳐두고 오라시오.' 이태준이 지용과 함께 가람 댁을 방문하여 난초 향과 더불어 술 한 잔 나눈 이야기를 이태준은 이렇게 적고 있다.

엄설한(嚴雪寒)
즐거운 편지/지용(芝溶)과 난향(蘭香) 찾다
미닫이 열자/훅 끼치는 스승의 향기
청주(清酒)에/고양이 눈알 빛/반짝이며/봄이 서리다/옷깃 여며 나아가니
굳은 듯 /여린 듯/물러나 앉으니/푸른 잎새 붉은 대궁
가람(嘉藍)은/청향청담청소성(清香清談清笑聲) 잊으리라
진잡(塵雜)/장벽(腸壁)에/흰 꽃은/나리어 향기 뿜다
어와/화경(花莖)처럼/견디련다/이 혹한(酷寒)/밤이여
오라 밤이여/쏟아져라/흰 눈아 R

**Korea. 12th November 2004. KS#2420. Sc#2164d. Bletilla striata Reichb. Fil**

▶ Technical Detail ·····································

Description : Bletilla striata Reichb. Fil(자란)
Date of Issue : 12th November 2004
Value : 220 won
Color : Gravure 5 colors
Overall Size : 30×40mm
Perforation : 13
Sheet :
Quantity : seven hundred thousand
Designer : Kim Sojung
Printed by : Korea Minting and Security Printing Corporation

# 추사 김정희(金正喜)의 부작란도(不作蘭圖)

Bletilla striata Reichb. Fil

*Bletilla striata Reichb. Fil(자란)은 여러해살이 자생란으로 15~60cm 정도 자란다. 꽃은 3~7개가 붉은 자주색 또는 드물게 흰색으로 5~6월에 핀다. 일본, 한국 등지에 분포한다

　　추사(秋史) 김정희(金正喜, 1786~1856)는 당대의 명필이다. 시와 서화에 능하기도 했지만 실학자로서도 면모가 높다. 그도 즐겨 난을 그렸는데 그 가운데 부작란도가 유명하다. 난초 그림도 그림이지만 화제로 쓴 글씨와 그 내용이 일품이다. 그림은 종이에 수묵으로 그렸는데 크기가 30×55cm 족자다.

　　난초 그림 안 그린 지 20년 만에(不作蘭花二十年)
　　우연히 본성의 참모습을 그려 냈네(偶然寫出性中天)
　　문 닫고 찾으며 또 찾은 곳(閉門覓覓尋尋處)
　　이것이 유마(維摩)의 불이선(不二禪)일세(此是維摩不二禪)

　　'만일에 누가 그 이유를 설명하라고 강요한다면 역시 또 비야리성(毘耶離城)에 살던 유마힐의 무언(無言)으로 거절하겠다.' 란 글이 부제로 작은 글씨로 이어진다. 무언도 대답이다. 유마힐은 부처님 시대를 함께 산 재가현자다. 유마힐이 많은 불제자 특히 문수보살과의 일문일답을 모은 유마힐소설경(維摩詰所說經)이 전한다. 줄여서 유마경이라 부른다. 핵심적인 키워드가 불이선이다. 그 어려운 이치를 어찌 몇 자 글로 적을 수 있으리오. 많은 시간의 수행 체험이 없고서는 도달하지 못할 경지다. 추사는 그 경지에 이르렀단 말인가. 유마힐처럼 무언으로 답할 것이란 글이 그 경지를 대변해 주고 있다. R

**Korea. 12th November 2001. KS#2184. Sc#.2184d Gymnadenia camtschatica (Cham) Miyabe & KudoTechnical Details**

▶ Technical Detail ································

Description : Gymnadenia camtschatica(Cham) Miyabe & Kudo(주름제비란)
Date of Issue : 12th November 2001
Value : 170won
Color : Gravure 5 colors
Overall Size : 30×40mm
Perforation : 13
Sheet : 20 Stamps
Quantity : 1 Million & 2 hundred fifty thousand
Designer : Kim Sojung
Printed by : Korea Minting and Security Printing Corporation

Nepal Proverb ▶

He who steals a needle will break open a house.
바늘을 훔친 놈이 나중에 남의 집을 부수어 연다. **B**

# 상처 받지 않는 것처럼 고고하게

Gymnadenia camtschatica(Cham) Miyabe & Kudo

*Gymnadenia camtschatica(Cham) Miyabe & Kudo(주름제비란)은 여러해살이 자생란으로 20~60cm 정도 자란다. 꽃은 분홍 또는 흰색으로 5~8월에 핀다. 러시아, 일본, 한국 등에 분포한다.

매란국죽(梅蘭菊竹). 문인화의 즐겨 찾는 화제다. 시제에 난초 그림을 곁들이 기도 하고 난초 그림에 화제로 곁들이기도 한다. 대원군 이하응(大院君 李昰應, 1820~1898)의 난초 그림이 생각난다. 흥선대원군이 언제부터 난을 즐겨 쳤는지 잘 모르겠으나 기록에 의하면 1882년 청나라에 납치되어 4년 동안 텐진시 변 두리에 감금되면서 그 울분을 삭이기 위해 난을 쳤다는 기록이 있다. 그 전에 도 물론 그렸겠지만 청나라에 납치된 세월을 난을 치면서 울분을 달랬을 법 하다. 예띠 시낭송회의 이희정 시인의 〈난을 노래함〉이란 시 한 수를 보내왔다.

옆을 보고 피는 꽃이 나와 닮아서/눈빛으로 토닥거렸더니/굴뚝으로 올라오는 연기처럼/꽃잎의 자태는 비밀 같다/고단한 나그네가/길 위에서 잠을 자는 것처 럼/바람이랑 햇빛이랑 걸러져서/고뇌는 환한 아침이 되고/가는 곳 모를 세상 이/꽃잎을 껴안는다/상처 받지 않는 것처럼 고고하게/붓끝으로 다시 태어나면/ 휘영청 고귀함이 눈부셔서/나는 휘청거린다 _이희정 〈난을 노래함〉

이 시에서 대원군을 떠올린 것은 '상처 받지 않는 것처럼 고고하게'란 시구 때문이다. 시인이 대원군을 연상해서 쓴 시는 아니다. 자신을 연상해서 쓴 시 이긴 해도 '상처 받지 않는 것처럼 고고하게'란 대목에서 내가 대원군의 난초 그림을 연상하다 붙여 본 연상이다. 울분을 난초 그림으로 승화시켰다는 지 적이 이해가 간다. ℝ

**Korea. 11th November 2005. KS#2466. Sc# 2210d. Spiranthes sinensis(pers) Ames**

▶ Technical Detail ·············································

Description : Spiranthes sinensis(pers) Ames(타래난초)
Date of Issue : 11th November 2005
Value : 220 won
Color : Gravure 5 colors
Overall Size : 30×40mm
Perforation : 13
Sheet : 20 Stamps
Quantity : Seven hundred thousand
Designer : Kim Sojung
Printed by : Korea Minting and Security Printing Corporation

Nepal Proverb ▶

One who is ashamed to beg is not afraid to steal
구걸을 해 본 사람은 훔치는 것을 겁내지 않는다. B

# 춘란(春蘭) 이야기 1

Spiranthes sinensis(pers) Ames

*Spiranthes sinensis(pers) Ames(타래난초)는 여러해살이 자생란으로 10~50cm 정도 자란다. 꽃은 분홍색과 흰색이 있는데 활짝 피지 않는다. 5~8월에 걸쳐 핀다. 호주, 중국, 일본, 러시아, 인도, 말레이시아, 대만, 한국 등지에 분포한다.

네팔의 꽃 우표를 모아 책으로 엮기 위해 네팔 화가 N.B. Gurung에게 꽃그림을 부탁했다. 우편으로 보내 온 그림의 원화를 보고 깜짝 놀랐다. 꽃하면 밝고 화려한 색깔이 먼저 떠오르는데 N.B. Gurung의 그림은 밝지 않는 색으로 일관했다. 색깔이 밝지 않음에도 불구하고 그 면면을 보면 아주 화사하다. 어두운 색깔로도 이런 화사함을 구현할 수 있구나 하고 감탄해 본다. 그림뿐이겠는가. 시인 김문억은 걸쭉한 입담 같은 시어로 난을 읊은 것이 마치 어두운 색깔로 화사함을 표현했듯 시어가 될 성싶지 않은 걸쭉한 입담 같은 글로 난초의 고귀함을 읊었다. 김문억과 Gurung의 만남은 천생연분이다. 김문억 시인의 시를 옮겨 본다.

종각 지하도에서 손님 기다리다가 나랑 눈 마주치고 싼 값에 따라온 너/푼돈 몇 닢 주고 데려왔지만 양반 집 규수보다 때깔 좋고 수수한 애/천연덕스러운 지지배/아무렇게나 흙 묻은 바람 자락 걸쳐도 세수도 안 한 얼굴 이슬처럼 맑고나/이쁘다! 고개 들라 아가야/총명하고 날랜 모습 수줍음이 더하여 칼같이 곧은 눈매에 물이 촉촉 맺혔도다/오뉴월 땡볕에 눈이 오는 절개는 너무 높아 숨이 차더냐/춤사위 소매 끝동에 고개 사뿐 숙인 너/입 한 번 떼어 보거라/너는 대체 누군고? _김문억 ®

**Korea. 12th November 2004. KS#2418. Sc#2164b. Sarcanthus scolopendrifolius Makino**

▶ Technical Detail ··················································

Description : Sarcanthus scolopendrifolius Makino(지네발란)
Date of Issue : 12th November 2004
Value : 220 won
Color : Gravure 5 colors
Overall Size : 30×40mm
Perforation : 13
Sheet : 20 Stamps
Quantity : seven hundred thousand
Designer : Kim Sojung
Printed by : Korea Minting and Security Printing Corporation

Nepal Proverb ▶

He who cannot dance finds the stage uneven.
춤 못 추는 사람이 무대가 고르지 않다고 불평한다. **B**

# 춘란(春蘭) 이야기 2

Sarcanthus scolopendrifolius Makino

*Sarcanthus scolopendrifolius Makino(지네발란)은 여러해살이 상록성 착생란이다. 꽃은 잎겨드랑이에 서 나오며 연한 분홍색이고 5~6월에 핀다. 일본, 한국 등에 분포한다.

종각 지하도에서 나랑 눈 마주치고 헐값에 따라온 지난번에 얘기했던 전라도 촌 지지배가/오늘 아침 우리 집에서 애기 하나 낳았다/오롯이 눈을 뜨고 젖니 하나 돋았다/두고 온 고향을 못 잊어 하여 바람 냄새라도 맡아 보라고 가끔 창가에 내놓은 것뿐인데/혹여 빛과 바람이 와서 간음을 하고 간 것인가/난 그 지지배가 하도나 이뻐서 가끔 목욕을 시켜 책상에 올려놓고/가슴이 마구 뛰도 록 짝사랑을 해 온 것뿐인데/오메! 이 지지배 보게 난 정말 눈빛만 준 것뿐인데/ 어쩌자고 내 앞에 새끼를 내놓는고/술이나 마시고 세월이나 희롱하는 나를 꼼 짝 없이 끓어앉히고/동정녀로 내 앞에 오셨네요 _김문억

"며칠 있으면 흑룡의 해 윤 춘삼월이 오신다. 이제 우수가 지나고 봄이 오 는 리허설이 우리 집 베란다에서 시작되고 있다. 우리 집 베란다는 풍물 치는 소리로 꽃가마 다섯 채가 지나갈 참이고 족두리를 곱게 쓴 새색시 다섯이 합동으로 식을 올릴 참이다. 아! 생각만으로도 너무 좋아 꼴깍 죽어 자빠지 것다. 길할 참이다. 몸단장이 끝나도 얼굴을 들지 못하는 날 아파트 우리 라 인 입구에서 전시회나 열어 볼까?" 짝사랑 시인이 가져 본 욕심이다. **R**

**Korea. 12th November 2003. KS#2349. Sc#2133b. Cymbidium lancifolium Hook**

▶ Technical Detail ·······································

Description : Cymbidium lancifolium Hook(죽백란)
Date of Issue : 12th November 2003
Value : 190 won
Color : Gravure 5 colors
Overall Size : 30×40mm
Perforation : 13
Sheet : 20 Stamps
Quantity : 1 Million
Designer : Kim Sojung
Printed by : Korea Minting and Security Printing Corporation

Nepal Proverb ▶

Nice words fill no stomach.
아무리 좋은 말도 고픈 배를 채워 주지 않는다. **B**

# 난초가 나라 꽃인 국가들이 있다

Cymbidium lancifolium Hook

*Cymbidium lancifolium Hook(죽백란)은 여러해살이 자생란으로 10~20cm 정도 자란다.
*꽃은 연한 녹백색으로 7~8월에 피고 꽃차례에 2~6개의 꽃이 달린다. 중국, 일본, 대만, 히말라야, 인도차이나, 한국 등지에 분포한다.

우리나라의 나라 꽃은 무궁화다. 네팔의 나라 꽃은 로도덴드론(Rododendron)이다. 나라마다 그 나라를 상징하는 상징물을 갖고 있다. 대표적인 것이 나라 꽃이다. 나는 1989년 네팔의 돌카(Dolkha) 마을에 장미회(한국의 간질협회)와 더불어 자선병원 건축 기공을 하면서 병원 마당에 양국의 나라 꽃을 심어 작은 동산을 조성하고 싶었다. 10년, 20년 뒤면 양국의 나라 꽃이 잘 어울려 품위 있는 동산으로 자랄 것을 상상하면서 묘목을 기념으로 심었다. 포카라(Pokhara)에서 무궁화 몇 그루를 본 적이 있어서 그런 생각을 했었다. 결과는 아쉽게도 성공하지 못했다. 무궁화 꽃의 대가였던 고 류달영 교수에게 자문을 구하여 다시 심기를 시도했으나 관리 소홀로 역시 성공하지 못했는데 아쉽다.

이종석 박사가 쓴 『실용 한국의 난』이란 책에 실린 자료를 보면 난초를 나라 꽃으로 한 나라들이 여럿 있다. 난초가 나라 꽃이긴 해도 모든 나라들이 품종을 달리하고 있다. 난초를 나라 꽃으로 가진 나라들이 모두 난초처럼 고매할 것 같은 상상이 든다. 그 책에 의하면 코스타리카(Cattleya skinneri), 콜롬비아(Cattleya trianae), 프린스에드워드군도(Cypripedium humile), 미국의 미네소타주(Cypripedium pubescens), 스리랑카(Dendrobium rigidum), 과테말라(Licaste virginalia), 파나마(Peristeria elata), 싱가폴(Vanda) 등 여덟 개 나라다. ®

**Korea. 12th November 2003. KS#2351. Sc# 2133d. Bulbophyllum drymoglossum Maximowicz**

▶ Technical Detail ···········································

Description : Bulbophyllum drymoglossum Maximowicz(콩짜개란)
Date of Issue : 12th November 2003
Value : 190 won
Color : Gravure 5 colors
Overall Size : 30×40mm
Perforation : 13
Sheet : 20 Stamps
Quantity : 1 Million
Designer : Kim Sojung
Printed by : Korea Minting and Security Printing Corporation

He who is unfortunate will have prosperous brothers, he who is fortunate will have prosperous sons.

형제들이 돈이 많은 사람은 운 나쁜 사람이고, 자식들이 돈이 많은 사람은 운이 좋은 사람이다. **B**

# 난은 무어니 해도 향기다

Bulbophyllum drymoglossum Maximowicz

*Bulbophyllum drymoglossum Maximowicz(콩짜개란)은 여러해살이 상록성 착생란이다.
*꽃은 연노란색으로 5~6월에 핀다. 일본, 한국 등지에 분포한다.

난은 일찍부터 시인 묵객의 다정한 친구였다. 난을 가까이 함으로서 자신의 품위를 더 높게 만들었다. 난의 자태를 말하는 이가 있는가 하면 난 꽃을 극찬하는 이들도 있다. 어쨌든 난초란 가까이하기 어려운 존재처럼 보이지만 가깝게 하면 하는 이들의 품격을 높여 주었다.

이규보(李奎報, 1168~1241)는 호가 백운거사(白雲居士)로 고려 시대의 문관이다. 많은 저서를 남겼는데 우리들에게 익히 알려진 『동국이상국집(東國李相國集)』이 있다. 그의 문집에 이런 시 한 수가 실려 있다.

방으로 들어가니 난초 향기가 풍긴다
붓 잡고 시 한 수 휘두른 다음
수없이 권하는 술에 듬뿍 취했네

글을 읽으니 신선놀음이다. 그 신선놀음의 주체가 난초이니 귀하지 않을 수가 없을 것이다. 그가 시를 한 수 휘두르고 술에 취했던 것이 바로 난의 향기다. 방 안 가득한 향에 취한 거다. 그 은은한 향기를 어찌 글로 다 표현할 수 있을까. 오만 가지 말이라도 모자랄 그런 향기다. 선비들이 즐겼던 사군자(四君子) 중 으뜸으로 여기는 것이 난이다. 난 중에도 으뜸으로 삼는 것이 바로 난향이다. 그래서일까 난초하면 그 향을 으뜸으로 여긴다. ⓡ

**Korea. 12th November 2002. KS#2289. Sc#2108a Cymbidium Kanran Makino**

▶ Technical Detail ················································

Description : Cymbidium Kanran Makino(한란)
Date of Issue : 12th November 2002
Value : 190 won
Color : Gravure 5 colors
Overall Size : 30×40mm
Perforation : 13
Sheet : 20 Stamps
Quantity : 1 Million
Designer : Kim Sojung
Printed by : Korea Minting and Security Printing Corporation

Nepal Proverb ▶

If you a queen and I am a queen, who will fetch water from the spring?
너도 여왕이고 나도 여왕이면 누가 샘에 물 길러 가나? B

# 벌레는 싫어한다

Cymbidium Kanran Makino

*Cymbidium Kanran Makino(한란)은 여러해살이 상록성 자생란이며 20~50cm 정도 자란다. 꽃은 총
상 3~12개의 꽃을 피운다. 향기가 짙고 연노랑빛과 녹색, 홍색, 자색 등 혼합색 꽃이다.
*중국, 대만, 일본, 한국 등지에 분포하며 10~12월에 개화한다.

   난을 키우는 지혜를 담은 고전을 꼽으라면 단연 『난역십이익(蘭易十二翼)』이
란 문헌이다. 자료마다 지은이의 이름이 달라 헷갈린다. 송나라의 옥정옹이
라고도 하고 명나라의 풍경제(馮京第)라는 자료도 있다. 또 명나라 때 단계자
(簞溪子) 혹은 간계자(簡溪子) 라고도 적고 있다. 모두 동일 인물인지 아니면 다른
이름인지 잘 모르겠다. 어쨌든 난의 성향 등에 관한 백가(百家)의 이야기를 종
합해서 만든 지혜로운 난 관리법이다. 모두 12장으로 되어 있는데 난의 성질
을 파악할 수 있는 아주 중요한 지혜다. 이 가운데 이런 구절이 있다. 희인이
외충(喜人而畏蟲) 즉 난을 가꾸는 사람이 가까이 있는 것을 좋아하나 벌레는 싫
어한다는 뜻이다. 문득 사람에 비기면 친구란 단어가 생각난다.
   좋은 벗과 해로운 벗이 있다. 도움이 되는 좋은 벗은 성실한 벗, 정직한 벗
그리고 박학한 벗은 도움이 된다. 난을 좋아하는 사람들의 심기와 같다. 하
지만 편협한 벗, 빈말 잘하는 벗, 그리고 굽실거리는 벗은 해로운 벗이라 했
다. 이런 해로운 벗은 난이 싫어하는 벌레와 같다고 하겠다. '누군가를 알고
싶거든 우선 그 사람의 친구가 누구인가를 물어라'고 하는 터키의 속담이
있다. 난을 가꾸고 즐기는 사람 특히 이런 고전적인 지혜를 실천하는 난 애
호가가 있다면 그는 좋은 친구를 가진 사람일 것이다. 누구에게나 좋은 친
구가 될 것이다. Ⓡ

**Korea. 12th November 2002. KS#2290. Sc#2108b. Gastrodia elata Blume**

▶ Technical Detail ·······························

Description : Gastrodia elata Blume(천마)
Date of Issue : 12th November 2002
Value : 190 won
Color : Gravure 5 colors
Overall Size : 30×40mm
Perforation : 13
Sheet : 20 Stamps
Quantity : 1 Million
Designer : Kim Sojung
Printed by : Korea Minting and Security Printing Corporation

# 천마는 뇌 질환에 최고의 신약(神藥)이다

Gastrodia elata Blume

*Gastrodia elata Blume(천마)는 여러해살이로 부생란이다. 10~100cm 정도 자란다. 꽃은 총상꽃차례로 10~40개 정도의 노란색, 갈색, 흰색, 녹색빛 꽃이 5~8월에 핀다. 중국, 일본, 한국 등지에 분포한다.

천마는 일찍부터 한약재로 사용되었다. 『향약집성방(鄕藥集成方)』에 의하면 '맛은 맵고 성질은 평하고 독이 없다. 풍습으로 인한 여러 가지 마비증, 팔다리가 오그라드는 것, 어린이의 풍간, 잘 놀라는 것을 치료하고 허리와 무릎을 잘 쓰게 하며 근력을 높여 준다. 오래 먹으면 기운이 나고 몸이 거뜬해지며 오래 산다. 산에서 자라며 음력 5월에 뿌리를 캐어 햇볕에 말린다.' 고 적고 있다.

여러 문헌에 의하면 광범위하게 처방된 약재다. 간질, 고혈압, 뇌졸중, 두통, 정신분열증, 우울증, 강장보호, 강정제, 현기증 등에 특효가 있단다. 종합해 보면 첫째 신경을 튼튼히 해 주고, 둘째 청혈 해독 소염 항암 작용이 있고, 셋째 내장을 튼튼히 해 준다. 참 신통한 약재다. 술이 빠질 수가 있겠는가. 천마를 소주에 담궈 1년 이상 숙성시켜 마시면 효험이 많다고 한다.

이름 뜻으로 보면 천마는 '하늘에서 떨어져 마목병(痲木病,신체가 마비가 되는 병)을 치료하는 약초란 의미를 지녔다.' 고 한다. 우리가 흔히 알고 있는 마(麻)와는 다르다. 마는 즙을 내면 끈적한 점성이 있지만 천마는 그런 점성이 없다. 최근 들어 천마의 성분 분석을 통한 연구들이 많이 진행되고 있다. **R**

**Korea. 12th November 2001. 2185. Sc#2066c. Habenaria radiata(Thubu) spreng**

▶ Technical Detail ·········································

Description : Habenaria radiata(Thubu) spreng(해오라기난초)
Date of Issue : 12th November 2001
Value : 170won
Color : Gravure 5 colors
Overall Size : 30×40mm
Perforation : 13
Sheet : 20 Stamps
Quantity : 1 Million & 2 hundred fifty thousand
Designer : Kim Sojung
Printed by : Korea Minting and Security Printing Corporation

Nepal Proverb ▶

He who carries the load knows the weight.
짐을 진 자가 짐 무게를 안다. **B**

# 이슬은 구슬이 되어 마디마디 달렸다

Habenaria radiata(Thubu) spreng

*Habenaria radiata(Thubu) spreng(해오라기난초)는 여러해살이로 반수생 난초다. 15~40cm 정도 자란다. 꽃차례는 줄기 끝에 1~2개 꽃이 피는데 흰색 꽃이다. 7~8월이 개화기다. 일본, 한국 등지에 분포한다.

근대 시조시인으로 시조의 부흥을 위해 노력을 많이 한 분이 가람 이병기(李秉岐, 1891~1968) 선생이다. 1939년 『가람 시조집』을 발간한 이래 많은 시조집과 학술 저서를 남겼다. 주로 전북대학교에서 후학을 가르쳤으며 서울대와 중앙대학교에서도 후학을 가르쳤다. 난초에 관한 시가 없을 수 없다. 그의 난초 시 4를 옮겨 본다.

　빼어난 가는 잎새 굳은 듯 보드랍고
　자줏빛 굵은 대공 하얀한 꽃이 벌고
　이슬은 구슬이 되어 마디마디 달렸다

　본디 그 마음은 깨끗함을 즐겨하여
　정(淨)한 모래 틈에 뿌리를 서려 두고
　미진(微塵)도 가까이 않고 우로(雨露) 받아 사느니라
　_이병기 〈난초 4〉

한 평자는 이렇게 말했다. "난초의 청신(淸新)한 외모와 고결한 내적 품성인 외유내강(外柔內剛)을 예찬한 작품으로 난초를 의인화하여 노래한 작품이다. 고결하게 살고자 하는 시인의 소망뿐 아니라 우리 모두의 지향점을 일깨워주고 있다." R

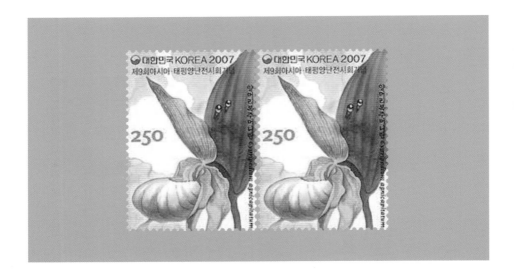

**Korea. 16th March 2007. 2549. Sc#2245. Cypripedium agnicapitatum Y.N.Lee**

▶ Technical Detail ·······················································

Description : Cypripedium agnicapitatum Y.N.Lee(양머리복주머니란)
Date of Issue : 16th March 2007
Value : 250 won
Color : Gravure 5 colors
Overall Size : 26×36mm
Perforation : 13
Sheet : 20 Stamps
Quantity : 1 Million &
Designer : Shin Jae Yong
Printed by : Korea Minting and Security Printing Corporation

# 꽃술 한번 터뜨리면 온갖 풀의 으뜸이오니

Cypripedium agnicapitatum Y.N.Lee

*여러해살이풀로 양머리복주머니란은 복주머니란과 노랑복주머니란의 자연 교잡종 꽃이다. 꽃 모양
의 첫 인상이 양의 머리를 닮았다고 해서 붙여진 이름이다. 50~60cm 정도 자라며 잎은 20cm 정도의
달걀 모양이다. 꽃은 꽃대 끝에 한 개씩 달린다. 노란색과 자주색이 섞인 꽃이며 중국과 한국 등지에
분포한다.

난초 그림 가운데 허난설헌(許蘭雪軒, 1563~1589)이 그린 난초 그림이 하나 있다.
이 난초 그림의 화제로 쓴 글이 있는데 다음과 같다. '그 누가 알리요, 그윽
한 난초의 푸르름과 향기/세월이 흘러도 은은한 향기 변치 않는다네/세상
사람들 연꽃을 더 좋아한다 말하지 마오/꽃술 한번 터뜨리면 온갖 풀의 으
뜸이오니'

연꽃도 아름답지만 난초가 꽃술을 한번 터뜨리면 당할 꽃이 없다는 표
현으로 난초 천하 제일론을 편다. 이런 표현은 비단 허난설헌뿐만이 아니
라 당대의 유명한 문필가들은 앞다투어 난초 꽃을 예찬하는 것을 보면 천
하제일이란 표현이 어색하지 않다. 허난설헌은 홍길동전으로 유명한 허균
의 친 누나다. 그녀의 사후에 허균의 노력으로 세상에 빛을 본 『난설헌집』
이 중국에서 출간되고 일본에서도 간행되었다. 양머리복주머니란(Cypripedium
agnicapitatum)은 우사사의 김영식 회원이 알려 준 정보이다. 2002년 이화여대 교
수였던 식물학자 이영노(李永魯, 1920~2008) 박사가 백두산에서 처음 발견한 신종
난초다. 별칭 양머리개불알꽃이란 이름도 갖고 있다. 백두산의 참나무와 활
엽수 아래 반그늘에서 자생하며 꽃은 줄기 끝에 한 송이씩 달린다. 꽃대 길이
는 1.5cm 샘털도 있다. 잎은 달걀 모양 길이 20cm, 줄기는 50~60cm 양면에
털이 있다. 양머리는 서양 사람 머리를 닮았다고 해서 붙여진 이름이다. ®

**Korea. 26th July 1991. KS#1651. Sc#1601. Aerides Japonicum**

▶ Technical Detail ·······················································

Description : Aerides Japonicum(나도풍란)
Date of Issue : 26th July 1991.
Value : 100 won
Color : Gravure 6 colors
Overall Size :
Perforation : 13
Sheet : 20 Stamps
Quantity : 2 Millions
Designer : Lee Haeok
Printed by : Korea Minting and Security Printing Corporation

# 이 맑음에 씻기어

Aerides Japonicum

*기근은 굵고 줄기는 짧다. 잎은 두꺼운 육질이며 좁은 장타원형으로 8~15cm 정도다. 꽃은 담녹색을 띤 흰색으로 꽃대당 4~10송이가 피고 향기가 매우 짙다. 5~7월에 개화한다. 제주도와 남해안 섬들에 분포하나 며로풍란에 비해 잎이 대형이라 대엽풍란 또는 대엽란이라고도 부른다. 제주도와 남해안의 여러 섬에 분포하나 멸종 위기에 있어 환경부 보호지정으로 관리하고 있다.

난초하면 시인이나 묵객들의 단골 메뉴다. 그만큼 사랑과 관심의 대상이었기 때문이다. 나 같은 범인은 범접하기 어려운 난초라고 생각했었다. 시조시인 이영도(李永道, 1916~1976) 선생이 생각난다. 1957년 부산여대 강사였던 선생의 동래 자택을 찾았을 때 왠지 선생이 난초 같다는 생각을 한 적이 있다. 당시 유명했던 청마 유치환과의 연문 때문이었을까(유치환과 나눈 연서가 무려 5,000통이란다). 그래서 찾아본 이영도 시인의 난초 시 한 편이다.

희끄무레 새벽 빛이 열려 오는 장지를 배경하고/유연하게 뻗어 오른 난초 잎에 받들려 방금 벌어지고 있는 꽃송이의 맑음!/이 맑음에 씻기어 나의 주위는 소리 없이 정화되어 가고 있다/여기 한 송이의 작은 난초 꽃 속에/지금 우주에 흩어져 있던 미(美)의 정기(精氣)가 와서 괴고 있다 _이영도 〈난초 앞에서〉

이영도 시인은 죽순 동인으로 1954년 첫 시조집 『청저집(靑苧集)』을 발행했다. 이후 줄곧 부산 지역을 중심으로 문학 활동을 하신 분이다. 친오빠인 이호우(李鎬雨, 1912~1970) 시조시인은 대구에서 활동한 시조시인이며 언론인이다. 대학교 시절 자주 뵙고 지도를 받았던 인연이 있다. R

**Korea. 20th May 1979. KS#1136. Sc#1152. Neofinetia falcate**

▶ Technical Detail ·······················································

Description : Neofinetia falcate(풍란)
Date of Issue : 20th May 1979
Value : 20 won
Color : Gravure 4 colors
Overall Size :
Perforation : 13
Sheet : 25 Stamps
Quantity : 5 Millions
Designer : Ahn Seunggyung
Printed by : Korea Minting and Security Printing Corporation

# 난초는 궁금해/꽃 피는 거라

Neofinetia falcate

*풍란(風蘭, Neofinetia falcate)은 한국, 일본 등지에서 자생하는 난초과의 상록성 여러해살이 꽃이다. 우리나라에선 제주도, 전남, 진도, 홍도, 흑산도, 경남의 통영, 거제, 고성 등에서 자생한다. 꽃은 흰색인데 붉은색도 있다. 향기가 진하고 3~4송이의 꽃이 주로 6~7월에 개화한다.

시인하면 미당 서정주(未堂 徐廷柱, 1915~2000) 선생이 떠오른다. 1941년 『화사집(花蛇集)』을 첫 발간하면서 만년에 이르기까지 많은 서정시를 남겼다. 그가 일생 동안 시정에 쌓여 남겼던 서정시들이 아주 토속적이다. 토속적인 만큼 친근감이 있다. 이런 시인이 난초를 마다할 이치가 없다. 그래서 찾아본 미당의 난초 시다. 옮겨 본다.

하늘이/하도나/고요하시니//
난초는 궁금해/꽃 피는 거라
_서정주 〈난초〉

난초가 꽃 피는 이유가 그런 것이구나. 고요한 하늘이 궁금해서 피는 것이구나. 이런 난초 시도 있다.

한 송이 난초 꽃이 새로 필 때마다
돌들은 모두 금강석(金剛石)빛 눈을 뜨고
그 누들은 다시 날개 돋친 흰 나비 떼가 되어
은하(銀河)로 은하로 날아오른다
_서정주 〈밤에 피는 난초〉 R

**Korea. 22th April 1996. KS#1857. Sc#1869. Cypripedium macranthrum Swartz**

▶ Technical Detail ·············································

Description : Cypripedium macranthrum Swartz(개불알꽃)
Date of Issue : 22th April 1996
Value : 150 won
Color : Gravure 6 colors
Overall Size :
Perforation : 13
Sheet : 20 Stamps
Quantity : 2 Millions
Designer : Kim Imyong
Printed by : Korea Minting and Security Printing Corporation

Nepal Proverb ▶

Charcoal will not become white by polishing it.
석탄을 씻는다고 희게 되지 않는다. B

# 왜 하필 개불알인가

Cypripedium macranthrum Swartz

*Cypripedium macranthum Swartz(개불알꽃)은 습지에서 자라는 여러해살이 자생란이다. 25-40cm 정도 자란다. 꽃은 적자색 또는 연분홍색으로 줄기의 끝에 한 개씩 핀다. 5~6월에 핀다. 일본, 중국, 태국, 몽고, 시베리아, 히말라야, 중앙아시아 등 광범위하게 분포하며 우리나라는 500m 정도 고도에 널리 분포한다. 제주도와 울릉도엔 자라지 않는다.

  꽃 이름이 참 기이하다. 개불알꽃이다. 개의 불알처럼 생겼다고 해서 그런 이름이 붙여진 것일까. 개불알이 순수한 우리말이니깐 친근감이 있다. 그런데 이름을 따라 검색해 보니 이런 사연이 감추어져 있었다. 이 개불알꽃이란 이름은 일본 사람들이 이누노후꾸(犬陰囊)란 이름을 그대로 번역해서 쓰는 이름이다. 일본말 이누노후꾸란 말이 개불알이란 뜻이다. 같은 꽃을 복주머니난이라고도 부른다. 꽃의 생김새가 복주머니를 닮았다고 해서 부르는 이름이다.

  어떤 기록을 보면 개불알달(Kaipuraltal)이란 이름도 보인다. 일제강점기에 일본 사람들이 조사한 이 꽃의 이름을 이렇게 영문으로 표시한 것을 보면 우리나라 발음대로 적은 것은 아닌지 궁금하기도 하다. 요강꽃이라고도 부른다. 같은 꽃인데 그 이름이 여럿이지만 국어사전에 올라 있는 정식 명칭은 개불알꽃이다. ℝ

**Korea. 12th November 2004. KS# 1685. Sc#2164c. Calanthe sieboldin Decne**

▶ Technical Detail ·············································

Description : Calanthe sieboldin Decne(금새우난초)
Date of Issue : 12th November 2004
Value : 220 won
Color : Gravure 5 colors
Overall Size : 27×37mm
Perforation : 13
Sheet :
Quantity : 1 Million
Designer : Kim Sojung
Printed by : Korea Minting and Security Printing Corporation

Nepal Proverb ▶

The knife may forget but not the wood.
칼은 잊을지 모르나(칼에 맞은) 나무는 잊지 않는다. **B**

# 무지가 난초처럼 조용하다면
# 얼마나 좋겠는가

Calanthe sieboldin Decne

*여러해살이풀로 자생란이다. 20~50cm 정도 자라고 해마다 한 마디씩 늘어나 새우등 같다고 해서 붙여진 이름이다. 잎은 넓은 타원형이고 길이가 20~30cm 정도다. 꽃은 노란색으로 5~20개 정도 4~6월에 핀다. 한국, 일본 등지에 분포한다.

고은(高銀, 본명: 고은태(高銀泰, 1933~ )은 대한민국의 대표적 참여시인이자 소설가이다. 1960년 첫 시집 『피안감성(彼岸感性)』을 내고 1962년 10년의 승려 생활을 접고 환속하여 본격적인 시작 활동에 몰두했다. 2005년 이래 지금까지 계속 노벨 문학상 후보에 오르고 있다. 그의 난초 시 한 수를 옮겨 본다.

무지가 난초처럼 조용하다면
얼마나 좋겠는가
그러나 무지는 반드시 행위로 나타난다

이윽고 오늘 아침 난초 꽃이 피어났다
괜히/밖에서 백합꽃도 피었다
긴 장마 동안
아무런 꽃도 필 수 없다가

오 무지여 암흑의 행위여 가거라
이 꽃들에게/할 말이 없을 때가
얼마나 영광인가
_고은 〈난초 앞에서〉 ℝ

**Korea. 4 October 1994. Ks# 1792 & Sc#1757. Lycoris aurea Herb**

▶ Technical Detail ·······································

Description : Lycoris aurea Herb(개상사화)
Date of Issue : 4 October 1994
Value : 130 won
Color : Gravure 6 colors
Overall Size : 23×33mm
Perforation : 13
Sheet : 4×5
Quantity : 2 Millions
Designer : Chang Chung-hack
Printed by : Korea Minting & Security Printing Corporation

# 스태미나는 꽃의 수술이다

Lycoris aurea Herb

*Lycoris aurea Herb(개상사화)는 수선화과의 여러해살이풀이다. 비늘줄기는 둥글고 잎은 뭉쳐나며, 7~8월에 황색꽃이 5~10송이 핀다. 제주, 전남 지역에 분포한다.

한동안 스태미나란 용어가 유행한 적이 있다. 정력이 왕성한 사람을 두고 스태미나가 좋다는 표현을 하고 어떤 음식은 스태미나를 증진시켜 준다고 해서 스태미나식이라고도 했다. 다른 말로는 호르몬식이라고도 불렀다. 이 스태미나란 용어의 근본을 찾아보면 꽃의 수술에서 유래한 재미난 용어다. 스태미나(Stamina)의 본래 뜻은 '꽃의 수술'을 의미한다. 다른 뜻으로는 '본질(本質)', '종사(縱絲)' 등이 있다. 스태미나의 라틴어 어원(語源)을 보면 스태이멘(Stamen, 수술)에서 유래되었으며 스태미나는 수술이 2개 이상일 때 사용되는 복수형 수술이다.

암술은 꽃의 중심부에 위치하고 이 암술을 중심으로 스태미나(수술)가 여럿 둘러싸고 있다. 수술의 끝엔 꽃가루(수분) 덩이가 있다. 이 꽃가루 뭉치는 하나 둘이 아니라 많은 수술의 강력한 번식력을 가진 생식세포가 뭉쳐 있는 것이다. 이 꽃가루가 암술에 닿아 가루받이를 통해 열매를 만드는 것이니 이런 연유로 해서 '정력, 체력, 원기, 스태미너'의 뜻으로 쓰이게 되었다. ⓡ

**Korea. 20 December 1993. Ks# 1747. Sc#1751. Weigela bortensis K Koch**

▶ Technical Detail ································································

Description : Weigela bortensis K Koch(골병꽃)
Date of Issue : 20 December 1993
Value : 110 won
Color : Gravure 6 colors
Overall Size : 23×33mm
Perforation : 13
Sheet : 4×5
Quantity : 2 Millions
Designer : Chang Chung-hack
Printed by : Korea Minting & Security Printing Corporation

Nepal Proverb ▶

There is no remedy for the shameless.
파렴치한 것에는 약이 없다. B

# 마음에 핀 꽃

Weigela bortensis K Koch

*인동과의 낙엽활엽관목으로 높이 2~3m나 자란다. 잎 가장자리에 잔 톱니가 있다. 6월에 홍색 꽃이 피며 한국, 일본 등지에 분포한다.

꽃을 보고 아름답다고 하지 않는 사람이 없다. 시인이면 미문여구(美文麗句)로 꽃의 아름다움을 더욱 돋보이게 한다. 화가라면 꽃을 실물보다도 더 아름답게 그린다. 꽃은 아름다움 그 자체다. 다른 사물들도 아름다운 것이 많은데 이 아름다움을 표현할 때 꽃같이 아름답다는 말로 아름다움의 극치를 표현한다. 사람이 아름다워도 꽃에 비유한다. 여성의 아름다움은 말할 것도 없지만 남성의 아름다움도 꽃에 비유한다. 얼굴이 잘 생긴 남자를 미남 또는 미남자라고 부른다.

꽃미남. 미남이란 말로도 충분히 남성의 아름다움을 표현했음에도 불구하고 미남의 앞에 꽃을 붙여 더 이상 아름다울 수 없다는 강렬한 표현을 할 때 꽃을 붙여 준다. 명사 앞에 꽃 자가 붙으면 더 이상의 명사가 없다. 꽃미녀와 꽃미남이 꽃마차를 타고 꽃동산을 오르면 별유천지일까 상상해 본다. 팔만대장경이 이르기를 '하늘과 사람 세계에서는 볼 수 없는 훌륭한 꽃. 나무에 핀 꽃이 아니라 마음에 핀 꽃. 즉 도나 말씀 믿음을 가리킨다.'고 했다. 꽃미녀, 꽃미남, 꽃마차가 별유천지가 아니구나. ®

**Korea. 22 June 1992. Ks# 1747. Sc#1606. Lycoris radiate Herb**

▶ Technical Detail ··········································

Description : Lycoris radiate Herb(꽃무릇)
Date of Issue : 22 June 1992
Value : 100 won
Color : Gravure 5 colors
Overall Size : 23×33mm
Perforation : 13
Sheet : 4×5
Quantity : 2 Millions
Designer : Chang Chung-hack
Printed by : Korea Minting & Security Printing Corporation

It is the mind that wins or loses.
이기고 지는 것은 마음에 있다. **B**

# 오이디푸스 콤플렉스(Oedipus Complex)

Lycoris radiate Herb

*수선화과 상사화속 여러해살이풀이다. 석산(石蒜) 또는 붉은 상사화라고도 부른다. 꽃과 잎의 피고 지는 시기가 달라 마주치지 않는다. 구근엔 독이 있다.

인격발달과정에서 5살 전후 시기를 정신분석학에선 오이디푸스 시기라고 한다. 이 시기에 겪는 상상적 근친상간을 오이디푸스 콤플렉스라고 말한다. 이성의 부모에 대한 사랑과 동성의 부모에 대한 증오를 오이디푸스 신화에서 인용한 가설이다. 이 꽃무릇에 따라온 설화 가운데 하나가 천상의 오누이 이야기가 있다. 하늘에 있던 오누이가 이루지 못할 사랑을 하자 신이 꽃으로 환생시켜 지상으로 유배를 보냈고 꽃(누나)과 잎(동생)은 서로 피는 시기가 달라 영영 만나지 못하게 됐다고도 한다. 우리나라의 절간에서 많이 볼 수 있는 꽃인데 사람들은 스님이 이루어질 수 없는 사랑을 하며 심은 풀이 붉은 상사화라고 상상한다. 그래서일까 슬픈 추억, 죽음, 환생, 잃어버린 기억이라는 꽃말을 갖고 있다.

꽃과 잎, 누나와 동생 외에는 누구도 근접하지 못하도록 해서일까 구근엔 독이 있다. 유독성이 있는 다년생의 구근이나 인경에 알카로이드(리코닌, 가란타민, 세키사닌, 호로리쿨린 등)를 많이 포함한 유독성 물질이 있어 잘못 먹었을 때에는 구역질이나 설사, 심할 경우에는 중추신경의 마비로 죽을 수도 있다. ⓡ

**Korea. 4 October 1994. KS#1791. Sc#1606. Geranium eriostemon var. megaranthum Nakai**

▶ Technical Detail ·····························································

Description : Geranium eriostemon var. megaranthum Nakai(꽃쥐손이)
Date of Issue : 4 October 1994
Value : 130 won
Color : Gravure 6 colors
Overall Size : 23×33mm
Perforation : 13
Sheet : 4×5
Quantity : 2 Millions
Designer : Chang Chung-hack
Printed by : Korea Minting & Security Printing Corporation

Nepal Proverb ▶

Too much sugar is bitter.
설탕도 지나치면 맛이 쓰다. **B**

# 꽃쥐손이 시 한 수를 옮긴다

Geranium eriostemon var. megaranthum Nakai

*여러해살이풀로 높은 지대의 풀섶에 자란다. 줄기에 거친 털이 많다. 5~7월에 한 꽃대에 3~10개의 연한 보라색 꽃을 피운다.

화들짝 당신 모습/쥐손은 아니더라//또릿한 꽃둘레가/둥글둥글 굴렀어라//손바닥 다섯이 모여/감싸 안은 송이더라//쥐방울 목에 걸고/약 올린 고양이라//쥐구멍 쏜살같이/달아나는 그림자라//왕초는 쥐 세계에도/버젓이 설치더라
 _신순애 〈꽃쥐손이〉

꽃을 생물학적으로만 설명한다면 식물에서 씨를 만들어 번식 기능을 수행하는 생식기관을 말한다. 사람들은 생식기관을 성기라고 표현하면서 엄밀하게 감춘다. 꽃은 곤충을 유혹하기 위해 꽃잎을 활짝 연다. 감추지 않는다. 벌레들을 유혹하기 위해 가장 눈에 잘 띄는 아름다운 색깔로 꽃잎의 자태를 뽐낸다. 시각적인 아름다움뿐만 아니라 후각적인 아름다운 꽃향기까지 뽐는다. 꽃은 곤충들이나 다른 매체의 도움이 없이는 수분이 불가능하다. 그래서 시각과 후각을 만족시키는 강한 중독성으로 곤충과 매체를 유혹한다. 꽃은 참 의리가 있다. 그렇게 유혹당해 온 곤충을 미각적으로 달콤한 꿀을 선사함으로써 수분의 성공에 답례를 치른다. 흔히 나비나 벌들로 대표되는 유혹당한 벌레들은 꽃술의 꿀을 따기 위해 이리저리 옮기다 수술의 꽃가루를 암술에 옮기기도 하지만 일부분은 다리에 묻혀 다른 곳으로 옮겨 가기도 한다. 생각하면 참 잘 짜인 전략 같다. 서로 원원하는 전략이다. 지혜로운 전략이다. ®

**Korea. 24 July 1995. ks#1823. Sc#1762. Iris odoesanensis Y. Lee**

▶ Technical Detail ········································

Description : Iris odoesanensis Y. Lee(노랑무늬붓꽃)
Date of Issue : 24 July 1995
Value : 130 won
Color : Gravure 5 colors
Overall Size : 23×33mm
Perforation : 13
Sheet : 4×5
Quantity : 2 Millions
Designer : Chang Jung-Hak
Printed by : Korea Minting & Security Printing Corporation

How long can the rotten meat be concealed?
썩은 고기를 언제까지 숨길 수 있을까? **B**

# 중매를 잘하면 술이 석 잔이고

Iris odoesanensis Y. Lee

*크기는 20cm 정도 자라며 오대산, 대관령, 태백산과 경북 일원에 분포해 자라는 여러해살이풀이다. 한국특산 식물이다. 꽃은 꽃줄기에 두 송이씩 6~8월에 걸쳐 핀다.

황조롱 나래 올려/창공을 바라본다//어디까지 올라가야/그대를 마주 할까//꿈길은/멀기도 해라/구름 카페 문전은//붓 끝에 노랑 물감/빼꼼히 내밀고서//직립의 화살촉들/수없이 준비한다//활시위/당기면 날으리/노랑나비 왈츠춤
_신순애 〈노랑 붓꽃〉

꽃은 스스로 수분하지 못한다. 누군가의 조력이 있어야 수분이 이루어지고 열매를 맺게 된다. 가장 널리 알려진 것으로 충매화(蟲媒花)가 있다. 말 그대로 곤충에 의해 중매된다. 바람에 의해 중매되는 풍매화(風媒花)도 있다. 바람에 꽃가루가 날려 수분을 시키는 경우다. 물로 진행되는 수매화(水媒花)도 있다. 새가 중매쟁이면 조매화(鳥媒花)라고 부른다.

중매쟁이가 꽃과 나비로 대표되는 충매화, 바람이 중매하는 풍매화, 물이 중매하는 수매화 모두 수고한 중매비를 톡톡히 받아 간다. 사람들은 중매를 잘하면 술이 석 잔이고 못하면 뺨이 세 대란 속담이 있다. 사람 중매꾼은 때때로 뺨 맞는 중매쟁이도 많은데 꽃 중매쟁이는 하나같이 술이 석 잔이다. 하긴 꽃 중매를 잘못했다고 해도 중매쟁이를 찾을 길 없으니 사람 틈새의 중매보단 훨씬 평화로울 것 같다. 절제된 아름다움이 꽃말이다. R

**Korea. 22 June 1992. ks#1683. Sc#1607. Commelina communis L**

▶ Technical Detail ·········································

Description : Commelina communis L(닭의 장풀)
Date of Issue : 22 June 1992
Value : 370 won
Color : Gravure 5 colors
Overall Size : 23×33mm
Perforation : 13
Sheet : 4×5
Quantity : 2 Millions
Designer : Chang Jung-Hack
Printed by : Korea Minting & Security Printing Corporation

# 수동성과 능동성

Commelina communis L

*닭의 장풀과에 속하는 한해살이풀이다. 다른 이름으로 달개비, 닭밑씻기 등으로도 불린다. 4~5월에 습지나 물가 집주변 등에 덩굴 형식으로 자생한다. 줄기가 땅에 닿으면 뿌리를 내린다. 6월경 보라색 꽃이 핀다. 오염된 수질과 토양을 정화시키는 역할도 한다. 약용이나 차로도 쓴다.

　꽃이 수동적인 속성을 가졌기 때문에 여성을 꽃에 비유하는 것이 많다. 꽃이 수동적이란 표현은 아마도 스스로 수분을 할 수 없는 사정 때문에 붙여진 말일 것 같다. 수술과 암술이 함께 있는 꽃이라도 수술의 화분이 능동적으로 암술에 다가가지 못한다면 비단 암술의 탓만으로 수동적이라 말하는 것은 모순이다. 암술, 수술 모두가 수동적이다. 이에 비해 정신분석학의 한 가설을 빌리면 인간에 있어서 여성은 수동적이고 남성은 능동적이란 설명을 하면서 내놓은 논리가 재미있다. 난자는 생산은 되지만 스스로 움직이는 능력이 없다. 정자는 스스로 헤엄쳐서 난자를 향해 움직인다. 그런 생물학적 근거로 여성 심리는 소극적인 수동성이고 남성 심리는 적극적인 능동성이란 설명을 했다. 여기에서 다른 한 연구는 정자가 스스로 헤엄을 쳐서 난자에 이르는 것이 아니라 난자가 정자의 헤엄을 돕고 난자의 세포막을 뚫고 수정할 수 있도록 돕는다는 설명이다. 꽃잎이 화려하게 매개자를 유혹하듯이 난자도 정자가 보다 쉽게 다가올 수 있도록 돕는다는 사실이 참 신기하다. 닭의 장풀은 꽃술이 여럿인데 위에 있는 3개는 헛꽃이고 아래 3개는 진짜 꽃이다. 신비한 생존 번식 전략이다. ℝ

**Korea. 24 July 1995. ks#1821. Sc#1759. Halenia curniculata(L) Cornaz**

▶ Technical Detail ·······································

Description : Halenia curniculata(L) Cornaz(닻꽃)
Date of Issue : 24 July 1995
Value : 130won
Color : Gravure 5 colors
Overall Size : 23×33mm
Perforation : 13
Sheet : 4×5
Quantity : 2 Millions
Designer : Chang Jung-Hack
Printed by : Korea Minting & Security Printing Corporation

# 처절해서 아름다운 꽃잎

Halenia curniculata(L) Cornaz

*용담과의 한해 또는 두해살이 풀이며 10~60cm 정도 자란다. 꽃은 녹색을 띤 엷은 노란색이며 6~8월에 핀다. 산지나 초원에서 자생하며 한국, 일본, 동유럽 등지에 분포한다. 멸종 위기 II급이다.

　우리들이 흔히 꽃이 아름답다고 하는 것은 꽃의 모양이나 꽃이 갖는 화사한 색깔이나 아니면 꽃이 풍기는 꽃향기 때문일 것이다. 이 가운데서도 꽃잎이 우리들로 하여금 아름다움을 시각적으로 느끼게 하는 원천일 것 같다. 꽃잎(화판, 花瓣, petal)은 꽃의 본체(생식기관)를 둘러싸는 변형된 잎으로 영양기관이다. 나비, 벌 등 수분(受粉)을 하는 곤충들을 유혹하기 위해 화사한 색을 띠기 때문에 인간이 꽃에 부여하는 미(美)의 가치의 핵심이 된다. 역시 옷이 날개다. 꽃잎의 소임은 유혹에 있다. 암술에 수술의 화분을 옮겨 줄 누군가를 유혹하는 것이 소임이다. 암술과 수술이 스스로의 힘으로 만날 수 없다면 누군가의 조력이 필요하다. 이 조력자를 유혹하는 소임을 꽃잎이 한다. 우리들은 활짝 핀 꽃을 좋아한다. 지는 꽃을 좋아하지 않는다. 우리들도 수분에 일조하는 것은 아니지만 꽃잎의 유혹에 빠져 시각적으로 즐긴다. 그런데 소임을 다 하고 진 꽃잎을 보고 즐기는 사람은 없다. 지는 꽃잎의 모습은 처절하다. 처절해서 아름답다. ⓡ

**Korea. 20 december 1993. KS# 1750. Sc#1752. Caltha Parustris Linne**

▶ Technical Detail ················································

Description : Caltha Parustris Linne(동의나물)
Date of Issue : 20 december 1993
Value : 110 won
Color : Photogravure 4 Colors
Overall Size : 23×33mm
Perforation : 13
Sheet : 20 Stamps
Quantity : 2 Millions
Designer : Chang Chung-Hack
Printed by : Korea Minting & Security Printing Corporation

# 유혹하면서 기다리는

Caltha Parustris Linne

*동의나물은 여러해살이풀로 50~70cm 정도 자라며 노랑꽃이 4~5월에 핀다. 미나리아재비과에 속하고 산지의 물가에 산다. 한국, 중국, 일본, 러시아 등지에 분포하고 우리나라는 제주도를 제외한 전지역에 산다. 줄기와 뿌리는 약용으로 사용되며 독성이 강하다(식용불가).

꽃봉오리는 꽃이 피기 이전 맺혀서 아직 피지 않은 꽃을 말한다. 꽃이 활짝 핀다는 것은 암술과 수술을 드러내면서 활짝 꽃잎을 연다는 것이다. 꽃봉오리 상태에선 수분이 불가능하다.

꽃이 활짝 열리면 수술과 암술이 드러나 수분할 차비를 차린다. 그런 의미에서 보면 꽃봉오리는 생식(生殖)이 불가능한 사춘기 이전의 사람에 비유되며 꽃이 핀 상태는 생식이 가능한 사춘기 이후의 가임기(可妊期)에 비견된다. 동물들은 발정기가 되면 수컷들이 암컷을 차지하기 위해 혈투를 벌인다. 힘이 쎄야 암컷 차지를 한다. 식물들은 자신들이 움직일 수가 없으므로 수술의 꽃가루를 옮기는데 다양한 수단을 동원하게 된다. 특히 충매화의 경우 우리가 일반적으로 아는 아름답고 다양한 색을 띠고 꿀을 품고 곤충이 날아오기를 유혹하면서 기다린다. 곤충이 날아오지 않으면 수분을 할 수가 없다. 수분이 안 되니 열매를 맺을 수가 없다. 그런 수동적인 자세는 적극적으로 곤충을 유혹하는 수밖에 없을 것이다. 그래서 아름다운 꽃잎을 갖고 달콤한 꿀을 가졌나 보다. 마냥 기다리기만 하는 수동성이 아니라 유혹하면서 기다리는 수동적 능동성이다. ®

**Korea. 26 july 1991. KS#1650. Sc#1603. Aquilegia buergeriana var oxysepala**

▶ Technical Detail ·······························

Description : Aquilegia buergeriana var oxysepala(매발톱꽃)
Date of Issue : 26 july 1991
Value : 370 won
Color : 6 Colors
Overall Size : 23×33mm
Perforation : 13
Sheet : 10 Stamps
Quantity : 2 Millions
Designer : Lee Hye-Ok
Printed by : Korea Minting & Security Printing Corporation

Nepal Proverb ▶

One man's misfortune may be a fortune for another.
한 사람의 불행이 딴 사람에게 행운일 수 있다. **B**

# 바람둥이 꽃도 있다

Aquilegia buergeriana var oxysepala

*미나리아재비과에 속하는 여러해살이풀이다. 50~100cm 정도 자라며 꽃은 자갈색이며 6~7월에 핀다.
한국, 만주, 시베리아 등지에 분포한다.

늠름한 기상 닮아/공격의 자세런가//굴하는 바보 아닌/용맹의 장수여라//
장엄한 지휘관의 품세/전진 뿐인 승전고//지상을 굽어 보는/하늘의 왕자련가//
단숨에 낚아 올릴/직시의 광채여라//의연한 비상의 나래짓/저 황홀한 태평무
_신순애 〈매발톱꽃〉


꽃도 바람을 피울까. 사람이 사는 기준으로 말하면 제짝이 아닌 사람과
짝짓기를 하면 바람이다. 꽃은 사람과 달라 자기 임의대로 선택을 하지 못
한다. 꽃의 대부분인 양성화는 한 꽃에 암술과 수술이 함께 있으니 바람을
피울래야 피우기가 어렵다. 바람을 피운다면 암술과 수술이 따로 있는 단성
화일 것 같다. 한 꽃잎 속에 존재하는 수술의 꽃가루만 받는 것이 아니라.
따로 존재하는 수술의 꽃가루를 받는다면 딱히 정해 놓은 수술의 꽃가루
뿐만이 아닐 것 같다. 매발톱꽃의 꽃말이 '버림 받은 애인' 이라서 연상해 본
바람이다. 사람의 기준으로 보면 여러 딴 수술의 꽃가루를 받는다면 버림
받을 일이다. 이 매발톱꽃이 자기 것보다 다른 꽃가루를 유별나게 좋아한데
서 유래한 꽃말일 것 같다. 자기 수술의 꽃가루도 자기 것이고 다른 수술의
꽃가루도 자기 것이다. 그래서일까 다른 품종들과 교접이 잘되어 다양한 개
량종이 많다고 한다. ℝ

**Korea. 22 april 1996. KS#1860. Sc#1872. Hypericum ascyron Linne**

▶ Technical Detail ·················································

Description : Hypericum ascyron Linne(물레나물)
Date of Issue : 22 april 1996
Value : 150 won
Color : Photogravure 6 Colors
Overall Size : 23×33mm
Perforation : 13
Sheet : 20 Stamps
Quantity : 2 Millions
Designer : Kim Im-Yomg
Printed by : Korea Minting & Security Printing Corporation

# 화무십일홍(花無十日紅)이라는데

Hypericum ascyron Linne

*물레나물은 여러해살이풀로 1m 이상 자란다. 잎은 긴 타원형이며 꽃은 노란색으로 5개의 꽃잎을 갖고 있으며 6~7월 여름에 핀다. 물레가 도는 형상으로 생겼다고 해서 붙여진 이름이다. 꽃말이 일편단심과 추억이란다. 약용으로도 쓰인다.

꽃이 아무리 아름다워도 피었다간 지는 꽃이다. 피고 지는 것이 어찌 꽃뿐이랴. 모든 생명체가 나고 멸하는 것이니 예외가 없다. 시작이 있으면 끝이 있음이다. 화무십일홍(花無十日紅)이란 말이 있다. 열흘 붉은 꽃이 없다는 뜻이다. 한번 성하면 반드시 멸지 않아 쇠해진다는 진리다. 흔히 권력을 두고 이 말을 많이 쓴다. 권불십년(權不十年)이라고 해서 아무리 높은 권세라고 해도 10년을 가지 못한다는 뜻이니 화무십일홍과 같은 뜻이다. 강조하기 위해 '화무십일홍이오 권불십년이라'고 붙여 쓰기도 한다. 그럼에도 불구하고 사람들은 무한한 권세를 갖고 싶어 한다. 동서고금을 통해 많은 사람들이 이런 욕구를 가졌지만 정작 이를 누린 사람은 없다.

사람들에겐 크건 적건 간에 권력욕이 있다. 권력을 잡으려고 하는 욕심이 있다. 권력의지(Wille zur Macht)란 말이 있다. 니체에 의하면 '종속이나 협동을 물리치고 자기 긍정의 생명력이 넘쳐서 남을 정복하고 지배하여 강대하게 되려는 의지'라고 했다. 화무십일홍이란 말의 뜻만 올바르게 알아도 도에 가깝다. ®

**Korea. 19 June 1997. KS#1903. Sc#1907. Belamcanda chinensis(Linne) DC**

▶ Technical Detail ·············································

Description : Belamcanda chinensis(Linne) DC(범부채)
Date of Issue : 19 June 1997
Value : 150 won
Color : Photogravure 5 Colors
Overall Size : 26×36mm
Perforation : 13
Sheet : 20 Stamps
Quantity : 2 Millions
Designer : Kim Im-Yomg
Printed by : Korea Minting & Security Printing Corporation

Nepal Proverb ▶

To look into the well when there is a looking-glass.
거울 놔두고 우물 쳐다본다. B

# 꽃도 따고 장가도 가고

Belamcanda chinensis(Linne) DC

*범부채 꽃은 붓꽃과의 여러해살이풀이다. 사간(射干)이란 별칭도 있다. 50~100cm 정도 자라며 잎은 30~50cm 정도의 백색을 띤 녹색이다. 꽃은 황적색 바탕에 암적색 점이 있으며 꽃잎이 6개다. 한국, 인도, 중국 등지에 분포한다. 뿌리 줄기는 약용으로 사용한다. '정성 어린 사랑' 이 꽃말이란다.

 네팔에 다니면서 주워들은 이야기 한 토막. 한번은 비슈누(Bishnu) 신이 지구로 내려왔더니 한 소녀가 수수밭에서 슬피 울고 있었다. 왜 우느냐고 물었더니 소녀는 인도의 공주인데 성문지기와 사랑에 빠져 결혼하려고 하는데 부왕이 반대해서 운다고 했다. 왕은 전국에 영을 내려 이름 모를 병에 시달리고 있는 공주를 낫게 해 준다면 사위를 삼을 것이란 공고를 했다. 비슈누 신은 성문지기를 찾아 분부를 내린다. 갠지스 강을 건너 히말라야 산속의 느티나무 아래 핀 꽃을 따다 왕에게 바치라고 했다. 문지기는 비슈누가 시키는 대로 꽃을 따다 왕에게 바쳤다. 이름 모를 병으로 앓던 공주가 그 꽃을 보고 건강을 회복했단다. 인도 왕은 이 문지기에게 공주를 시집 보냈다는 구전이다. 이와 비슷한 설화는 우리나라에도 있다. 서양 설화에도 비슷한 이야기가 나온다. 그러나 그 꽃은 모두 다르다. 힌두교 문화에서 전하는 이야기 속의 이 꽃은 난초 꽃이다. 이런 설화를 바탕으로 난초의 꽃말을 순수한 사랑이라고도 한다. 범부채 꽃도 설화에 끼워 넣어 주면 좋겠다. 꽃말이 '정성 어린 사랑'이고 보면 스토리텔링이 될 법하다. R

**Korea. 25 august 1990. KS#1903. Sc#1599. Adonis**

▶ Technical Detail ···········································

Description : Adonis(복수초)
Date of Issue : 25 august 1990
Value : 440 won
Color : Photogravure 6 Colors
Overall Size : 23×33mm
Perforation : 13
Sheet : 20 Stamps
Quantity : 3 Millions
Designer : Lee Yoon-Hee
Printed by : Korea Minting & Security Printing Corporation

Nepal Proverb ▶

Silence is a sign of acceptance.
침묵은 승인의 신호다. B

# 우리 꽃 이름을 되찾자

Adonis

*복수초(福壽草)는 미나리아재비과에 속하는 여러해살이풀이다. 20~30cm 정도 자라며 2~3월에 꽃이 피는데 꽃줄기 끝에 지름이 3~4cm 되는 노란색 꽃이다. 꽃 한 송이의 꽃잎이 20~30장이나 된다.

    우리말 이름을 잃은 것이 어찌 꽃 이름뿐이겠는가. 일제강점기를 통해 많은 우리 고유의 이름들을 잃었다. 우리나라 사람들의 성씨도 일본 이름으로 창씨개명했으니 다른 이름들이야 말해 무엇하랴. 이제 해방이 된 지도 70년이 넘었으나 아직도 이름을 찾지 못한 것들이 많다. 학술적인 용어는 물론 일상생활 용어에 이르기까지 아직도 일본어나 외래어로 남아 있는 이름들이 많다.

    복수초(福壽草)도 그중 하나다. 복수초란 일본 이름을 그대로 쓰고 있다. 우리말로 하자면 복수초가 아니라 수복초(壽福草)가 옳다. 수복강녕(壽福康寧)이라고 하지 복수강녕(福壽康寧)이라고 하지 않는다. 눈색이꽃이란 별명이 있는데 이는 눈을 뚫고 나온 꽃 주변이 동그랗게 녹아 구멍이 난 데서 유래한 강원도 지방의 방언이다. 정겨운 우리말 이름이다. 이런 이름들을 하나하나 찾아 바꾸는 작업이 있었으면 한다. 꽃말이 두 가진데 동서양의 꽃말이 다르단다. 동양에선 '영원한 행복'이고 서양에선 '슬픈 추억'이란다. 같은 꽃을 두고 왜 사람들은 꽃말을 달리 할까. 그것은 꽃의 마음이 아니라 사람의 마음을 투사한 것이다. ®

**Korea. 4 October 1994. KS#1793. Sc#1758. Gentiana Jamessi Hemsl**

▶ Technical Detail ·······················································

Description : Gentiana Jamessi Hemsl(비로용담)
Date of Issue : 4 October 1994
Value : 130 won
Color : Photogravure 6 Colors
Overall Size : 23×33mm
Perforation : 13
Sheet : 20 Stamps
Quantity : 2 Millions
Designer : Chang Chung-Hack
Printed by : Korea Minting & Security Printing Corporation

There is no use in thinking of the past.
지나간 일을 생각해 봐야 쓸데 없다. **B**

# 멸종 위기 식물들

Gentiana Jamessi Hemsl

*비로용담(毘盧龍膽)은 용담과의 여러해살이풀이다. 5~12cm 정도 자라며 잎은 5~10쌍이 마주 보고 자란다. 꽃은 자줏빛 꽃으로 7~9월에 핀다. 한국, 일본, 중국 등지에 분포한다. 한국은 강원도 북방 북한 지역에 분포한다. 남한에선 유일하게 강원도 대암산에서만 볼 수있다.

    비로용담은 우리나라의 금강산 비로봉에서 발견된 북방계 식물로 멸종 위기에 있는 식물이다. 남한에선 강원도의 대암산(1,304m) 정상의 용늪고층습원에서 발견된 것이 유일하다. 우리나라의 멸종 위기 식물이 얼마나 될까. 자료에 의하면 멸종 위기 I급에 속하는 식물이 9종이고 II급이 68개로 모두 77종의 식물이 멸종 위기에 처해 있다.

    I급 멸종 위기 식물로는 광릉요강꽃 나도풍란 만년콩 섬개야광나무 암매 죽백란 털복주머니란 풍란 한란이 있다. II급 멸종 위기 식물은 가시연꽃 가시오갈피나무 각시수련 개가시나무 그름병아리난초 금자란 기생꽃 끈끈이귀개 나도승마 날개하늘나리 넓은잎제비꽃 노랑만병초 단양쑥부쟁이 닻꽃 대성쓴풀 대청부채 대흥란 독미나리 매화마름 무주나무 물고사리 미선나무 백부자 백양더부살이 백운란 복주머니란 분홍장구채 비자란 산작약 삼백초 서울개발나무 석곡 선제비꽃 섬시호 섬현삼 새뿔투구꽃 솔붓꽃 솔잎란 순채 애기송이풀 연잎꿩의 다리 왕제비꽃 으름난초 자주땅귀개 전주물꼬리풀 제비동자꽃 제비붓꽃 제주고사리삼 조름나물 죽절초 지네발란 차걸이란 초령목 층층둥굴레 칠보치마 콩짜개란 큰바늘꽃 탐라란 파초일엽 한라솜다리 한라송이풀 해오라기난초 홍월귤 화경버섯 황근 흰수지맨드라미 등이 있다. Ⓡ

**Korea. 4 19 June 1997. KS#1905. Sc#1907. Campanula takesimana Nakai**

▶ Technical Detail ·································································

Description : Campanula takesimana Nakai(섬초롱꽃)
Date of Issue : 19 June 1997
Value : 150 won
Color : Photogravure 5 Colors
Overall Size : 23×33mm
Perforation : 13
Sheet : 20 Stamps
Quantity : 2 Millions
Designer : Kim Im-Yong
Printed by : Korea Minting & Security Printing Corporation

# 독도에서 자라는 다께시마 꽃

Campanula takesimana Nakai

*섬초롱꽃은 쌍떡잎식물로 초롱꽃과의 여러해살이풀이다. 한국 특산종으로 울릉도에 자란다. 30~90cm 정도 자라며 꽃은 자줏빛 바탕에 짙은 점이 있으며 6~8월에 핀다. 한국이 원산지로 일본 동부, 시베리아에 분포한다. 나물로도 먹고 약용으로도 쓰인다.

    경향신문 자료에 의하면 이런 자료가 있다. '국립생물자원관은 2008년부터 미국, 일본, 중국 등 7개국의 국립박물관과 연구소 24곳을 방문 조사했다. 모두 2만 4,772점의 한국 고유종 표본이 해외에 소장돼 있다. 절반 가량인 1만 2,569점은 일본의 국립박물관과 연구소가 소장하고 있다.'

    우리나라 특산종인 섬초롱꽃의 운명도 얄궂다. 이 꽃의 학명이 : Campanula takesimana Nakai(섬초롱꽃)이다. 일본 학자 이름뿐만 아니라 독도의 이름조차 다께시마다. 일본 학자들의 연구가 선점한 것이다. 일본 학자인 나가이(Nakai)가 가져갔다. 그래서 takesimana Nakai란 이름이 생긴 것이다.

    우리나라의 자생식물은 대개 4,500종으로 이를 처음으로 조사 정리한 것이 일제강점기의 일본 학자인데 많이 알려진 학자로는 나가이와 우에끼가 있다. 우리나라의 식물분류 학자들은 이들의 영향을 많이 받은 것으로 정서적으로는 억울하지만 이미 정해진 학명을 되돌릴 수는 없겠다. 지금부터라도 우리나라 학자들이 분발하여 우리 학명이 많이 생기도록 학문적 노력을 많이 해야할 것 같다. R

**Korea. 20 December 1993. KS#1748. Sc#1753. Iris Ruthenica Gawier**

▶ Technical Detail ···········································

Description : Iris Ruthenica Gawier(솔붓꽃)
Date of Issue : 20 december 1993
Value : 110 won
Color : Photogravure 5 Colors
Overall Size : 23×33mm
Perforation : 13
Sheet : 20 Stamps
Quantity : 2 Millions
Designer : Chang Chung-Hack
Printed by : Korea Minting & Security Printing Corporation

Nepal Proverb ▶

When brothers quarrel, they are robbed by the villagers.
형제끼리 싸움을 벌이면 마을 사람들이 다 훔쳐간다. **B**

# 멸종 위기 란(蘭)

Iris Ruthenica Gawier

*백합목 붓꽃과에 속하는 여러해살이풀로 멸종 위기 식물 II급이다. 8~13cm 정도 자란다. 꽃은 보라색이며 4~5월에 핀다. 뿌리와 줄기는 약용으로 쓰인다. 한국을 비롯해서 중국, 러시아, 몽골, 카자흐스탄, 동유럽 등지에 분포한다.

생명의 한 종류가 아주 없어져 사라지는 것을 말한다. 지구상에 생명체가 탄생한 이래 지금까지 무수한 생명체가 나고 멸종하고를 반복하면서 지금에 이르렀을 거다. 우리나라도 멸종 위기 야생동식물을 I급과 II급으로 나누어 관리하고 있다.

멸종 위기 야생동식물 I급은 자연적 또는 인위적 위협요인으로 개체수가 현저하게 감소되어 멸종 위기에 처한 야생동식물로서 관계중앙행정기관의 장과 협의하여 환경부령이 정하는 종을 말한다. 멸종 위기 야생동식물 II급은 자연적 또는 인위적 위협요인으로 개체수가 현저하게 감소되고 있어 현재의 위협요인이 제거되거나 완화되지 아니할 경우 가까운 장래에 멸종 위기에 처할 우려가 있는 야생동식물로서 관계중앙행정기관의 장과 협의하여 환경부령이 정하는 종을 말한다.

두 급 모두 인위적 또는 자연적 위협에 의한 것임을 명시하고 있는데 우리들이 먼저 유의해야 할 첫 번째는 인위적인 훼손이다. 인위적인 훼손은 사람들에 의해 훼손되는 것을 말한다. 우리들이 어떤 형태로 이들을 훼손하고 있는지 깊이 통찰해야 할 문제다. ℝ

**Korea. 25 Augustr 1990. KS#1609. Sc#1598 Aster**

▶ Technical Detail ·······························

Description : Aster(쑥부쟁이)
Date of Issue : 25 August 1990
Value : 400 won
Color : Photogravure 6 Colors
Overall Size : 23×33mm
Perforation : 13
Sheet : 20 Stamps
Quantity : 2 Millions
Designer : Lee Yoon-Hee
Printed by : Korea Minting & Security Printing Corporation

# 쑥부쟁이

Aster

*쑥부쟁이는 국화과에 속하는 여러해살이풀이다. 50cm 정도 자라며 꽃은 자주색으로 7~10월에 핀다. 한국, 중국, 일본, 시베리아 등지에 분포한다. 꽃말이 그리움 그리고 기다림이란다.

쑥 사촌 부쟁이가/국화를 닮고파서//
어정쩡 중간 사이/눈치 보며 자리매김//
보호색/필연의 광장/그들만의 처세술
_신순애 〈쑥부쟁이〉

　신순애 시인의 쑥부쟁이 시다. 나는 어릴 때 쑥부쟁이를 보면 국화인 줄 알았다. 들에 피는 국화이니 들국화라고 생각했었다. 선산이 대구 근교에 있어서 추석이면 성묘하러 온 가족이 갔다. 가는 도중에 널브러지게 피어 있는 꽃이 쑥부쟁이다. 나는 쑥부쟁이 꽃을 꺾어 다발을 만들고 이를 할아버지 할머니 묘소에 바쳤다. 6.25사변이 나자 우리 산소는 피난민들의 판자촌으로 변해 버렸다. 이웃에 새로 생긴 고등학교의 운동장이 되어 버렸다. 이렇게 짓밟힌 우리 산소에 묻힌 증조, 고조 할아버지까지 이장을 하지 않을 수 없게 되어 모두 화장으로 모셨다. 지금은 대구의 번화가 중 한 곳으로 변했다. 그런 기억 때문에 쑥부쟁이에 대한 연민이 많다. 국화는 국화인데 쑥의 사촌 부쟁이라면 정말 어정쩡한 꽃이다. 내가 성묘 길에 바쳤던 꽃이 쑥부쟁이인지 들국화인지 모르겠으나 내 마음속에 따뜻하게 남아 있는 꽃이다. 내 마음속의 쑥부쟁이는 어정쩡한 꽃이 아니다. ℝ

**Korea. 22 april 1996. KS#1859. Sc#1871. Viola variegate Fish**

▶ Technical Detail ·····································

Description : Viola variegate Fish(알록제비꽃)
Date of Issue : 22 april 1996
Value : 150 won
Color : Photogravure 6 Colors
Overall Size : 23×33mm
Perforation : 13
Sheet : 20 Stamps
Quantity : 2 Millions
Designer : Kim Im-Yong
Printed by : Korea Minting & Security Printing Corporation

Nepal Proverb ▶

The family is known by the children, the bird by its beck.
가정은 자식 보면 알고 새는 그 부리를 보면 안다. B

# 공자 말씀 부처님 말씀

Viola variegate Fish

*알록제비꽃은 제비꽃과의 여러해살이풀로 20cm 정도 자란다. 잎맥을 따라 얼룩얼룩한 흰색의 줄무늬가 뚜렷하게 보인다, 5~6월에 여러 개의 꽃줄기가 나와 그 끝에서 자주색의 꽃이 핀다. 원산지가 한국이다. 연한 잎은 식용으로 쓰이고 한방에서 약용으로 쓴다.

　일상에서 옳은 말이나 지혜로운 말을 하면 공자 말씀 하고 동의를 한다. 실제로 공자님의 말씀이 아니더라도 옳고 지혜로운 말이면 모두 공자님이 한 것으로 안다. 공자님뿐 아니다. 부처님도 있다. 진짜 공자님 말씀에 난초를 언급한 부분이 있다. '착한 사람과 사귀는 것은 마치 난초와 지초를 가꾸고 있는 방에 들어가는 것과 같아 오래 있으면 그 향기를 맡지 못해도 그것과 동화된다.' 서당 개도 삼 년이면 풍월을 읊는다는 우리네 속담도 있지 않은가. 어떤 환경에서 자랐느냐가 일생을 좌우하기도 한다. 부처님 말씀도 있다. 썩은 새끼줄을 만진 손과 향을 만진 손의 냄새가 다르다. 이를 두고 '나쁜 친구와 어울리면 언젠가는 그렇게 나쁜 인간이 되고 좋은 친구와 어울리면 친구의 감화를 받아 선인이 된다.'

　난초가 친구 간의 우의를 상징하는 것이라면 난초는 좋은 친구다. 난초란 좋은 친구를 가까이 두고 가꾸는 사람은 당연히 좋은 사람이어야 한다. 간혹 나쁜 인간이라고 하더라도 난초란 좋은 친구 덕분에 동화되기 때문이다. 동화란 성질이나 행동양태 사상 등 다르던 것이 같게 되는 것이다. 문제는 어느 쪽으로 동화되느냐다. 공자나 부처님 말씀대로라면 난초는 동화시키는 강한 힘을 가졌다고도 볼 수 있겠다. 감화시키는 힘을 가졌다. ®

**Korea. 24 July 1995. KS#1822. Sc#1760. Erythronium japonicum Decne**

▶ Technical Detail ·····························································

Description : Erythronium japonicum Decne(얼레지)
Date of Issue : 24 July 1995
Value : 130 won
Color : Photogravure 5 Colors
Overall Size : 23×33mm
Perforation : 13
Sheet : 20 Stamps
Quantity : 2 Millions
Designer : Chang Jung-Hack
Printed by : Korea Minting & Security Printing Corporation

# 무성화는 무슨 재미로 필까

Erythronium japonicum Decne

*얼레지꽃은 백합과의 여러해살이풀로서 개재무릇이라고도 한다. 초여름에 홍자색의 꽃이 핀다. 어린잎
은 식용으로 비늘줄기는 약용으로 쓴다. 한국, 일본 등지에 분포한다. 꽃말은 '바람 난 여인'이란다.

　한 개의 꽃 속에 암술과 수술이 모두 함께 있는 꽃을 '양성화(兩性花)'라고
하며, 이에 비해 암술과 수술을 가진 꽃이 따로 존재하는 식물도 있다. 양성
화 식물이 대부분이긴 하지만 소수 식물에선 따로 존재하는 단성화(單性花)도
있다. 이러한 단성화는 다시 암꽃과 수꽃이 한 그루에 있는 '암수 한 그루(雌
雄同株)'와 각각 다른 그루에 있는 '암수 딴 그루(雌雄異株)'로 나눌 수 있다. 이
런 구분된 형태의 발달도 식물이 주변 환경에 따라 살아남기 위한 적응일 텐
데 참 신기하단 생각이 든다. 이도 저도 아닌 중성화(中性花)도 있다. 이 중성화
된 꽃은 암술과 수술이 모두 퇴화해 버려 꽃 덮이만 남아 있는 꽃이다. 성별
로 치자면 무성화(無性花)다. 꽃 중에도 다수 종이 양성화라면 단성화나 중성
화는 소수 종에 해당한다고 하겠다. 수국이 대표적인 무성화다. 얼레지꽃처
럼 '바람 난 여인' 꽃도 있는데 암술과 수술 모두가 퇴화한 중성꽃은 무슨
재미로 필까. R

**Korea. 4 October 1994. KS#1790. Sc#1755. Leontopodium japonicum Miq**

▶ Technical Detail ·····························································

Description : Leontopodium japonicum Miq(왜솜다리)
Date of Issue : 4 October 1994
Value : 130 won
Color : Photogravure 6 Colors
Overall Size : 23×33mm
Perforation : 13
Sheet : 20 Stamps
Quantity : 2 Millions
Designer : Chang Jung-Hack
Printed by : Korea Minting & Security Printing Corporation

Nepal Proverb ▶

The guest for a day may eat the best; the guest for two days had better go elsewhere.

하루 손님은 융숭한 대접을 하지만 그다음 날부터는 다른 곳에 가는 것이 낫다. **B**

# 한국의 에델바이스

Leontopodium japonicum Miq

*왜솜다리는 국화과의 여러해살이풀이다. 25~55cm 정도 자라며 줄기는 뭉쳐나며 솜털이 촘촘이 덮여 있다. 7~10월에 회백색 꽃이 원줄기 끝에 모여 핀다. 한국, 일본, 중국 등지에 분포한다.

에델바이스(Edelweiss)하면 산악인들의 상징 같은 꽃이다. 전설에 따르면 알프스에 하늘의 천사가 내려왔는데 세상의 많은 남성들이 천사를 흠모한다. 뭇 남성의 구혼에 시달리다 못해 도로 하늘로 올라가 버린다. 하늘로 올라가면서 남긴 흔적이 이 에델바이스 꽃이란다. 그러니 뭇 남성 특히 산을 오르는 등반가들의 사랑받는 꽃일 수밖에 없다. 그래서일까 에델바이스의 꽃말은 '추억'이다. 천사가 하늘로 올라가 버린 바로 그곳에 남겨진 에델바이스. 그 꽃을 품고 천사를 추억할 수밖에 없다. 노랫말을 옮겨 본다.

Edelweiss Edelweiss/Every morning you greet me/Small and white, clean and bright/You look happy to meet me/Blossom of snow may you bloom and grow/Bloom and grow forever/Edelweiss, Edelweiss/Bless my homeland forever.

산에 가면서 많이 불러 본 노래다. 미국의 작곡가 리처드 로저스(Richard Rodgers, 1902~1979)는 〈사운드 오브 뮤직〉이란 영화에서 이 노래를 소개함으로서 온 세계의 산악인을 열광시켰다. ®

**Korea. 22 June 1992. KS#1684. Sc#1605. Lychnis Wilfordii(Regal) Maxim**

▶ Technical Detail ·············································

Description : Lychnis Wilfordii(Regal)Maxim(제비동자꽃)
Date of Issue : 22 June 1992
Value : 100 won
Color : Photogravure 5 Colors
Overall Size : 23×33mm
Perforation : 13
Sheet : 20 Stamps
Quantity : 2 Millions
Designer : Chang Jung-Hack
Printed by : Korea Minting & Security Printing Corporation

Nepal Proverb ▶

Wealth is both an enemy and a friend.
재물은 적이며 친구다. **B**

# 꽃도 계절 따라 핀다

Lychnis Wilfordii(Regal) Maxim

\*제비동자꽃은 석죽과에 속하는 여러해살이풀이다. 50~100cm 정도 자라며 꽃은 주황색으로 7~8월
에 핀다. 멸종 위기 식물로 지정 관리하고 있으며 동자꽃의 꽃말은 '기다림'이다.

흔히 꽃은 봄에 핀다고만 생각한다. 하지만 꽃의 면면을 보면 각기 피는 계절이 다르다. 사람이 무심하다 보니 꽃 하면 봄에만 피는 줄 안다. 하긴 우리들이 알고 있듯이 봄에 피는 꽃이 제일 많긴 하다. 꽃은 사계절 모두 핀다. 각기 꽃이 지니는 특성에 따라 피는 계절이 다르다.

하지만 사람의 입장에서 보면 일 년 사철 내내 꽃이 피어 주니 즐거운 일이다. 봄에 피는 꽃을 보면 복수초 할미꽃 털복주머니꽃 산철쭉 개나리 벚나무 민들레 목련 달래 유채 영산홍 모란 패랭이꽃 팬지 튤립 찔레꽃 수선화 하이신스 은난초 나도 바람꽃 붓꽃 등 우리에게 익숙한 이름들이 많다. 여름 꽃으로는 나팔꽃 장미 해바라기 카네이션 패랭이꽃 무궁화 쑥부쟁이 만병초가 있고 가을꽃으로는 국화 코스모스 방울꽃 구절초 조밥나물 오이풀 참싸리 사철란 참싸리 등이 있다. 신기하게도 겨울에 피는 꽃도 있다. 대표적인 것이 동백나무의 동백꽃이다. 시클라멘 수선화 군자란 포인세티아 아프리카봉선화 등도 겨울에 피는 꽃이다.

사시사철 꽃이 피니 즐겁다. 제비동자꽃은 여름에 피는 꽃이다. **R**

**Korea. 25 August 1990. KS#1608. Sc#1597. Lilium**

▶ Technical Detail ·········································

Description : Lilium(참나리)
Date of Issue : 25 August 1990
Value : 370 won
Color : Photogravure 6 Colors
Overall Size : 23×33mm
Perforation : 13
Sheet : 20 Stamps
Quantity : 3 Millions
Designer : Lee Yoon-Hee
Printed by : Korea Minting & Security Printing Corporation

# 움직이는 꽃도 있다

Lilium

*참나리는 백합과 나리속에 속하는 여러해살이풀로 1~1.5m 정도 자란다. 꽃은 주황색으로 적갈색의 반점이 찍혀 있다. 동아시아 지역이 원산지로 중국, 일본, 한국 등지에 분포한다. 식용으로도 쓰이고 약용으로도 쓰인다. 꽃말은 '순결'이다.

꽃은 제 스스로 움직이지 못한다. 바람이 불면 바람이 일렁이는 데로 따라 움직인다. 하지만 스스로 움직이는 꽃들도 있다. 벌레잡이 식물로 파리지옥 벌레잡이통풀 끈끈이주걱 비브리스 드로소필룸 통발 사라세니아 세팔로투스 코브라릴리 헬리암포라 등이 그런 꽃이다. 보통 꽃들이 뿌리를 통해 땅속의 영양분을 섭취하지만 이런 벌레잡이 식물들은 꽃이 벌레를 잡는 함정으로 벌레가 걸려들면 스스로 꽃잎을 움직여 벌레를 가두어 잡는다. 자극을 받으면 움직이는 식물도 있다.

미모사가 그렇다. 신경초 잠풀이란 별명을 가진 이 풀은 잎을 건드리면 움직여 작은 잎들이 서로 닫혀 합해졌다가 자극이 사라지면 곧 원래의 여러 잎으로 돌아간다. 소리에 춤추는 무초도 있다. 담황색 꽃을 피우는 이 식물은 소리 자극에 움직인다. 소리를 들을 때마다 잎이 파르르 떤다.

한 연구에 의하면 식물도 음악을 들려주면서 키운 것과 음악이 없이 키운 식물 사이에는 차이가 있다는 논문들이 있다. 음악을 듣고 자란 식물의 성장이 더 빠르다는 연구다. ℝ

**Korea. 25 August 1990. KS#1653. Sc# 1602. Heloniopsis orientalis**

▶ Technical Detail ·····································

Description : Heloniopsis orientalis(처녀치마)
Date of Issue : 25 July 1990
Value : 100 won
Color : Photogravure 6 Colors
Overall Size : 23×33mm
Perforation : 13
Sheet : 20 Stamps
Quantity : 2 Millions
Designer : Lee Hye-Ok
Printed by : Korea Minting & Security Printing Corporation

Nepal Proverb ▶

The old man is dead and the past is forgotten.
노인이 죽자 과거는 지워진다. **B**

# 처녀 총각 이야기는 무슨 이야기라도

Heloniopsis orientalis

*멜란티움과의 여러해살이풀이며 한국과 일본 등지에 분포한다. 꽃이 활짝 피었을 때의 모습이 화려한 치마처럼 보인다고 해서 붙여진 이름이다. 60cm 내외로 자라며 꽃은 연한 홍색에서 자록색으로 변한다.

색실로 바금질한/순결의 치맛단이/바람에 날릴세라
설레임의 물결들로/닥쳐올 황홀한 닐의/꿈을 꾸고 있구나//
말실로 짜여진/갈래치마 쭐렁이면/뒷집의 총각은야
곁눈질로 일손 놓고/혈관이 솟구치는 듯/애가 타고 있구나
_신순애 〈처녀치마〉

스토리텔링을 보면 사랑 이야기와 싸움 이야기가 제일 재미있다. 사람과 사람 사이에서 일어날 수 있는 소통으로 크게는 사랑과 증오(싸움)가 원초적이다. 사랑과 증오의 이야기는 어떻게 풀어가도 재미있다. 정신분석학에서 사람의 본능을 리비도(Libido)라고 하는데 이 리비도는 성적인 것과 공격적인 것으로 나뉜다고 했다. 생물학적으로 인간의 모든 것이 이 리비도로부터 파생한다는 가설이다. 신 시인의 시처럼 '혈관이 솟구쳐 애가 타고 있구나'란 표현은 결국 리비도의 파생적 몸부림이다. 그런데 이 처녀치마란 꽃 이름이 좀 이상하다. 원래 일본 사람들이 쇼죠바카마(ショウジョウバカマ/猩猩袴)라고 했던 것이 우리나라 말로 바꾸면서 잘못되었다는 지적이 있다. 이 성성이와 발음이 비슷한 처녀(魔女/쇼죠)로 둔갑된 것이다. 이제라도 차근차근 원래 우리말로 있는 아름다운 이름들을 찾아야겠다. **R**

**Korea. 25 August 1990. KS#1611. Sc#1600. Scabiosa mansenensisfor Pinnata**

▶ Technical Detail ·······························

Description : Scabiosa mansenensisfor Pinnata(체꽃)
Date of Issue : 25 August 1990
Value : 470 won
Color : Photogravure 6 Colors
Overall Size : 23×33mm
Perforation : 13
Sheet : 20 Stamps
Quantity : 2 Millions
Designer : Lee Yoon-Hee
Printed by : Korea Minting & Security Printing Corporation

Nepal Proverb ▶

The greedy is held with money, the wise with good deeds.
욕심쟁이는 돈이 받쳐 주고, 현자는 선행(善行)이 받쳐 준다. Ⓑ

# 그는 나에게 와서 꽃이 되었다

Scabiosa mansenensisfor Pinnata

*채꽃은 산토끼풀과에 속하는 여러해살이풀이다. 40~90cm 정도 자라며 꽃은 8~9월에 핀다. 한국, 일본, 시베리아, 중국 등지에 분포한다.

내가 그의 이름을 불러 주기 전에는
그는 다만/하나의 몸짓에 지나지 않았다//
내가 그의 이름을 불러 주었을 때
그는 나에게로 와서/꽃이 되었다
_김춘수 〈꽃〉

꽃은 모두 이름이 있다. 사람들이 지어 준 이름이다. 사람 눈에 띄지 않아 아직도 이름을 갖지 못한 꽃들도 있다. 용케 이들을 찾는 학자들의 눈에 띄면 이름 하나를 비로소 선사받게 된다.

사람들의 이름처럼 성을 따지고 항렬도 따지고 이 꽃을 찾은 학자의 이름도 붙여 부른다. 생각하면 사람 마음이지 꽃마음은 아니다. 시인의 말처럼 그의 이름을 불러 주기 전에는 다만 하나의 존재일 뿐이다. 이름을 짓고 사람들이 그 이름을 불러 주니 비로소 꽃이 되어 우리 앞에 선다. 아직도 우리 눈에 띄지 않아 이름을 얻지 못한 풀이나 꽃이 있을 텐데 사람들은 이를 모아 그냥 잡초라고 부른다. 사람으로 치면 호적이 없는 무적자다. 꽃편에서 생각하면 마음에 들지 않는 억울한 이름을 받은 꽃들도 있을 것이다. 같은 값이면 꽃들에겐 이쁜 이름들만 지어 줬으면 좋겠다. R

**Korea. 26 july 1991. KS#1652. Sc#1604. Gentiana zollingeri**

▶ Technical Detail ·············································

Description : Gentiana zollingeri(큰구슬붕이)
Date of Issue : 265 july 1991
Value : 440 won
Color : Photogravure 6 Colors
Overall Size : 23×33mm
Perforation : 13
Sheet : 20 Stamps
Quantity : 2 Millions
Designer : Lee Hye-Ok
Printed by : Korea Minting & Security Printing Corporation

# 꽃목걸이

Gentiana zollingeri

*큰부슬붕이는 용담과의 여러해살이풀이다. 6~9cm 정도 자라며 잎은 위로 뭉쳐서 마주나고 꽃은 5~6월에 보라색으로 줄기 끝에 뭉쳐서 핀다. 약용으로 많이 쓰인다.

　사람들은 오는 손님에게 환영의 의미로 꽃목걸이를 많이 걸어 준다. 요즈음은 잘 가꾼 꽃을 보기 좋게 꽃목걸이를 만들어 사용한다. 나는 국민학교 (초등학교) 다닐 때 우리 집 감나무에서 떨어지는 감꽃을 실에 꿰어 꽃목걸이를 만들어 걸기도 하고 친구들에게 걸어 주기도 하면서 놀았다. 네팔에 가면 환영이나 환송의 뜻으로 꽃목걸이를 꼭 걸어 준다. 메리골드 꽃으로 만든 목걸이인데 이 꽃을 말려 방 안에 두면 방충효과도 있단다. 네팔 사람들이 믿는 다신교의 많은 신들에게도 이 꽃을 바친다. 시골 오지에 의료봉사를 갔을 때의 경험이다.

　마을 사람들이 우리들을 환영하면서 마을 입구에 야생화로 장식을 하고 우리들에게 일일이 꽃목걸이를 걸어 주었다. 카트만두 공항에서 받았던 꽃목걸이와는 사뭇 다르다. 그 마을 인근에 자라는 많은 야생화를 꺾어 목걸이를 만들어 걸어 준다. 야생화 중에는 줄기나 잎에 가는 털이 있는 꽃들이 있다. 이런 꽃들로 만들어진 꽃목걸이는 목이 간지럽다. 그러나 잘 다듬어진 메리골드 꽃목걸이보다 정겨움이 더 많다. 우리들을 환영하는 고사리 손으로 만든 정성이 숨었으니 더 정겨울 수밖에 없다. ®

**Korea. 22 April 1996. KS#1858. Sc#1870. Trillium ischomoskii Max**

▶ Technical Detail ·······························

Description : Trillium ischomoskii Max(큰연영초)
Date of Issue : 22 April 1996
Value : 150 won
Color : Photogravure 5 Colors
Overall Size : 23×33mm
Perforation : 13
Sheet : 20 Stamps
Quantity : 2 Millions
Designer : Kim Im-Yong
Printed by : Korea Minting & Security Printing Corporation

Nepal Proverb ▶

Opportunities come but do not linger.
기회는 온다 하지만 오래 머물지 않는다. **B**

# 사랑 사랑 사랑 꽃말들

Trillium ischomoskii Max

*큰 연영초는 다른 이름으로는 연영초 흰삿갓나물 또는 흰삿갓풀로도 부르며 여러해살이풀로 30cm 정도 자란다. 백합과에 속하며 꽃은 흰색으로 5~6월에 핀다. 한국이 원산지이며 일본, 중국 등지에 분포한다. 생약으로 많이 쓰인다(芋兒七).

꽃이 아름다우니깐 꽃말 중에도 사랑과 연관된 꽃들이 많다. 그런 꽃말들만 모아 본다. 개나리(나의 사랑은 당신보다 깊습니다), 검은 백합(사랑 저주), 고무나무 이팝나무 보라빛장미 제비꽃(변함없는 사랑), 괴불나무 진달래(사랑의 기쁨), 과꽃(믿는 사랑), 노랑국화(짝사랑), 기린초(소녀의 사랑), 까치밥나무(숨겨진 사랑), 담자리꽃나무(사랑에 눈 뜨지마), 라일락(첫사랑), 맨드라미(타오르는 사랑), 바이오렛(사랑), 백목련 상사화 아네모네(이루어질 수 없는 사랑), 뽕나무(못 이룬 사랑), 산사나무(유일한 사랑), 일일초(당신을 사랑합니다) 끝도 없다.

모든 꽃이 사랑과 연관이 있지만 장미꽃이 빠질 수가 없다. 빨간 장미 세 송이는 '나는 당신을 사랑합니다', 빨간 장미 33송이는 '당신을 진정으로 사랑합니다', 빨간 장미 100송이는 '100% 완전한 사랑', 빨간 장미 365송이는 '365일 당신을 사랑합니다', 빨간 장미 999송이는 '다음 생에서도 사랑합니다' 누가 지어낸 것인지 재미있다. ®

**Korea. 19 June 1997. KS#1904. Sc#1908. Hylomecon vernale Max**

▶ Technical Detail ··········································

Description : Hylomecon vernale Max(피나물)
Date of Issue : 19 June 1997
Value : 150 won
Color : Photogravure 5 Colors
Overall Size : 26×36mm
Perforation : 13
Sheet : 20 Stamps
Quantity : 2 Millions
Designer : Kim Im-Yong
Printed by : Korea Minting & Security Printing Corporation

# 보이는 것이 전부가 아니다

Hylomecon vernale Max

*피나물은 양귀비과의 식물로 여러해살이풀이다. 한국, 중국, 일본 등지에 분포하며 '노랑매미꽃', '하
청화' 라고도 부른다. 20~40cm 정도 자라며 줄기를 꺾으면 적황색의 즙이 나온다.
*꽃은 4~5월에 걸쳐 피고 짙은 노란색이다. 봄나물로 먹기도 하고 약용으로 쓰인다.

파나게 울다 지쳐/목이 쉰 후조(候鳥)인가//

퇴색된 잔영들을/잊을 수도 있으련만//

화인(火印)은/아린 상처로/녹음 속에 선명하다

_신순애 〈피나물〉


　피나물의 꽃말이 '보이는 것이 전부가 아니다' 라고 한다. 우선 꽃 이름이
왜 피나물일까. 아마도 줄기를 꺾으면 적황색의 즙이 나온다고 해서 붙여진
이름일 것 같다. 꽃말도 유래가 있을 법 하다. 그냥 내 짐작에는 이 즙과 유
관하지 않을까 싶다. 그냥 줄기만 봐선 즙이 있을 거라고 생각되지 않지만
겉만 보고는 모를 일이다. 꺾으면 나타나는 즙이니 숨어 있는 속성이다. 사
람을 두고도 이와 유사한 말이 있다. '열 길 물속은 알아도 한 길 사람 속은
모른다' 는 말이 있다. 사람은 겉으로 보이는 것만이 전부가 아니다. 겉으로
보이는 것은 누구나 같은 모습으로 본다. 그러나 그 외향에 비해 마음이란
몸의 모습처럼 볼 수가 없다. 숨겨지고 잠재되어 있는 마음이 많기 때문이다.
몸은 직접 관찰할 수가 있지만 마음은 직접 볼 수가 없다. '꽃을 좋아하는
것을 보니 마음이 착할 것 같다' 처럼 인간이 하는 행동, 사고, 정서 등을 보
면서 마음을 간접적으로 유추를 한다. ℝ

**Korea. 24 July 1995. KS#1824. Sc#1762. Leontice microrrhyncha S. Moore**

▶ Technical Detail ···············································

Description : Leontice microrrhyncha S. Moore(한계령풀)
Date of Issue : 24 July 1995
Value : 130 won
Color : Photogravure 5 Colors
Overall Size : 23×33mm
Perforation : 13
Sheet : 20 Stamps
Quantity : 2 Millions
Designer : Chang Jung-Hack
Printed by : Korea Minting & Security Printing Corporation

Nepal Proverb ▶

You must not show your teeth until you are ready to bite.
물 준비가 될 때까지는 네 이를 내보이지 마라. **B**

# 추억이 아파 우는

Leontice microrrhyncha S. Moore

*한계령풀은 매자나무과에 속하는 여러해살이풀이다. 한국의 중부 이북 고산지대에 산다. 30~40cm 정도 자라며 꽃은 황색으로 5월에 핀다. 한때 멸종 위기 II급 식물로 지정하여 관리했던 풀이다.

저 산은/추억이 아파 우는 내게/울지 마라 울지 마라 하고
발 아래 상처 아린 옛 이야기로/눈물 젖은 계곡
_문정희 〈한계령에서〉

문정희 시인의 〈한계령에서〉 중 한 구절이다. 시인의 추억이 무엇인지 모르 겠으나 6.25전쟁 때 숱한 목숨이 스러져 간 한계령이다. 1951년 채명신 중령 이 이끄는 유격대 '백골단' 의 격전지였으며, 1951년 5월 중공군이 제6차 공세 를 펴면서 유엔군과 우리 국군 사이에 치열한 공방전을 벌였던 한계령이다. 지금은 오대산과 설악산 등 관광지로 사람들이 많이 찾는 곳이 되었지만 한계령에 묻힌 젊은 영혼들을 생각하면 누구나 '추억이 아파 울 것이다' 세 월이 약이라더니 지금을 살아가는 많은 젊은이들은 한계령의 경치에 취해 잊 고 산다. 한계령의 꽃말이 '보석' 이라고 한다. 누가 지은 꽃말인지 참 잘 지 은 꽃말이다. 한계령에 잠든 많은 젊은 영혼들이 보석이 아니고 무엇이겠는 가. R

**Korea. 19 June 1997. KS#1906. Sc#1910. Magnolia sieboldii K. Koch**

▶ Technical Detail ·········································

Description : Magnolia sieboldii K. Koch(함박꽃나무)
Date of Issue : 19 June 1997
Value : 150 won
Color : Photogravure 6 Colors
Overall Size : 23×33mm
Perforation : 13
Sheet : 20 Stamps
Quantity : 2 Millions
Designer : Kim Im-Yong
Printed by : Korea Minting & Security Printing Corporation

Nepal Proverb ▶

Tools teach how to work, money how to talk.
연장은 일하는 법을 가르쳐 주고 돈은 말하는 법을 가르쳐 준다. **B**

# 나라마다 나라 꽃이 있다

Magnolia sieboldii K. Koch

*함박 꽃나무는 목련과의 큰키나무로 산목련(木蘭)이라고도 한다. 4~7m 정도 자라며 나무 껍질은 회백색을 띤다. 꽃은 향기롭고 흰색이며 5~6월에 핀다. 한국, 일본, 중국 등지에 분포한다. 북한의 나라 꽃이다.

　나라 꽃은 한 나라의 상징으로서 온 국민이 애지중지 여기는 꽃이나 식물을 말한다. 국화(國花)라고도 한다. 우리나라의 나라 꽃은 무궁화다. 무궁화는 '영원히 피고 또 피어서 지지 않는 꽃'이란 뜻을 담고 있다. 언제부터일까. 신라 시대에 이미 신라를 근화향(槿花鄕)이라고 했다니 오래전부터인가 보다. 무궁화(無窮花, Hibiscus syriacus)는 아욱과의 낙엽관목으로 우리나라 통념사의 국화이다. 다른 나라들은 어떤 나라 꽃을 갖고 있을까.

　꽃의 나라 네델란드는 튤립이 국화다. 아프가니스탄, 이란, 터키도 튤립이 국화다. 장미가 국화인 나라도 있다. 루마니아와 불가리아, 영국이 장미를 나라 꽃으로 삼고 있다. 구 소련, 페루는 해바라기가 국화다. 연꽃이 국화인 나라는 베트남, 스리랑카가 있고 수련이 국화인 나라는 이집트, 카메룬, 캄보디아가 있다. 에델바이스가 나라 꽃인 나라는 스위스, 오스트리아 등 알프스를 끼고 있는 국가다. 미국이 라즈베리이고, 중국이 매화이며, 일본이 벚꽃이다. 프랑스는 아이리스고, 모나코는 카네이션이다. 북한의 나라 꽃이 함박나무꽃인데 전하기로는 김일성이 이 꽃을 보고 목란이라고 부르는 것이 좋겠다고 한 이래 나라 꽃이 되었단다. Ⓡ

# 네팔 꽃 우표 글을 쓰면서

**이춘원**(시인/숲 해설가)


히말라야를 배경으로 한 네팔 꽃 우표 글을 쓰면서 인간과 자연은 더불어 살아가는 존재임을 다시 한 번 깨닫게 되었다. 각박한 세상살이에서 꽃과 나무들이 얼마나 나에게 힘이 되었는지를 새삼 느끼게 되었다. 네팔 우표를 통해 그들의 문화를 접하면서 네팔 사람들이 세계 어느 나라 사람들보다도 훨씬 더 자연과 가깝게 사는 사람들이라는 것을 알게 되었다. 그들이 기념하고 간직해야 할 것들이 많이 있지만, 히말라야를 잊지 않고 살아가는 것이 그렇다. 또한, 그곳을 지키고 살아가는 나무와 꽃들을 가슴에 품고 사는 삶이 아름답다.

사람은 나이가 들면서 변하는 것이 있다. 눈이 어두워지고 귀가 어두워진다. 자연에 순응하라는 의미일 것이다. 그런데 마음은 조급해지고 참을성은 점점 더 적어진다. 섭섭한 것들이 많고 조그마한 일에도 쉽게 화를 내고 얼굴을 붉히는 자신을 만난다. 스스로 놀라고 부끄럽다. 왜, 너그럽지 못하고, 기다려 주지 못하는가?

나무와 꽃은 기다림의 존재다. 결코 보채거나 앙탈하지 않는다. 서둘러

누구를 부르거나 찾아가지도 않는다. 언젠가는 누군가가 자신을 찾아와 눈을 맞추어 줄 것이라는 믿음 하나로 기다리는 막막한 그리움이다. 어쩌면 그 꿈이 이루어지지 않을지라도 한자리에서 평생을 기다릴 줄 아는 붙박이 그리움이다.

  작은 바람이 있다면 이 글을 보는 누군가가 진정한 기다림과 마르지 않는 그리움을 나무와 꽃들의 삶에서 찾을 수 있다면 행복할 것이다.

(銀川 cwlee0811@naver.com)

● 에필로그

# 네팔 꽃 우표 이야기에 붙여서

**반을석**(불문학자)

2016년 4월에 발간된 이근후 선생님의 네팔 산 우표 이야기 『Yeti 히말라야 하늘 위를 걷다』의 여운이 다 가시기도 전에, 선생님은 이번에는 네팔 꽃 우표 이야기를 출간할 준비를 하신다.

책을 한 권 출간한다는 일이 평범한 사람에게는 평생 꿈도 꾸지 못할 어려운 일인데 선생님은 네팔에 관한 10여 권의 책을 출간해 오셨고, 앞으로도 또 출간하실 것을 생각하면 1980년대 초부터 오늘에 이르기까지 끊임없이 네팔을 돕고, 네팔인을 사랑하고, 네팔 예술을 한국에 소개해 오신 그 깊은 사랑으로 히말라야 산처럼 정신적으로 영원이 늙지 않으시게 되신 것이 틀림없나 보다.

가끔 세심정 선생님의 연구실에 가면 선생님은 늘 혼자서 무엇인가 줄기차게 야금야금 작업을 하고 계셨는데, 그 작업이 또 이런 결실을 이루게 된 것이다. 참으로 '죽을 때까지 재미있게 살고 싶은 영원히 철들지 않는 소년'이신가 보다. 두려운 일이 있다.

　이제 이 새로운 책이 출간되고 나면 선생님은 또 무언가를 줄기차게 야금야금 작업을 시작하실 것이다. 그리고 언젠가는 "자네, 이것 좀 준비해 오게." 하실 것이다. 나는 벌써부터 이것이 두렵다. 이번에 드린 네팔 속담 120개는 과거에 해 둔 작업 중에서 가까스로 맞춰 드릴 수 있었지만, 이젠 남아 있는 것이 없다. 다만 선생님의 명령이 내가 할 수 있는 일의 범위 안에 들기만 바랄 뿐이다. 다급한 마음에 히말라야의 많은 신에게도 빌어 본다. '저를 살려 주세요!'

반을석(eulsukban@hotmail.com)

# Few Words

**N.B. Gurung**(Nepal Artist)

I'm so much delighted that a book on flowers, which are found both in Korea and Nepal, is being compiled and written by Dr. Kun Hu Rhee who is a great fan of Nepal and lover of natural beauty besides his profession as a physician.His contribution toward Nepalese art and social service has been phenomenal for a long time.

Personally, I met Dr.Rhee many years back during an exhibition of collective Nepalese art in Nepal where as a beginer I was one of the participant artists.By then we have been good friends eachother.He loves my working style and has been a great admirer of my painting. Once in our meeting Dr Rhee proposed me if I could paint flowers of vivid kinds .I accepted his proposal happily and finisned more than 150 floral paintings in 6 months.Now the result is in your hands in the book form .I hope I have given justice on them.

At last, I would like to pay my sincere gratitude to Dr. Rhee for bestowing me this opportunity to be the part of this book.Thank you

# 감사의 말

**구룽**(네팔 아티스트)

정신과 의사이자 네팔을 사랑하고 네팔 자연의 아름다움을 사랑하는 이근후 박사님이 꽃을 소개하는 책을 저술하여 한국과 네팔에서 동시에 출판하게 되어 대단히 기쁘다. 이근후 박사님은 정신과 전문의사이자 네팔의 열렬한 지지자이기도 하다. 네팔 예술에 대한 박사님의 공헌과 네팔 사회에 대한 복지사업은 놀랄만큼 오랜 시간 동안 지속되었다.

개인적으로 나는 이 박사님을 몇 년 전 네팔 화가들의 공동그림작품 전시회에서 만났는데 그 당시 나는 전시회에 참여하기 시작한 미술가 중 한 사람이었다. 그 즈음 우리는 서로 좋은 친구로 지내왔었다. 그는 나의 작업 스타일을 좋아하였고 나의 그림 작품에 감탄하곤 하였다. 그 당시 그는 나에게 생기 넘치는 꽃을 그려 보지 않겠냐고 제안하였다. 나는 그의 제안을 기쁜 마음으로 받아들였고 그 후 6개월 동안 150개 이상의 꽃 그림을 그렸다. 그때 그렸던 그림이 지금 여러분이 들고 있는 책 속에 담겨 있다. 내가 그린 그림들이 꽃들의 모습을 그대로 생생하게 보여줄 수 있기를 바란다.

마지막으로 내가 이 책의 참여자가 되는 기회를 제공해 준 이 박사님에게 진심으로 고마운 마음을 전한다. 감사합니다.

# 대한민국에 끝없이 피고 질 꽃을 찾아서

**김유영**(가재울중학교)

 

 

지구가 탄생한 초반에는 산소보다 이산화탄소가 대기 중에 가득했습니다. 시간이 흘러 대기에 이산화탄소의 높은 비중을 산소로 바꾸고, 빛을 이용해 에너지를 저장하는 광합성 식물이 등장했습니다. 식물은 대기의 산소량을 점차 증가시켰고, 생태계에 다양한 생물상이 살아갈 수 있는 환경을 만들었습니다. 숨을 쉬고 물을 먹는 일 이외에는 아무런 기능도 할 수 없는 식물의 작은 종자에서 한 잎 두 잎 새싹이 피어납니다. 위로는 줄기를 뻗고, 아래로는 뿌리를 내리며 다양한 기능을 가진 식물의 구조가 만들어집니다. 그 과정 속에 장미와 백합같이 화려한 꽃을 피우기도 하고, 국화꽃(Chrysanthemum, Chrysanthemum morifolium)이나 메밀꽃(Buckwheat, Fagopyrum esculentum)처럼 소박한 꽃들도 피어납니다. 꽃의 모양은 달라도 꽃 안에 식물의 끝이자 시작인 종자를 만들어 내는 건 같습니다.

계절의 변화에 따라 자신과 똑같은 일생을 사는 꽃들이 피고 집니다. 꽃은 식물의 일생에서 가장 찬란한 순간입니다. 줄기도 잎도 가지의 형태도 식물마다 제각각이지만, 꽃보다 다양할 수는 없습니다. 꽃이 얼마나 탐스러우면, 안스리움(Anthurium)이나 포인세티아(Poinsettia) 같은 식물은 꽃이

아닌 포엽(bract, 잎이 소형화한 것, 어린 화아를 보호하는 역할)이 발달하여 꽃잎처럼 포즈를 잡을까요? 무궁화(Rose of sharon, Hibiscus syriacus)는 낱개의 꽃을 매일 이른 새벽에 피고 저녁에 집니다. 꽃이 얼마나 사랑받고 싶으면, 100일 동안 수많은 꽃들이 끝없이 피고 지기를 반복하는 걸까요?

꽃은, 식물은, 이렇게 우리에게 자신의 매력과 가치를 끝없이 표현하며 생존해 왔습니다. 대한민국의 조상들은 이토록 아름다운 자연의 신비로움에 빠져들었습니다. 식용으로 먹기도 하고, 다양한 식물들을 조화롭게 식재하여 관상하기도 하고, 그 아름다움을 시나 그림으로 표현하기도 하며 생활 속에 다양한 식물을 가까이해 왔습니다.

이른 봄 가장 먼저 꽃피우는 매화, 은은한 향기를 지닌 난초, 늦은 가을 추위와 함께 꽃피는 국화, 늘 푸른 잎을 지닌 대나무 등 식물들은 사계절이 있는 대한민국을 보여 줍니다. 또한 매화·난초·국화·대나무는 고려 시대와 조선 시대에 덕과 학식을 갖춘 사람의 인품으로 비유해 사군자라 부르기도 했습니다. 사군자는 문인들 사이에 그려질 뿐만 아니라 도

화서(조선 시대에 그림 그리는 일을 관장하기 위하여 설치되었던 관청)의 화원들 사이에도 자리 잡았다고 합니다. 식물을 단순히 그리는 것도 그 식물을 통해 인성을 키우고자 하는 마음도 모두 자연의 순리에서 비롯된 것입니다. 특히 난초(orhid)는 외떡잎식물 중 가장 진화된 식물군으로, 난초를 키우는 것만으로도 덕과 학식의 기본인 끈기와 노력이 필요해서 현재까지도 많은 이들에게 사랑받고 있습니다. 세계적으로 700속 3만 5,000종 이상이 알려진 난초는 국내 원예판매시장에서 한국·일본·중국에 자생하는 동양란과 그외에서 자생하는 서양란으로 구별하고 있습니다.

꽃과 함께 지구가 시작된 이후로 세계 곳곳에는 다양한 식물들이 자리 잡고 있습니다. 식물이 자라는 곳의 지역적·환경적 조건에 따라 같은 식물도 다른 모습과 형태로 변화해 가고 있습니다.

동양란은 화려하지 않은 꽃색을 가졌지만 부드러운 잎의 곡선이나 은은한 향이, 서양란은 아름다운 색과 형태로 눈을 사로잡는 게 특징입니다. 동양란은 주로 심비디움속의 보춘화(報春花=춘란(春蘭, Cymbidium kanran)와 한란(寒蘭, Cymbidium kanran), 네오피네티아속(Neofinetia)의 풍란(風蘭, Neofinetia falcata)이, 서양란은 덴드로비움(Dendrobium), 팔레놉시스(Phalenopsis)가 유명합니다. 그러나 상품적 가치가 있어 원예시장에 판매되는 것 이상으로 전 세계에는 아직 우리를 사로잡을 다양한 난 품종들이 존재합니다.

식물의 탄생과 그 삶 속에 꽃은 아직 우리가 알고 있는 것보다 더 다양하며 끝없이 변화하고 있습니다. 대한민국에서 피고 지는 꽃이 이국의 따뜻한 땅속에서 피고 질 수도, 이국의 꽃이 대한민국에 자리 잡을 수도 있습니다.

대한민국에 살고 있는 당신에게 꽃은 어떤 존재인가요?
따스한 햇살이 가득한 봄여름에 한번 꽃 피고 떠나는 가벼운 존재인가요?
꽃을 피우며 그 자리를 지키고 우리를 기다리는 존재인가요?
우리에게 꽃은, 꽃은 우리에게 어떤 존재일까요?

꽃은 내가 가꾸고 키우며 재배하는 것뿐만이 아니라, 다양한 방법으로 우리 안에 들어올 수 있습니다. 저 멀리 네팔의 땅에서 꽃피운 아름다움이 이곳 한국에서도 다양한 방법으로 꽃피우길 바랍니다.

**김유영**(*youyoung2001@naver.com*)